Lucy van Tessel

Die Bücherfee

Lucy van Tessel

Die Bücherfee

Roman

édition el!es
www.elles.de
info@elles.de
Umschlaggestaltung und Satz: graphik.text Antje Küchler
Umschlagillustration: © alphaspirit – Fotolia.com
ISBN 978-3-95609-097-4

1

Das Erste, was Ariane an ihr auffiel, waren ihre Ohren. Es waren sehr eigenwillige Ohren. Länglich und fein geschwungen, mit zarten Ohrläppchen, in denen je ein winziger Stecker schimmerte. Vielleicht, überlegte Ariane, war es einer dieser Stecker gewesen, der ihre Aufmerksamkeit erhascht hatte, ein kurzer Lichtreflex, der sich für einen Sekundenbruchteil in dem Schmuckstück gespiegelt und ihren Blick zum eleganten Schwung des Ohrläppchens gelenkt hatte.

Ja, vielleicht. Möglicherweise lag die Ursache aber auch darin, dass diese Ohren einfach nicht zu übersehen waren. Nicht wirklich groß im eigentlichen Sinne und sogar meilenweit davon entfernt, *zu* groß zu sein, doch sie standen eine Nuance zu weit vom Kopf ab, um vollkommen zu sein. Und eben dieses winzige Detail, diese Kleinigkeit, die auf so auffällige und unglaublich anziehende Weise nicht perfekt war, machte den Gesamteindruck absolut unwiderstehlich.

Da stand Ariane nun, mitten in dieser kleinen, gemütlichen Buchhandlung. Einem Impuls folgend, hatte sie dem Schriftzug *Seitenweise* über dem Eingang nicht widerstehen können. Der Name war zwar nicht unbedingt außergewöhnlich, aber witzig und originell: seitenweise – weise Seiten. Kreativität im Marketing fiel ihr schon aus beruflichen Gründen auf, aber dieser Name sprach sie auch persönlich an.

Eigentlich hatte sie bloß ein bisschen Zerstreuung gesucht, etwas leichte Lektüre. Gefunden hatte sie stattdessen die mit Abstand niedlichsten Segelöhrchen der Welt.

In diesem Augenblick war Arianes Welt durch und durch in Ordnung. Weit weg waren die Meetings, weit weg die nervenaufreibenden Verhandlungen, die endlosen Präsentationen, die Jonglage mit großen Geldbeträgen, die Hetze von einem Termin zum nächsten. Weit weg war sogar ihr Maserati, obwohl sie ihn direkt vor dem Laden am Bordstein geparkt hatte, nur wenige Meter von hier entfernt. Ariane hätte ihn durch die Schaufensterscheibe sehen können, wenn sie den Kopf nur um wenige Zentimeter gedreht hätte. Doch nun war all das, ihr Job, der Stress und auch das, was böse Zungen wohl eine Angeberkarre nennen würden, plötzlich nicht mehr existent. Als sei Ariane in ein Paralleluniversum versetzt worden, in dem Karriere und Status absolut keine Bedeutung hatten. Und für den Moment hatte sie auch keinerlei Bedürfnis, in die Realität zurückzukehren.

Doch selbst der perfekteste aller Augenblicke endete. Nämlich in der Sekunde, als das Lächeln, das zu den erstaunlichen Ohren gehörte, einen Knick bekam. Einen ganz winzigen nur. Gleichzeitig hoben sich die Augenbrauen. Das ganze Gesicht wies nun einen fragenden, beinahe verwirrten Ausdruck auf. Da dämmerte Ariane, dass sie ihr Gegenüber bereits viel zu lange angestarrt hatte. Jedenfalls eindeutig länger, als es sich mit den Gesetzen der Höflichkeit vertrug.

»Oh, ähm ... also ...« Ihre Stimme klang nicht so kräftig wie sonst, und sie musste noch einmal ansetzen. »Sie haben ... mich irgendetwas gefragt, oder?« Sie lächelte, weniger routiniert als gewohnt, aber immerhin durchaus brauchbar, und ihr Tonfall fand zum gewohnten Volumen zurück. »Tut mir leid. Ich war mit meinen Gedanken gerade ganz woanders.«

»Kein Problem«, kam postwendend die Antwort, und der

Knick verschwand aus dem warmen Lächeln. »Ich wollte nur wissen, ob ich Ihnen behilflich sein kann. Oder ob Sie sich erst einmal in Ruhe umschauen wollen.«

»Ja«, begann Ariane, immer noch darum bemüht, den Blick von den bezaubernden Öhrchen loszureißen.

Die Augen auf das Ziel, ermahnte sie sich selbst. Erstes Gebot in jedem Manager-Seminar: die Augen immer auf das Ziel richten. Und das waren in diesem Fall – leider! – nicht diese niedlichen Hörmuscheln.

»Klar können Sie mir helfen«, versuchte sie die Sache entsprechend in die richtige Bahn zu lenken. »Ich suche nämlich ein Buch.«

Au weia. Das machte die Blamage eher noch schlimmer.

Der Bubikopf der Verkäuferin neigte sich ein Stück zur Seite, und eine schmale Braue schob sich dezent in die Höhe. Ariane konnte förmlich sehen, wie es hinter dem Fransenpony arbeitete. Gleich, dachte Ariane, gleich würde sich dieses Lächeln unweigerlich in ein breites, spöttisches Grinsen verwandeln.

»Ach, wirklich?«, würde die kleine Frau sagen. »Na, da wäre ich ja nie drauf gekommen. Was genau sollte man in einer Buchhandlung denn sonst suchen? Klöppeldeckchen vielleicht? Oder einen neuen Gummibaum für den Wintergarten?«

Ariane saugte die Wangen ein und wartete auf das Unvermeidliche. Wappnete sich sogar dagegen. Wenn sie sich jetzt einen blöden Spruch einfing, dann würde sie kontern, so viel war sicher. Sie war hier immer noch die Kundin. Und in einem Laden war der Kunde König. Das lernte man vielleicht nicht im Manager-Seminar, aber auf jeden Fall auf der höheren Handelsschule.

Offensichtlich hatte die Verkäuferin jedoch im Unterricht aufgepasst. Oder vielleicht verfügte sie auch nur über eine gute Selbstbeherrschung. Jedenfalls nickte sie bloß. Knapp. Verständig. Ganz so, als hätte Ariane ein anspruchsvolles Anliegen vorgetragen und nicht bloß eine lächerliche Selbstverständlichkeit. »Verstehe«, sagte sie. »Und was für ein Buch genau?«

Arianes Kiefer entspannte sich. Kein dummer Kommentar also? Na schön. Ein Professionalitätspunkt für die niedliche Verkäuferin. Doch deren Gegenfrage stellte Ariane vor ungeahnte neue Hindernisse: Was für ein Buch? Na ja, ein Buch eben. So einen eckigen Gegenstand, wahlweise gebunden oder im Taschenformat. Etwas mit Deckeln und Seiten mit jeder Menge Text, der im Idealfall aus einer spannenden Geschichte bestand, passend auf ihren persönlichen Geschmack zugeschnitten. So etwas würde hier doch wohl zu kriegen sein?

»Ähm«, machte Ariane nur.

»Sachbuch oder Belletristik?«, half die Verkäuferin aus. »Oder vielleicht eine Biographie?«

Ach so. Das meinte sie. »Belletristik«, versetzte Ariane erleichtert. Na bitte. So langsam nahm die Sache Form an.

»Soll es ein Geschenk sein?«

»Nein, ich will es selbst lesen.«

Die Buchhändlerin nickte. »Also doch ein Geschenk«, bemerkte sie.

Ariane blinzelte, zum nunmehr dritten Mal in Folge dezent verwirrt. Nun ja, offen gestanden: mehr als nur dezent. »Wie bitte?«

»Na, Sie wollen sich selbst beschenken«, lächelte die Verkäuferin.

»Hm«, machte Ariane und fügte dann, relativ einfallslos, hinzu: »Ja.« So konnte man es natürlich auch sehen.

»Also dann.« Die Verkäuferin klatschte in die Hände. »Wollen wir doch mal sehen, womit wir Ihnen eine Freude machen können.«

Während des kurzen Weges zum Regal, auf dem die Belletristik-Bände standen, analysierte Ariane blitzschnell die Situation. Also, ihr Normalzustand war das nicht, so viel war mal sicher. Und die Verkäuferin war zwar unbestreitbar süß, verdammt süß sogar – und für diese Öhrchen, da brauchte man glatt einen Waffenschein, das musste man zu Arianes Gunsten an dieser Stelle einfach mal festhalten. Aber solche Frauen gab es zuhauf

auf der Welt. Wenn Ariane jedes Mal derart ins Schleudern geriete, sobald sie einer von ihnen über den Weg lief, dann käme sie aus dem Starren und Stottern ja gar nicht mehr heraus. Infolgedessen wäre sie schon sehr bald vermutlich arbeitslos, pleite – und zu allem Überfluss immer noch Single.

Demzufolge war ihr holpriger Auftritt hier wohl weniger der Buchhändlerin, sondern vielmehr dem Stress zu verdanken. Natürlich. Was denn sonst? Der heutige Tag hatte es ganz schön in sich gehabt. Vor allem das letzte Meeting war eine mittlere Katastrophe gewesen: Zwei Stunden waren angesetzt, und dann waren ganze vier daraus geworden. Dazu kamen Stirnrunzeln während ihrer Präsentation, kritische Rückfragen im Anschluss, die Erwägung möglicher Alternativen, künstlich in die Länge gezogene Wartezeiten, lauter Dinge, die Arianes Stresspegel beträchtlich in die Höhe schnellen ließen. Und am Ende hatten sie dann doch alles so gemacht, wie Ariane es ihnen von Anfang an vorgeschlagen hatte. So etwas war sie durchaus gewohnt. Also hatte sie versucht, es locker zu sehen, sich auf den Gehaltsscheck gefreut und beschlossen, sich auf dem Weg nach Hause schon mal mit einer kleinen Shopping-Tour zu belohnen. Alles in allem war es also ein ganz normaler Tag gewesen. Unternehmensberater führten nun einmal ein solches Leben: schnell, herausfordernd und gelegentlich herzinfarktgefährdet. Doch eigentlich wollte Ariane es gar nicht anders haben.

Stress also. Völlig klar. Ein hausgemachtes Problem. Gar keine Frage.

Eines musste man der Buchhändlerin allerdings lassen: Sie war tatsächlich äußerst professionell. Mit nur wenigen gezielten Fragen hatte sie rasch Arianes literarische Interessen eingegrenzt. Anschließend überlegte sie kurz, ging dann zielsicher an eines der Regale und ließ den Finger suchend über die Buchrücken gleiten, bevor sie einen Band herauszog und ihn Ariane hinhielt. »Wie wäre es damit?«

Schon von Berufs wegen beeindruckte Ariane diese Effizienz, die in diesem Fall auch noch mit Empathie gepaart war. Sie nickte und überflog den Klappentext. Doch sie hatte Mühe, sich auf das Geschriebene zu konzentrieren. Die Buchstaben verschwammen vor ihren Augen und tanzten ein munteres Ballett quer über den Buchdeckel.

So langsam wurde die Sache beunruhigend. Fehlten ihr vielleicht Kaffee und etwas zu essen? Ein Stückchen Traubenzucker konnte manchmal Wunder wirken. Doch Ariane hatte ihren Vorrat während des Meetings bereits aufgebraucht. Und sie konnte die Verkäuferin ja wohl schlecht danach fragen, ob sie zufällig minderwertige Kohlenhydrate in Form von Dextrosebonbons da hatte. Dann hätte diese doch noch Gelegenheit, den Spruch anzubringen, den sie sich vorhin erfolgreich verkniffen hatte.

»Nein, tut mir leid. Wie gesagt: Das hier ist eine Buchhandlung. Eine *Buch*handlung. Schlagen Sie doch bitte mal im Lexikon oder von mir aus im Handelsregister nach, was genau das bedeutet, Sie scheinen das Prinzip nämlich nicht ganz verstanden zu haben. Aber ich habe hier schon mal die Kurzfassung für Leute, die etwas langsam im Denken sind: Hier gibt es Bücher. Und zwar *nur* Bücher. Klar soweit?«

Ariane hielt den Blick weiterhin starr auf den Klappentext gerichtet, erkannte jedoch aus dem Augenwinkel, wie die Verkäuferin sie musterte. Diskret. Aber auch erwartungsvoll. Sie wartete wohl auf Arianes Urteil bezüglich der Buchempfehlung.

Ariane räusperte sich, um etwas Zeit zu gewinnen. »Es ist . . .«, begann sie und brach dann ab. »Ja«, setzte sie erneut an. Nächster Versuch. »Das klingt wirklich . . .«

Ach, verdammt!

Vielleicht, überlegte sie, wäre es das Beste, wenn sie den Roman einfach kaufte und als nächste Station eine Apotheke ansteuerte, um sich irgendetwas für den Kreislauf zu besorgen. Und danach würde sie einen Coffeeshop aufsuchen. Traubenzucker und eine überteuerte Kaffeekreation, diese beiden Zaubermittelchen hatten sie bislang noch jedes Mal wieder in Schwung gebracht.

Da fühlte Ariane plötzlich eine Berührung an ihrem Arm. Ganz sachte nur, kaum spürbar durch den Stoff ihres Blazers.

»Sagen Sie mal«, begann die Verkäuferin, sprach dann jedoch nicht weiter.

»Ja?«, fragte Ariane irritiert. Nicht genug damit, dass sie offenbar nicht mehr Herrin über sich selbst war. Jetzt schien sie sich auch noch im völlig falschen Film zu befinden.

»Ist mit Ihnen alles in Ordnung?«, erkundigte sich die Verkäuferin.

Ariane holte Luft und umfasste das Buch in ihrer Hand fester. »Sicher«, sagte sie automatisch und ganz entgegen ihrer wirklichen Empfindung. »Sieht man das etwa nicht?«

»Also, ehrlich gesagt«, bemerkte die andere, »sehen Sie furchtbar aus.«

Ariane schnaubte. »Na, herzlichen Dank auch! Genau das habe ich jetzt gebraucht.«

»Was? Oh ...« Erst jetzt schien der Buchhändlerin klarzuwerden, was sie da gerade gesagt hatte. Sichtlich erschrocken über die allzu freimütige und bei genauer Betrachtung auch nicht eben schmeichelhafte Bemerkung war nun erstmals sie diejenige, die um Worte verlegen war. »Nein, nein! Um Gottes willen, so war das doch gar nicht ... ich meine ... ich wollte nicht ...«, nuschelte sie etwas undeutlich. »Das kam jetzt völlig falsch rüber. Und war ... auch eigentlich ganz anders gemeint. Also, eigentlich sind Sie nämlich ...« Der Blick der Verkäuferin glitt an Ariane hinab und dann wieder hinauf. »... also durchaus ...« Sie brach erneut ab. Jetzt sah sie aus wie ein kleiner, verschreckter Vogel. Doch sie lächelte tapfer weiter. »Ich fürchte, egal was und egal wie ich es jetzt zu sagen versuche, aus der Nummer komme ich nicht mehr raus, oder?«

Ariane grummelte zum Schein noch ein wenig vor sich hin, war aber ob dieser entwaffnenden Offenheit schon fast wieder versöhnt. Diesen Öhrchen konnte man unmöglich böse sein, zumindest nicht allzu lange.

»Tja«, meinte die Verkäuferin, »wissen Sie was? Wenn ich nun schon mal dabei bin, dann kann ich diese gnadenlose Ehrlichkeit auch genauso gut bis zum bitteren Ende fortführen. Also.« Sie holte tief Luft und straffte die schmalen Schultern. »Zu Ihrer Beruhigung: Sie sind die mit Abstand hübscheste Kundin, die heute in meinen Laden spaziert ist. Aber«, fuhr sie dann fort, ehe die völlig überraschte Ariane Zeit hatte, etwas Angemessenes zu erwidern, »ich will Ihnen auch die bittere Wahrheit nicht vorenthalten: Im Moment sind Sie leider nicht ganz so hübsch, wie Sie es beim morgendlichen Blick in den Spiegel vermutlich gewohnt sind. Sie sind nämlich ganz grün um die Nase.«

»Wie ... ungünstig«, bemerkte Ariane, immer noch so perplex von dem unerwarteten Kompliment, dass sie kaum wusste, was sie eigentlich sagte. »Grün steht mir nämlich überhaupt nicht.«

Wenn das ein Scherz hatte werden sollen, war er nicht besonders gelungen. Obendrein spürte sie, wie sich zu dem – angeblichen – Grün um ihre Nase eine feine Röte gesellte, die ihr geradewegs in die Wangen stieg. Ariane mochte Komplimente, durchaus. Aber das hier hatte sie total überrumpelt.

Einen Moment lang blickten die beiden Frauen sich an. Die Verkäuferin lächelte. Ariane lächelte zurück. Aber entspannt sahen sie beide nicht aus.

Das hier, ging es Ariane durch den Kopf, war wirklich der seltsamste Besuch in einer Buchhandlung, den sie je erlebt hatte – und nicht so richtig geeignet für den Stressabbau, den das ganze Unternehmen eigentlich hätte bewirken sollen. Mehr denn je fühlte sie sich gereizt, müde und absolut nicht in Form.

Und die kleine Händlerin war ... nun ja: ein ziemlich seltsames Mädchen, um es einmal diplomatisch auszudrücken. Zurückhaltend beim Verkauf und mit einem guten Gespür ausgestattet, aber erstaunlich forsch und zugleich ungeschickt im zwischenmenschlichen Umgang. Auch wenn sie es sicher gut gemeint hatte – die Bemerkungen über Arianes Aussehen hätte sie sich sparen können. Das Kompliment ebenso wie den Hinweis auf den Grünstich in der Nasengegend. Beides war einfach nicht angebracht in einem Verkaufsgespräch.

Vielleicht wurde es Zeit, die Sache zu einem halbwegs würdigen Abschluss zu bringen.

»Wissen Sie was?«, meinte Ariane, nun entschlossen, sich der Situation möglichst schnell und elegant zu entwinden. Sie deutete auf das Buch, das sie immer noch in der Hand hielt. »Ich glaube, das hier ist genau das Richtige. Ich nehme es.«

Die Verkäuferin blickte von Ariane zu dem Buch, das diese ihr entgegenstreckte, und dann wieder zu Ariane auf. »Ist das jetzt Ihr Ernst?«

Na bitte: ungeschickt. »Also, entschuldigen Sie mal«, sagte sie mit gehobenen Brauen. »Wollen Sie sich jetzt auch noch selbst um ein gutes Geschäft bringen, oder wie muss ich das verstehen?«

»Ich meinte eigentlich«, erklärte die Verkäuferin, »ob Sie jetzt wirklich ernsthaft gehen wollen, wo Sie derart blass um die Nase aussehen? Halten Sie das wirklich für eine gute Idee?« In ihrer Stimme lag nicht der leiseste Hauch von Ironie. Jetzt nahm sie Ariane das Buch ab, als sei diese nicht einmal mehr in der Lage, es festzuhalten. »Verstehen Sie mich bitte nicht falsch«, erklärte sie mit fester Stimme, während sie das Buch in den Händen wog. »Ich will Ihnen nichts vorschreiben. Wirklich nicht. Wenn Sie also darauf bestehen, dann ziehe ich Ihnen das hier jetzt selbstverständlich durch die Kasse, packe es Ihnen hübsch ein und wünsche Ihnen anschließend noch einen wunderschönen Tag. Vermutlich werde ich«, ein schiefes Lächeln blitzte auf ihrem Gesicht auf, »mir darüber hinaus einen gut gemeinten Ratschlag nicht verkneifen können. Ich würde Ihnen dringend empfehlen, bei nächster Gelegenheit wahlweise einen starken Kaffee oder ein Glas Sekt zu sich zu nehmen. Nur zur Sicherheit, damit Ihr Blutdruck nicht vollends in den Keller sackt. Und ich …« Sie betrachtete kurz das Buch, nahm es in die andere Hand und blickte dann mit einem winzigen Grinsen wieder zu Ariane auf. »Nun, ich werde mich wohl für den Rest des Tages fragen, ob Sie auch wirklich heil nach Hause gekommen sind. Tja.« Sie zuckte die Achseln, das Grinsen war erloschen. »Das wäre Option Nummer eins.«

Ariane musste unwillkürlich lächeln. Irgendwie war sie ja schon süß, diese Anteilnahme. Davon abgesehen fühlte sie sich tatsächlich nicht besonders gut. Und wenn von Optionen die Rede war, dann wurde sie automatisch hellhörig. Das war eine Sprache, die sie verstand. Berufskrankheit.

»So, wie sich das anhört«, ließ sie sich auf das Spiel ein, »scheint es fast, als gäbe es noch eine Alternative.«

»Klar gibt es die.« Es war, als hätte Arianes neugierige Reaktion das Lächeln und auch die Lebendigkeit in das kleine Gesicht zurückgezaubert. Als die Buchhändlerin weitersprach, hatte auch ihre Stimme den lockeren Klang von früher zurückgewonnen. »Wenn Sie sich nämlich dazu durchringen könnten, noch ein paar Minuten im meinem Laden zu bleiben, dann ...«

»Dann?«, hakte Ariane nach. Jetzt hatte sie beinahe Angst, die andere könnte es sich anders überlegen und abwinken: »Ach, nichts, schon gut.«

»Dann würde ich Sie fragen«, erklärte die Verkäuferin, Arianes Befürchtungen zum Trotz, »ob Sie vielleicht Lust auf eine kleine Stärkung hätten. Etwas zu trinken zum Beispiel. Sekt kann ich Ihnen allerdings nicht vorsetzen, ich habe nämlich keinen da.«

Ariane blinzelte, neuerlich irritiert. War das jetzt etwa ... eine Einladung? Irgendwie schon, oder? Da gab es ja wohl nichts misszuverstehen. Nur, wie genau war sie gemeint, diese Einladung?

»Etwas zu trinken?«, echote sie, ehe sie nachdenken konnte. »Mit Ihnen?« Eine Sekunde später hätte sie sich am liebsten fest auf die Zunge gebissen. Das war nun wirklich ein bisschen sehr spekulativ gewesen. Vorschnell. Und, zugegebenermaßen: ein wenig geleitet von Wunschdenken.

Die Verkäuferin lächelte. »Sagen wir mal lieber: *Bei* mir.« Sie winkte Ariane mit der Hand, ihr zu folgen. »Kommen Sie doch einfach mal mit.« Und während sie vor Ariane hermarschierte, drehte sie nochmals den Kopf zu ihr um und sagte mit einem hörbaren Ausatmen: »Puh – jetzt bin ich aber erleichtert, dass Sie so vernünftig sind. Ich hätte wirklich kein gutes Gefühl gehabt, wenn Sie jetzt einfach gegangen wären. Absolut kein gutes Gefühl.«

Au weia, dachte Ariane. Eine Frau, die ihr Herz derart auf der Zunge trug, die immer und unreflektiert das, was sie dachte, gleich aussprach, die würde über kurz oder lang Schiffbruch erleiden. Zumindest auf der geschäftlichen Ebene. Vielleicht, mutmaßte Ariane weiter, sollte ihr das einmal jemand sagen. Sie selbst würde allerdings nicht dieser Jemand sein. Ihr Fachwissen gab es nämlich nicht gratis. Und sie bezweifelte, dass diese süße, kleine Buchhändlerin mit dem Talent, sich um Kopf und Kragen zu reden, sich ihren Stundensatz leisten konnte.

Andererseits ertappte Ariane sich plötzlich dabei, wie sie gerade ernsthaft erwog, in diesem Fall eine Ausnahme zu machen. Öhrchen wie diese wären es allemal wert.

Es war keine wirklich private Einladung gewesen, wie Ariane wenige Augenblicke später feststellen sollte. Natürlich nicht. Eher etwas Halb-Geschäftliches, Halb-Privates, Halb-Öffentliches, beziehungsweise eine Mischung aus alledem.

Sie war der Verkäuferin in den hinteren Teil des Ladens gefolgt. Dort standen, in einem offenen Winkel zueinander ausgerichtet, ein Sofa sowie ein gewaltiger Ohrensessel und in der Mitte ein niedriger Couchtisch. Darauf befanden sich Kekse, appetitlich auf einem Teller angerichtet, sowie zwei Thermoskannen und ein Stapel Tassen.

»Meine Leseecke«, erklärte die Buchhändlerin. »Oder, anders ausgedrückt: mein ganz persönlicher Versuch, in der Alltagshektik einen kleinen Ruhepol zu schaffen.« Ihre Hand wies einladend zu den Sitzmöbeln hinüber. »Bitte Platz zu nehmen. Kaffee oder Tee? – Nein, halt!«, sagte sie rasch, als Ariane schon antworten wollte. »Darf ich raten?«

Ariane hob die Schultern. »Klar, nur zu.«

Daraufhin wurde sie eingehend gemustert. »Hmm«, machte ihre Gastgeberin. »Hmm, hmm, hmm. Also ... vom Grundsatz her, würde ich vermuten, sind Sie überzeugte Kaffeetrinkerin, aber einem guten Tee gelegentlich nicht abgeneigt.«

»Und woher wissen Sie das?« Ariane beschloss, sich heute über gar nichts mehr zu wundern. Inzwischen hatte sie sich auf dem Sofa niedergelassen. Es war schon ein bisschen durchgesessen, so dass sie tiefer darin einsank, als sie erwartet hatte. Jetzt sah sie, wie ihr Gegenüber eine der beiden Kannen aufschraubte und eine braune Flüssigkeit in eine Tasse goss.

»Ganz einfach«, erklärte die Verkäuferin, ohne ihre Tätigkeit zu unterbrechen. »Ihrem Outfit nach zu urteilen, sind Sie eine vielbeschäftigte Frau, die über den Tag verteilt den einen oder anderen Kaffee zu sich nimmt. Genauer gesagt, zu sich nehmen *muss*, um den Stürmen des Alltags gewachsen zu sein. Sie mögen Tee zwar, machen sich aber Sorgen, dass er zu entspannend wirken und Sie zu sehr aus der energiedurchfluteten Alltagsroutine herausholen könnte. Sie stehen lieber unter Strom, denn so können Sie am besten arbeiten. Weswegen Sie dann doch lieber auf den Tee verzichten, rein aus Vernunftgründen. Sie tun so einiges rein aus Vernunftgründen. Trifft es das so ungefähr?« Sie lächelte und reichte Ariane die Tasse.

Tee. Kein Kaffee.

»Wow«, machte Ariane nur. Hätte sie nicht schon gesessen, dann hätte sie spätestens jetzt das Bedürfnis verspürt, genau dieses zu tun. Sie nahm die Tasse entgegen und rührte mit einem Löffel darin herum. Was bei genauerer Betrachtung eigentlich ziemlich überflüssig war, denn außer dem Tee hatte die Buchhändlerin nichts weiter hineingegeben, weder Milch noch Zucker oder Süßstoff. »Wo haben Sie das denn gelernt?«, erkundigte sie sich. »Arbeiten Sie nebenher fürs FBI oder so?«

»Wie bitte?« Die Verkäuferin lachte auf. »Oh Gott, nein. Entschuldigen Sie, ich fürchte, es ist wieder mal mit mir durchgegangen.« Sie kratzte sich verlegen am Kopf und brachte ihre kurzen Haare damit in ziemliche Unordnung. »Profiling ist bloß ein kleines Hobby von mir. Hat aber rein gar nichts mit dem FBI zu tun. Ich wäre eine lausige Agentin, ganz ehrlich. Als Kind konnte ich nicht einmal Süßigkeiten klauen, ohne dass man mir meine Missetat auf zehn Kilometer gegen den Wind ansah, und ich befürchte, daran hat sich auch bis heute nicht so viel geändert. Nein, Tatsache ist, ich habe einfach zu viele Krimis gelesen. Und wenn ich einen interessanten Menschen sehe, dann kann ich einfach nicht widerstehen. Ich wollte Ihnen damit nicht zu nahe treten. Und überhaupt –« Sie unterbrach sich erneut. »Herrjemine! Jetzt rede ich schon die ganze Zeit auf Sie ein. Dabei war doch der Sinn dieser ganzen Leseeckenaktion der, dass Sie ein bisschen zur Ruhe kommen. Tut mir wirklich leid.«

Nein, wollte Ariane rufen. Nein, nein, schon gut. Sie reden überhaupt nicht zu viel. Na ja, gut, Sie reden vielleicht durchaus viel, aber eben nicht *zu* viel, wenn Sie verstehen, was ich meine. Und auch wenn vieles, was Sie da sagen, scheinbar überhaupt keinen Sinn ergibt: Ich höre Ihnen gern zu. Ganz ehrlich. Ich mag Ihre Stimme, ich mag die Art, wie Sie reden.

Oh, und übrigens: Ich mag Ihre Öhrchen. Hat Ihnen schon mal jemand gesagt, was für bezaubernde Öhrchen Sie haben?

»Richtig«, hörte Ariane sich selbst stattdessen sagen. »Natürlich. Meine Ruhe. Ähm. Ja. Also dann …« Sie konzentrierte sich darauf, die richtigen Worte zu finden – und nicht einfach die auszusprechen, die ihr durch den Kopf gingen. »Danke, dass ich mich hier ausruhen darf. Danke für den Tee. Überhaupt danke, dass Sie so bemüht um Ihre Kundschaft sind. Aber jetzt«, schränkte sie dann ein, »gehen Sie ruhig wieder an Ihre Arbeit. Ich will Ihre Aufmerksamkeit nicht länger als nötig beanspruchen.«

»Ach was.« Die Verkäuferin lächelte. »Dafür bin ich doch da. Und keine Sorge, Sie halten mich nicht auf.«

In diesem Moment bimmelte das Glöckchen über der Tür.

»Tja …«, sagte die Buchhändlerin bedauernd. »Ich fürchte, die Situation hat sich soeben geändert. Schade eigentlich.« Sie hob die Schultern. »Also dann, trinken Sie Ihren Tee, spannen Sie kurz aus. Schauen Sie, ob Sie noch etwas Spannendes zum Schmökern finden. Das ist schließlich ein Buchladen hier.« Sprach's, grinste Ariane ein letztes Mal an und eilte in den vorderen Teil des Ladens zurück. Immer dem Glöckchen hinterher. Als ob sie Tinker Bell folgen würde, dachte Ariane, der Fee aus der Geschichte von Peter Pan ... Gedämpft hörte sie die freundliche Stimme zwischen den Regalen hindurch: »Hallo! Was kann ich für Sie tun?«

Ariane lächelte ein wenig grimmig in sich hinein. *Was immer sie für dich tun kann*, erklärte sie dem unbekannten Adressaten, *auf ihr Sofa kommst du schon mal nicht. Hier bin nämlich erst mal ich. Und ich gedenke noch eine Weile zu bleiben.*

Kurzentschlossen streifte sie sich die High Heels von den Füßen, hievte die Beine auf die Sitzfläche und streckte sich der Länge nach aus. Die Couch war wirklich nicht die allerneuste, bis auf die Sprungfedern durchgesessen von vielen Leuten, die Stunden um Stunden darauf verbracht hatten, versunken in die Seiten eines spannenden Buches.

Ariane stützte den Kopf auf die Lehne und betrachtete die dampfende Tasse.

Tee, hm? Die Botschaft war unmissverständlich. Und wenn sie darüber nachdachte, so war das nach diesem Tag, insbesondere nach dieser verrückten letzten halben Stunde, genau das Richtige. Sie setzte die Tasse an die Lippen, nippte vorsichtig und spürte dem Geschmack mit geschlossenen Augen nach. Das Aroma war ein bisschen holzig, aber auch würzig und intensiv, mit einer süßlichen Note, die ein wenig an Rooibos erinnerte.

So einen Tee, beschloss sie, genoss man am besten ohne Zucker. Zu viel Süße würde nur das Aroma überlagern. Und das wäre doch ziemlich schade drum.

Wirklich viel zu schade ...

»He! He, Schlafmütze, aufwachen!«

Ariane fuhr mit einem Ruck in die Höhe. Im ersten Moment

hatte sie nicht die leiseste Ahnung, wo sie sich befand. Orientierungslos blinzelte sie umher, drehte den Kopf erst nach rechts, dann nach links und wandte sich schließlich wieder dem Gesicht zu, das mit einem belustigten Lächeln über ihr schwebte. Es war ein sehr anmutiges Gesicht mit braunen Augen, einem kleinen, grübchenbewehrten Kinn und wirklich niedlichen ...

»Öhrchen!«, rief Ariane laut.

Die Besitzerin der Genannten schrak zusammen und wich ein Stückchen vom Sofa zurück. »Wie bitte?«

»Oh, ähm ... nichts«, wehrte Ariane schnell ab und hob sich mühsam in eine halbwegs aufrechte Position. »Gar nichts. Vergessen Sie's. Ich war nur ... ich meine ... ich muss geträumt haben.« Gut gerettet, lobte sie sich selbst und klopfte sich in Gedanken auf die Schulter. Dann sah sie sich um, während die Erinnerungen allmählich zurückkehrten. Sie lag immer noch auf dem Sofa. Vor ihr auf dem Tischchen stand eine halb ausgetrunkene und wahrscheinlich längst erkaltete Tasse Tee. Und so langsam begann sie den Grund für ihre anfängliche Verwirrung zu ahnen: Die Leseecke in der Buchhandlung *Seitenweise* war offensichtlich ein klein wenig *zu* bequem gewesen.

»Wie lange habe ich geschlafen?«, fragte sie. Denn dass sie geschlafen hatte, stand außer Frage. Ein dunkler Fleck auf dem Ärmel ihres mintgrünen Blazers war ein deutlicher Hinweis darauf, dass sie, während sie selig im Reich der Träume dahingeschwebt war, überdies noch auf ihren Arm gesabbert haben musste. Hastig verschränkte Ariane die Arme, um den verräterischen Fleck zu verbergen. Herrje, sie ließ wirklich keine Gelegenheit aus, bei der Bücherfee mit den süßen Ohren einen denkbar schlechten Eindruck zu hinterlassen.

Bücherfee – so nannte Ariane sie bereits im Stillen.

Diese beantwortete Arianes Frage mit einem mitfühlenden: »Hoffentlich lange genug. Sie müssen todmüde gewesen sein.«

»Entschuldigung«, murmelte Ariane und setzte sich nun vollends auf. »Das ist mir wirklich unangenehm.«

»Ach, Unsinn«, winkte die Bücherfee ab. »Es war sogar irgendwie niedlich, wie Sie so dagelegen haben. – Ach, verflixt, jetzt habe ich schon wieder etwas gesagt, was ich nicht hätte sagen sollen, was?« Sie kicherte, doch diesmal schien es ihr schon erheblich weniger peinlich zu sein als beim letzten Mal. Ihr Lachen klang heiter und wirkte ansteckend. Ariane stimmte unwillkürlich mit ein.

Doch dann riss sie sich zusammen und tastete mit den Füßen nach ihren Schuhen. »Jetzt muss ich aber los. Wie spät ist es denn?«

»Feierabend«, antwortete die Buchhändlerin. »Ich mache gerade die Kasse zu und wollte danach den Laden abschließen.«

»Was?«, rief Ariane aus und verlor vor Schreck den einen Schuh, den sie bereits wieder angezogen hatte. »Du meine Güte, soll das heißen, ich habe den ganzen Nachmittag verschlafen?«

»Den ganzen Nachmittag und den halben Abend«, bestätigte die Bücherfee. Sie musterte Arianes bestürztes Gesicht und sah plötzlich zerknirscht aus. »Tut mir leid, ich hätte Sie eher wecken sollen, ich weiß. Aber Sie haben so selig geschlummert, und vorhin sahen Sie so erschöpft aus. Da hab ich's einfach nicht übers Herz gebracht. War das ... falsch von mir?«

Na ja, dachte Ariane. Zumindest war es nicht zu Ende gedacht in Anbetracht der Tatsache, dass die Bücherfee nicht wissen konnte, ob Ariane dadurch nicht womöglich irgendwelche beruflichen Termine verpasste. Oder gar ein wichtiges Date. Oder ob sie zu Hause jemand voller Sorge erwartete.

Doch aus irgendeinem Grund konnte sie dieser Frau einfach nicht böse sein. Zumal nichts von all den Dingen, die diese eigentlich hätte in Betracht ziehen sollen, tatsächlich zutraf. Leider. Zumindest was die nicht vorhandenen Verabredungen betraf und die leere Wohnung, in der so gar niemand auf sie wartete.

»Schon gut«, erklärte sie deshalb. »Sie haben es schließlich gut gemeint. Außerdem lässt es sich jetzt ja ohnehin nicht mehr ändern.« Sie rang sich ein schiefes Lächeln ab. »Dann muss ich jetzt aber wirklich los. Nichts für ungut nochmal, ja? War wirklich nett bei Ihnen. Und vielen Dank.«

»Wenn Sie wollen«, hörte sie die Bücherfee sagen, »können Sie bleiben.«

Ariane lachte auf, verblüfft über das reichlich seltsame Angebot. »Oh nein, vielen Dank. So bequem Ihre Couch auch sein mag, ich kann diese Nacht unmöglich in einer Buchhandlung –«

»Ich meinte eigentlich, dass Sie bei mir übernachten könnten.« Jetzt lächelte die Frau wieder ihr hübsches Lächeln. Mit dem Kinn deutete sie zu einer Tür im Hintergrund. »Meine Wohnung liegt direkt über dem Laden. Nur eine Treppe rauf, und da wären wir schon.«

Ariane zögerte. Sie musste zugeben, dass das Ganze eine gewisse Verlockung barg – vor allem, weil sie sich völlig zerschlagen fühlte. Das war immer so, wenn sie am Nachmittag geschlafen hatte, und einer der vielen Gründe, warum sie über den Tag verteilt so viel Kaffee und niemals Tee trank. Dann konnte es nämlich gar nicht erst so weit kommen. Außerdem war sie in diesem Zustand auch nicht wirklich erpicht darauf, sich hinters Steuer zu setzen. Und ihr Maserati würde einen Tag außerhalb der heimischen Garage schon überleben. Er war schließlich schon ein großer Maserati.

Halbherzig wandte sie ein: »Ich muss morgen früh raus.« Wobei das streng genommen nicht einmal stimmte. Sie hatte den Vormittag ausnahmsweise mal frei und wollte eigentlich nur ein paar Termine sichten und Dinge erledigen, die in der letzten Zeit liegengeblieben waren.

»Na und? Ich auch«, fegte die Bücherfee ihre Bedenken beiseite. »Kommen Sie schon. Da oben«, mit einem verheißungsvollen Lächeln wies sie mit dem Daumen in die Höhe, »gibt es auch noch mehr von dem Lapacho-Tee. Und im Gegensatz zu diesem hier ist er auch noch warm.«

Ariane blickte auf die halbleere Tasse. Lapacho-Tee also. Sie lachte und stand auf. »Überredet.«

2

Während sie hintereinander die Treppe hochgingen, kam Ariane nicht umhin, die Kehrseite ihrer unverhofften Gastgeberin zu betrachten. Sie tat es nicht aus anstößigen Motiven heraus, sondern hatte vielmehr kaum eine Möglichkeit, irgendwo anders hinzusehen.

Die Bücherfee hatte eine recht hübsche Kehrseite. Auch diese Feststellung war mit keinerlei Wertung von Arianes Seite verbunden, es war vielmehr ein Faktum. Der knallbunte Wickelrock über den Leggings brachte die schlanken Beine gut zur Geltung, ohne dass es auch nur ansatzweise billig aussah. Ihr schwarzer Rollkragenpulli wiederum ließ die grellen Farben des Rockes leuchten und betonte den schmalen Hals. Beim Besteigen der Treppe legte die Bücherfee den Kopf leicht in den Nacken, und ihr kurzes Haar streifte den Rollkragen. Der einzige Wermutstropfen war, dass aus dieser Perspektive ihre Öhrchen nicht zu sehen waren.

Diese Frau war eine eigenwillige Erscheinung, ganz ohne Zweifel. Ihr Outfit war auffällig, ohne dabei aufdringlich zu sein, alternativ, aber nicht zu schillernd. Und sie besaß die natürliche Anmut eines Menschen, der keine Ahnung hatte, wie attraktiv er eigentlich war. Irgendwie schade, ging es Ariane durch den Kopf, dass ein so bezauberndes Wesen sich in so einer kleinen, wenn auch gemütlichen Buchhandlung versteckte und Tag für Tag bloß eine Handvoll Leute zu sehen bekam. Und dass im Umkehrschluss auch nur diese wenigen Auserwählten das Vergnügen hatten, sie zu sehen.

Immerhin: Jetzt gehörte Ariane selbst auch dazu.

»So, da wären wir«, plauderte die Bücherfee in diesem Moment. »Sehen Sie sich bitte nicht zu genau um, ich habe nicht aufgeräumt.« Sie sperrte auf, winkte Ariane einzutreten und zeigte ihr, wo sie Blazer und Schuhe ablegen konnte. Derweil tat Ariane das genaue Gegenteil dessen, worum sie gerade gebeten worden war: Sie blickte sich sehr genau und ziemlich neugierig um. Die Wohnung trug unverkennbar Bücherfees Handschrift, und sie passte zu ihr. Ein bisschen zu klein, ein bisschen altmodisch, aber absolut anheimelnd und gemütlich. Hier hatte alles seinen Platz, ohne dabei durchgestylt zu wirken. Der Feng-Shui-Architekt, der Arianes Apartment eingerichtet hatte, hätte sicherlich die Hände über dem Kopf zusammengeschlagen – doch dieser Architekt war ja nicht hier, und Ariane gefiel es. Das hier war wenigstens ein richtiges Zuhause, in dem auch gelebt wurde, während Ariane viel zu oft nur zum Schlafen in ihr Apartment kam. Und obwohl sie eine geradezu phänomenal ausgestattete Küche besaß, in der es alles gab, was das Herz eines begeisterten Kochs hätte höher schlagen lassen, vom mechanischen Zwiebelhäcksler bis hin zum japanischen Santokumesser, war Ariane ein echter Fan von Restaurants und Bringdiensten. Gerüche waren in ihrer Wohnung so gut wie nicht existent, vom Raumerfrischer einmal abgesehen. Hier hingegen roch es ein wenig nach Papier, nach Büchern, nach Kaffeeaufguss. Und nach …

»Kartoffelbrei«, erklärte die Bücherfee etwas verlegen. Sie musste gesehen haben, wie sich Arianes Nasenflügel schnuppernd blähten, und deutete diese Geste wohl irrtümlich als angeekeltes Naserümpfen. Jedenfalls entschuldigte sie sich: »Tut mir leid. Ich liebe Kartoffelbrei, aber ich übertreibe es jedes Mal mit dem Muskat. Sagen zumindest alle anderen. In Wirklichkeit liebe ich Muskat und kann eigentlich nicht genug davon kriegen, also –«

»Riecht lecker«, beruhigte Ariane sie rasch.

»Wirklich?« Die Bücherfee zog skeptisch das eigene Näschen kraus. »Na, dann ist ja gut. Falls Sie noch Hunger haben …?«

Sie vollendete den Satz nicht und sah Ariane stattdessen fragend an, doch diese schüttelte den Kopf. Nicht, weil sie zuvor gnädig geschwindelt hatte und den Geruch in Wahrheit gar nicht so lecker fand. Sie hatte einfach wirklich keinen Appetit mehr. Das hatte sie eigentlich nie um diese Uhrzeit. Sie konnte nicht einschlafen, wenn sie zu fortgeschrittener Stunde zu viele Kohlenhydrate zu sich nahm, von zu scharfer Würze ganz zu schweigen.

»Schön, dann also kein Kartoffelbrei«, plapperte die Bücherfee weiter. Ariane suchte in ihrem Gesicht nach Zeichen von Enttäuschung, weil sie ihre köstliche Muskatmatsche ausgeschlagen hatte, aber da war nichts zu sehen. Ihre Gastgeberin wirkte lediglich etwas zerstreut und sogar leicht verunsichert. Ganz anders als am Nachmittag, als sie völlig souverän Arianes halben Lebenslauf inklusive Gewohnheiten erraten hatte. Wieso machte sie es denn plötzlich so umständlich? Statt Ariane einfach zu zeigen, wo sie schlafen konnte, und ihr eine gute Nacht zu wünschen? Das wäre doch viel einfacher für sie beide. Und zeitsparender auch.

»Oh!«, rief die Bücherfee in diesem Moment aus, als sei etwas Wichtiges ihr plötzlich wieder eingefallen. »Ich hoffe, Sie haben kein Problem mit Tieren? Oder sind am Ende noch allergisch? Vielleicht hätte ich vorher erwähnen sollen, dass ich einen kleinen Mitbewohner habe. Normalerweise ist er sogar unten im Laden, dann hätten Sie ihn schon kennengelernt. Aber heute hatte er keine Lust, mich zu begleiten, und da habe ich ihn besser hier oben gelassen, weil –«

Noch während sie sprach, hörte Ariane ein Schnaufen. Aus einer halb geöffneten Tür kam etwas angekeucht, das sich vor Ariane platzierte und neugierig ihre Füße beschnupperte. Das Tier – den Atemgeräuschen nach musste es ein Hund sein, obwohl der Anblick das nicht zweifelsfrei bestätigte – bestand eigentlich nur aus Muskeln und Fett. Seine stämmigen Beine schienen zu kurz für den Körper und der Kopf im Vergleich dazu viel zu groß.

»Oh mein Gott«, stieß Ariane hervor. »Was ist denn *das?*«

»Das ist Watson. Eine englische Bulldogge.« Die Bücherfee hatte sich zu dem Tier hinuntergebeugt und tätschelte ihm liebevoll den Kopf. »Ich weiß, er ist kein Staatsstück«, bekannte sie mit einem verlegenen Grinsen. »Aber vielleicht mag ich ihn gerade deshalb so gern. Er war der hässlichste Welpe, den ich je gesehen habe. Und es war Liebe auf den ersten Blick.«

»Aha.« Ariane blickte zweifelnd auf das kleine Monstrum hinab. Dieses Vieh war wirklich kein Ausbund an Schönheit, nicht einmal der cleverste Werbetexter der Welt hätte diese Tatsache verschleiern können. Seine Lefzen hingen bis auf den Boden, und er röchelte, dass es zum Erbarmen war. So langsam befürchtete sie, das Tier würde gleich hier zu ihren Füßen einem asthmatischen Anfall erliegen. »Watson also?«, fragte sie, hauptsächlich um das Geräusch zu übertönen. »Wie der Typ aus den Sherlock-Holmes-Geschichten?«

»Ja, nur ohne Doktortitel.« Zarte Röte färbte die Wangen der Buchhändlerin und Hundebesitzerin. »Ich sagte doch, ich liebe Detektivgeschichten.« Wie um Ariane nicht ansehen zu müssen, wandte sie den Blick wieder ihrem Hund zu. Sie war unglaublich reizend, wenn sie verlegen war. Selbst ihre Öhrchen leuchteten in einem ganz zarten Himbeerrot. »Ich glaube, Watson mag Sie«, stellte sie fest.

Ariane hatte einen anderen Verdacht. Dass Watson ihre Füße so begeistert beschnüffelte, mochte genauso gut daran liegen, dass sie seit heute Morgen nicht aus den verflixten High Heels gekommen war – wenn man von ihrem Nickerchen auf dem Sofa unten im Laden einmal absah.

Doch diese Idee schien jenseits von Bücherfees Vorstellungskraft zu liegen. »Hunde haben ein gutes Gespür für Menschen«, führte diese gerade ihre Erörterungen fort. »Dich hat er sofort ins Herz geschlossen –« Sie unterbrach sich und sah wieder zu Ariane auf. Diesmal mit leicht geöffneten Lippen, als könne sie ihren eigenen Fauxpas nicht fassen. »Hab ich gerade Du zu dir gesagt?«, fragte sie etwas zweifelnd, nur um sich dann auf die Lippe zu beißen. »Herrje. Und dann gleich nochmal!«

Ariane musste lachen. Diese Verlegenheit, die Bücherfees Gesicht nun in dunklem Magentarot glühen ließ, war einfach zu bezaubernd. »Wenn einem so etwas mehr als einmal passiert«, meinte sie, »und dann auch noch so kurz hintereinander, dann sollte man es dabei belassen.« Sie streckte die Hand aus. »Hallo nochmal. Ich bin die Ariane.«

Der Griff wurde erwidert, erst zaghaft, dann fester. »Greta.«

»Hallo, Greta. Und –«, Ariane blickte abwärts, »hallo, Watson.«

Sie schüttelten sich die Hände, in diesem kleinen Flur, der nach Gemütlichkeit und Kartoffelbrei roch: Ariane und die Bücherfee, die in Wahrheit Greta hieß. Dabei lächelten sie sich an mit der üblichen Unsicherheit, die Menschen an den Tag legen, wenn sie die Grenze zwischen Fremdheit und Vertrautheit überschreiten und sich gleichzeitig fragen, ob es dafür nicht eigentlich noch viel zu früh ist.

Es war Greta, die als Erste ihre Sprache wiederfand. »Wie sieht es aus, Ariane?«, meinte sie. »Wollen wir unsere neue Duzfreundschaft mit einem Glas Wein begießen? Mir ist gerade irgendwie nach etwas Stärkerem als Tee.« Sie hob die schmalen Schultern.

»Gute Idee«, befand Ariane. Sie war plötzlich neugierig darauf, ob sich Gretas Öhrchen auch unter dem Einfluss von Alkohol noch einmal so wundervoll rot färben würden.

Der Wein war zwar kein 1982er Chablis, aber er erfüllte seinen Zweck. Bereits nach einem halben Glas fühlte sich Ariane viel gelöster, und die Anspannung des Tages war kaum mehr zu spüren.

Das mochte allerdings auch an der Gesellschaft liegen. Es war eine reine Freude, Greta zuzuhören. Oder besser gesagt: ihr beim Reden zuzusehen. Ihre Gestik war sehr lebendig und wurde mit voranschreitender Stunde – und steigendem Pegel – immer eifriger und ausladender, vor allem, wenn sie von ihren Lieblingsbüchern erzählte, Stärken und Schwachstellen aufzählte und sie miteinander verglich. Ihre Ohren röteten sich übrigens tatsächlich. Irgendwann glühten sie mit ihren Wangen um die Wette.

Im Laufe des Abends ließ der Ernst ihrer Dialoge nach. Sie

hatten inzwischen die zweite Flasche Wein angebrochen. Ariane trank, hörte zu, erzählte selbst, trank wieder, lachte und fühlte sich alles in allem pudelwohl. Sämtliche lästigen Pflichten und unliebsamen Tatsachen schienen viele, viele Meilen weit weg zu sein. Zum Beispiel, dass sie spätabends nichts Schweres mehr essen sollte. Jetzt merkte sie nämlich doch, dass ihr Abendessen ausgefallen war. Eine Tatsache, die Greta genauso wenig ignorieren konnte wie Ariane selbst, denn irgendwann begann ihr Magen so vernehmlich zu knurren, dass er sogar Watsons grunzende Atemzüge übertönte. Also bestand Ariane darauf, Gretas Kartoffelbrei mit zu viel Muskat zu probieren. Greta genierte sich und bot ihr stattdessen Knäckebrot, Zwieback und sogar Königsberger Klopse aus der Dose an.

Doch Ariane insistierte. »Versalzenes Essen kenne ich schon. Vermuskatiertes Essen ist mir neu.« Sie stutzte. »Gibt es das Wort überhaupt? Vermuskatiert? Meinst du, das finden wir irgendwo, wenn wir in deiner Buchhandlung lange genug suchen?«

Greta musste passen, obwohl sie Arianes Wortkreation recht gelungen fand. Auf jeden Fall gelungener als ihr Brei, warnte sie Ariane sicherheitshalber, bevor sie den Herd anwarf. Wenig später saß Ariane mit einem Glas Wein in der einen und einem Löffel in der anderen Hand da und schaufelte sich dicken, gelblichen Brei in den Mund.

»Perfekt«, lobte sie.

»Ehrlich?«, fragte Greta zweifelnd. »Du bist die Erste, die das sagt. Anscheinend bist du genauso muskatversessen wie ich. *Ziemlich* versessen sogar«, erklärte sie plötzlich, bedachte Ariane mit einem seltsamen Blick und begann zu kichern.

»Was ist?« Ariane runzelte die Stirn.

»Du . . .«, Greta bemühte sich sichtlich, nicht zu breit zu grinsen, ». . . hast da was. Mitten im Gesicht.«

»Wo?« Erschrocken und peinlich berührt griff sich Ariane ans Kinn.

»Da«, sagte Greta glucksend und zeigte unbestimmt irgendwohin.

Mit dieser Auskunft war Ariane nicht wirklich schlauer. »Hier?«, fragte sie.

»Nein, andere Seite ...« Greta musste immer mehr kichern, während Ariane sich mal an die eine, mal an die andere Wange griff und dadurch offenbar alles nur schlimmer machte. »Jetzt hast du's komplett verschmiert«, stellte Greta schließlich fest. »Warte, lass mich mal.« Sie holte ein Blatt Küchenkrepp, setzte sich damit vor Ariane hin und wischte ihr sorgfältig übers Kinn.

Normalerweise hätte Ariane so etwas furchtbar gefunden. Bemutternd, bevormundend, einfach durch die Bank schrecklich und übergriffig. Doch jetzt, wo sie Greta so nahe war, dass sie ihr Parfum riechen und die Wärme ihres Atemhauchs spüren konnte, fühlte sie nichts von alledem. Im Gegenteil: Sie fand es wundervoll. Gretas auf seltsame Weise konzentriertes Gesicht, die Vorsicht, mit der sie über ihre Haut strich, ihre weichen, zarten Hände, welche die Rauheit des Küchenkrepps wieder wettmachten ...

»Fertig?«, fragte sie, als Greta die Hand wegzog, und hoffte beinahe, es wäre noch nicht vorbei. Sie musste sich sogar zusammenreißen, um Gretas Hand nicht mit der Wange zu folgen.

»Fertig«, antwortete Greta. Sie hatte noch immer denselben konzentrierten Gesichtsausdruck. Und auch wenn sie ihre Hand zurückgezogen hatte, blieben ihre Köpfe auf gleicher Höhe.

»Schade«, wagte Ariane einen kleinen, kühnen Vorstoß.

Greta blinzelte. »Hm?«, machte sie leise.

Ariane war plötzlich ganz warm in der Magengegend, und das kam eindeutig nicht von dem eben verzehrten Kartoffelbrei. Vielmehr spürte sie die vertraute Hitze in sich aufsteigen, die zunächst in die Wangen, dann auch in den Lendenbereich ausstrahlte und sich dort verlangend ausbreitete. Gar keine Frage: Gretas zierlicher Körper, die aparte Kurzhaarfrisur und die großen Augen, das komplette Zusammenspiel all dieser optischen Reize, gekoppelt mit der für Ariane so ungewohnten, beinahe surrealen Situation, machte sie schwindlig, aber zugleich hellwach. Weckte ihre niedersten Instinkte: Begierde. Und die

Lust am Jagen.

In Gretas Blick lag eine Spur von Unsicherheit und Verwirrung. Doch ihre kleinen Brüste, die sich unter dem engen Rollkragenpulli deutlich abzeichneten, hoben und senkten sich. Verstand sie wirklich nicht, wie anziehend sie in diesem Moment wirkte? Spürte sie nicht, was sie hier mit Ariane machte? War ihr denn nicht klar, dass ihre Geste, die Nähe, das zarte Abwischen von Kartoffelbrei aus Arianes Mundwinkel bereits ein Teil des Spiels waren? Sogar ein ganz entscheidender Teil jenes Spiels, das sich Verführung nannte?

Oder war ihr das sehr wohl bewusst, und sie war einfach nur eine exzellente Schauspielerin? Eine Spielerin, die es zur Meisterschaft gebracht hatte? Dieser Blick, der verwirrte, treuherzige Ausdruck in ihren Augen, all das drückte bei Ariane die richtigen Knöpfe. Stachelte sie an, ließ ihren Körper reagieren und zugleich in Habachtstellung gehen.

Es gab nur eine Möglichkeit, herauszufinden, ob Greta nur spielte.

Ariane zögerte noch eine Sekunde. Dann beugte sie sich vor. Ihre Lippen suchten Gretas, und sie spürte, wie der Druck in ihrem Lendenbereich sich verstärkte, je mehr sich der Abstand zwischen ihren Gesichtern verringerte.

Noch zehn Zentimeter. Gretas Augen weiteten sich, als sie nun, endlich, begriff, was Ariane vorhatte. Das Heben und Senken ihrer Brust beschleunigte sich nochmals.

Noch fünf Zentimeter. Noch drei.

Noch einer.

Als Arianes Lippen auf Gretas trafen, schmeckte sie zuerst Muskat, dann das fruchtige Aroma von Weißwein. Zuerst war die Berührung nur sehr behutsam und sanft. Dadurch ermutigt, umfasste Ariane Gretas Kinn mit der rechten Hand und öffnete die Lippen. Mit ihrer Zunge stieß sie spielerisch gegen Gretas Lippen, fordernd, neckend, um sie zu motivieren, ebenfalls den Mund zu öffnen.

Komm schon, spornte sie Greta in Gedanken an. Lass mich

noch mehr von dir spüren, bitte! Gib mir mehr …

Und Greta tat es. Ihre Lippen, weich und nachgiebig, öffneten sich und ließen Arianes Zunge hineingleiten, hießen sie willkommen. Ariane stöhnte unwillkürlich auf. Sie legte die linke Hand in Gretas Nacken und zog sie fester an sich.

Greta gab einen leisen Laut von sich, keuchte in Arianes Mund hinein. Ariane konnte sich nicht mehr beherrschen. Ihre Hand glitt an Gretas Hals hinab, über das Schlüsselbein und dann weiter. Abwärts.

Greta versuchte, etwas zu sagen. Wiederholte es. Es klang wie »arte«.

Was sollte das denn jetzt? Das Einzige, was Ariane mit dieser Buchstabenkombination verband, war ein deutsch-französischer Fernsehsender, der bevorzugt Kunstfilme zeigte. Doch wieso redete Greta jetzt plötzlich vom Fernsehen? Und das als erklärte Büchernärrin?

Greta wiederholte ihre Äußerung abermals. Ihr Ton wurde drängender, beinahe flehend. Und dann begriff Ariane.

Greta sagte keineswegs »arte«. Sondern »Warte!«

Inzwischen war sie ein Stück von Ariane zurückgewichen. »Warte«, keuchte sie erneut und schon fast ein bisschen angestrengt. »Bitte.«

Ariane zog sich ebenfalls zurück, rasch, beinahe ein wenig zu schnell. »Ich …«, begann sie und schluckte. »Entschuldige bitte. Ich dachte, du wolltest es auch …«

»Nein«, wehrte Greta ab. »Ich meine, ja. Doch! Ich wollte schon …« Sie kniff die Augen fest zusammen und schüttelte einmal kurz den Kopf, als wolle sie ihn wieder klar bekommen. Das unausgesprochene »aber« hing bleischwer im Raum. »Entschuldige«, flüsterte Greta dann. Ihre Lider flackerten, und ihre Stimme war nur mehr ein Hauch. »Ich … weiß nicht, was das gerade war.«

Was das war? Nun, wenn man einmal von den harten Fakten ausging, dann war es ziemlich eindeutig ein Kuss gewesen. Ariane konnte ihn immer noch schmecken. Und seine Nachwirkungen brannten nach wie vor auf ihren Lippen, ebenso wie an anderer, wesentlich privaterer Stelle.

Vielleicht kannte Greta so etwas nicht? Vielleicht war es ja komplettes Neuland für sie, eine Frau zu küssen? War das das Problem? Doch als Ariane in Gretas Augen sah, ahnte sie, dass diese Erklärung vermutlich zu einfach war.

Gretas Lippen bebten, und sie sah hilflos zu Ariane auf. »Ich ... kann das nicht«, flüsterte sie. »Nicht so. Es ... geht mir einfach zu schnell, verstehst du? Tut mir wirklich leid.« Sie senkte den Blick, heftete ihn fest auf die Tischplatte. »Du musst mich für eine totale Idiotin halten«, murmelte sie. »Da hole ich dich einfach in meine Wohnung, und dann ... so etwas.«

So etwas? Also, jetzt sollte die Kleine aber mal einen Gang runterschalten. Was glaubte sie denn, was Ariane erwartet hatte? Dass hier eine Übernachtungsmöglichkeit zu kriegen wäre, ein kleines Mitternachtsmahl und dann, gewissermaßen als Nachtisch, die Gastgeberin gleich dazu? Machte Ariane wirklich den Eindruck, derart versessen auf eine schnelle Nummer zu sein und so wenig Rücksicht auf die Gefühle anderer zu nehmen?

Wenn ja, dann musste sie dringend etwas an ihrem Auftreten ändern.

»Hör mal ...«, begann Ariane, ohne genau zu wissen, was sie eigentlich sagen wollte. Doch Greta streckte die Hand aus und legte ihr ganz sachte den Finger an die Lippen.

»Psst«, sagte sie leise und musterte Ariane mit einem Lächeln. Es war ein eigenartiges Lächeln, ehrlich, aber mit einem bedauernden Ausdruck darin. Und es erreichte ihre Augen nicht.

»Du kannst nichts dafür«, flüsterte Greta und suchte Arianes Blick. »Und du musst dich für nichts entschuldigen, okay? Es ist eher umgekehrt. Ich müsste mich bei dir entschuldigen. Weißt du ...« Sie legte den Kopf verschämt auf die Seite. »Eigentlich wollte ich dir wirklich nur einen Schlafplatz anbieten. Ganz unverbindlich und unschuldig. Aber dann ist die Sache hier irgendwie zum Selbstläufer geworden. Die Chemie hat einfach gestimmt. Zuerst war es nur ein nettes Gespräch und dann plötzlich ein Flirt. Und dann bin ich plötzlich auf die Idee gekommen, einfach mal etwas komplett Verrücktes zu tun. So wie in meinen Büchern, verstehst du? Wenn man da eine schöne, geheimnisvolle Fremde mit in seine Wohnung nimmt, dann liegt es quasi in der Natur der Sache, was als Nächstes passiert.«

Ach so, dachte Ariane. Und das wäre? Doch die Antwort folgte bereits auf dem Fuße.

»Die beiden«, sagte Greta mit beinahe schwärmerischer Stimme, »verbringen eine wundervolle Nacht miteinander und scheiden am nächsten Morgen ohne Bedauern.«

Oh, kam Ariane nicht umhin zu denken. An den nächsten Morgen hatte sie selbst noch gar keinen Gedanken verschwendet. In diesem Punkt war ihr Greta eindeutig einen Schritt voraus.

Da fuhr diese auch schon fort: »Tja – aber das sind eben nur Geschichten. Und ich bin keine von meinen Romanheldinnen. Ich bin nur Greta, die kleine Buchhändlerin, die kneift, wenn es drauf ankommt.« Sie zuckte bedauernd die Achseln. »Ziemlich dumm, was?«

»Nein!« Jetzt nahm Ariane keinerlei Rücksicht mehr darauf, ob Greta eine Antwort hören wollte oder nicht. Stattdessen schob sie einfach deren Finger beiseite, der immer noch an ihren Lippen lag, so sanft, wie ihr das in diesem Moment möglich war. »Ich bitte dich«, sagte sie und sah Greta offen in die Augen. »Mach dich nicht selbst fertig. Du hast nichts falsch gemacht. Und ich habe gar nichts erwartet. Okay?« Sie hielt inne, zögerte einen winzigen Augenblick und gab dann schließlich zu: »Na ja, vielleicht habe ich es . . . gehofft.«

»Gehofft?«, echote Greta mit einem winzigen Grinsen. »Du küsst also immer wild drauflos, nur weil du auf etwas hoffst?«

Ariane lachte kurz auf. »Schon gut.« Sie hob beide Hände in einer Geste der Kapitulation. »Du hast mich erwischt. Ich gestehe: Ich hätte liebend gern noch eine ganze Menge mehr mit dir angestellt, wenn das auch in deinem Sinne gewesen wäre.

Schuldig in allen Punkten der Anklage.«

Jetzt wurden Gretas Augen wieder ernst, obwohl sie weiterlächelte. »Ebenfalls schuldig«, sagte sie leise, und ihre Wangen liefen dabei rot an. »Nur leider nicht mutig und spontan genug.«

Mein Gott, dachte Ariane. Selbst wenn sie eine Abfuhr erteilte, war diese Frau so süß, dass man nicht einmal auf die Idee kam, ihr die ganze Sache übelzunehmen. Einer spontanen Eingebung folgend legte Ariane die Arme um sie. Ganz langsam, längst nicht so impulsgesteuert wie beim ersten Mal, sondern sehr behutsam. Sie wollte Greta nicht ein zweites Mal überfallen, sondern ihr die Gelegenheit geben, sich ihr zu entziehen, falls es das war, was sie wollte.

Doch Greta entzog sich nicht. Sie ließ sich von Ariane in den Arm nehmen, legte sogar ihrerseits die Arme um sie. Ariane zog den kleinen Körper an sich und spürte Gretas Herz schlagen. Gretas Wange lag an ihrer Schulter.

»Schon gut«, flüsterte Ariane. »Alles ist gut.«

»Bist du sicher?«

Ariane lächelte. »Völlig sicher.« Und das meinte sie ehrlich. Es war wirklich alles gut. Abgesehen von einem leichten Druck in ihrem Slip. Aber das war erstens kein Weltuntergang, zweitens in gewisser Weise sogar ein Kompliment an die süße Greta und nichts, worüber diese sich hätte beunruhigen müssen. Und drittens war es nichts, was sich nicht entweder von allein oder durch ein paar gezielte Handgriffe lösen lassen würde.

Ariane hielt Greta im Arm und spürte, wie sich ganz allmählich deren Herzschlag beruhigte. Hatte er sich zu Beginn noch wie das panische Flügelflattern eines in die Falle geratenen Vögelchens angefühlt, verlangsamten sich die Schläge nun nach und nach, bis sie schließlich fast wieder den Ruhepuls erreicht hatten. Ariane genoss die Wärme, die von Gretas Körper ausging. Es war eine sanfte, beruhigende Wärme, nicht zu vergleichen mit der Hitze, die sie selbst vor wenigen Minuten noch ausgestrahlt haben musste.

»Sag mal«, fragte sie schließlich und lockerte die Umarmung ein wenig, »wäre es dir vielleicht lieber, wenn ich jetzt gehe?«

»Was?« Greta hob den Kopf und sah sie beinahe entgeistert an. »Wieso denn?«

Ein wenig verunsichert ob dieser Reaktion setzte Ariane zu einer Erklärung an: »Na ja, ich dachte, die ganze Situation wäre dir vielleicht unangenehm ... Es wäre kein Problem.« Um jeden Preis wollte sie verhindern, dass Greta sie jetzt nur noch der Höflichkeit halber bei sich schlafen ließ. »Ich würde mir einfach ein Taxi rufen«, ergänzte sie. »Allerdings wäre es nett, wenn ich wenigstens noch so lange hierbleiben dürfte, bis der Wagen vorfährt. Ich glaube, draußen auf der Straße ist es inzwischen ein klein wenig kühl.«

»So ein Unsinn«, wehrte Greta ab. »Natürlich schläfst du hier, das ist gar keine Frage. He, wir sind doch beide erwachsene Menschen, oder nicht?« Dann stockte sie und fügte mit trockener Stimme hinzu: »Es sei denn, du *möchtest* gern gehen. Dann halte ich dich natürlich nicht auf.«

»Dieses Mal nicht, meinst du?«, fragte Ariane mit einem kleinen Grinsen.

»Genau«, bestätigte Greta, die die Anspielung offenbar sofort verstand. »Dieses Mal nicht.«

Da ließ Ariane Greta los und legte die Hände in den Nacken, um die verspannten Muskeln zu dehnen. »Also, in diesem Fall«, sagte sie, »würde ich es vorziehen, wenn ich bleiben darf. Offen gestanden fehlt mir ein bisschen die Motivation, um diese Zeit noch erzwungenen Smalltalk mit einem Taxifahrer zu halten und anschließend mit ihm um den Fahrpreis zu feilschen.«

»Oh, so wie ich dich einschätze, würdest du ihn auf Null herunterhandeln«, kommentierte Greta prompt und grinste. »Aber gut. Dann bleibst du eben hier. Bestens.«

»Ja«, meinte Ariane. »Finde ich auch.«

Einen Moment lang sahen sie sich in die Augen. Lächelten. Suchten nach Worten. Versuchten, ein neues Thema zu finden, um das Gespräch nicht versiegen zu lassen. Doch beide wussten, dass dafür gerade zu viel zwischen ihnen passiert war. Nach einer solchen Situation konnte man nicht einfach so tun, als sei nichts gewesen, konnte nicht wieder ganz von vorn anfangen und zum nächsten Tagesordnungspunkt übergehen. Und selbst wenn sie doch noch ein Thema finden sollten, das sie beide interessierte, so wäre das nichts anderes als eine Verlegenheitslösung. Insgeheim würde jede von ihnen an etwas anderes denken. Etwas, das sich durchaus als gemeinsames Interesse bezeichnen ließe. Doch wahrscheinlich würden sie diese Thematik aus vollkommen unterschiedlichen Perspektiven sehen.

»Also dann ...«, meinte Greta schließlich, eine Sekunde bevor das Schweigen zwischen ihnen wirklich unangenehm geworden wäre. »Dann zeige ich dir jetzt am besten mal, wo du schlafen kannst, hm?«

Das Zimmer war klein und gemütlich, das Bett schmal und weich. Ein typisches Gästebett eben, wie Ariane fand. Greta hatte das Kissen aufgeschüttelt und Ariane das Badezimmer gezeigt sowie die Lichtschalter auf dem Flur. Anschließend hatte sie noch eine Flasche Wasser aus der Vorratskammer geholt für den Fall, dass Ariane Durst bekommen sollte. Als Letztes hatte sie Ariane darauf hingewiesen, dass sie in der Nacht lieber vorsichtig sein solle. Falls sie einmal aufstehen müsse, täte sie gut daran, auf ihre Füße zu achten. Watson habe nämlich die blöde Angewohnheit, sich irgendwo mitten auf dem Gang hinzulegen, also genau dort, wo man wunderbar auf ihn treten konnte. Und dann jaulte er immer derart herzerweichend, dass nur ausgedehnte Streicheleinheiten ihn wieder beruhigen konnten.

Ariane verkniff sich die Bemerkung, dass sie in diesem Haushalt, wenn überhaupt, höchstens Greta ausgiebig streicheln würde und sonst niemanden, schon gar nicht den Hund.

Nachdem sie ihre Instruktionen allesamt losgeworden war, stand Greta etwas linkisch im Türrahmen. »Tja«, hatte sie gemeint, »ich glaube, nun weißt du alles, was du wissen musst. Brauchst du noch irgendetwas?«

Ariane hatte verneint. Daraufhin hatte Greta sich etwas vorgebeugt, so als dächte sie darüber nach, Ariane noch ein weiteres Mal zu umarmen. Doch dann hatte sie innegehalten, unsicher gelächelt und sich zurückgezogen.

»Gute Nacht. Schlaf schön.«

»Ja. Du auch ...«

Als sich die Tür hinter Greta schloss, hatte Ariane sich rücklings aufs Bett fallen lassen und an die Decke gestarrt.

»Wow«, murmelte sie. Und danach, weil es ihr einfach so passend vorkam, noch einmal: »Wow.«

So, dachte sie, fühlte sich also ein One-Night-Stand an, wenn er nicht stattfand. Ariane wunderte sich selbst, dass sie die Sache so locker wegsteckte. Irgendwie hätte sie erwartet, dass zumindest ein Teil von ihr unzufrieden über den Verlauf der Dinge sein würde. Jener Teil, der so gern Herausforderungen annahm, der gern spielte, gern Dingen nachjagte und, vor allem, der sie zu einer verdammt schlechten Verliererin machte.

Vielleicht nicht direkt sauer.

Aber enttäuscht.

Ariane spürte tiefer in sich hinein. Aber da war nichts von alldem. Allerhöchstens ein kleines Quäntchen von Unwohlsein.

Auch wenn Greta fraglos gewisse Signale ausgesendet hatte, und auch wenn Ariane ebendiese Signale weitgehend richtig gedeutet hatte, so war sie doch diejenige gewesen, die den ersten ernsthaften Schritt gemacht und Greta damit überrumpelt hatte. Sie war zu forsch gewesen, zu schnell. Sie hätte es besser wissen müssen, hätte die Unsicherheit hinter Gretas zaghaften Flirtversuchen spüren und ihre Verwirrung erkennen müssen.

Sie, Ariane, war diejenige mit der One-Night-Stand-Erfahrung. Das war ihr inzwischen klargeworden. Sie war diejenige, die kein Problem mit dem hatte, was Greta als »etwas Verrücktes tun« bezeichnet hatte.

Oh ja, Ariane hatte normalerweise überhaupt kein Problem mit spontanem Sex. Und noch viel weniger damit, sich am nächsten Morgen ohne Bedauern zu verabschieden, wie Greta es aus ihren Büchern zitiert hatte. Sie genoss es sogar, wenn sich auf Kongressen, in Seminarhotels oder bei Weiterbildungen etwas Spannendes in dieser Richtung ergab. Ein kurzer Gesprächsaufhänger, ein, zwei trockene Martinis an der Hotelbar, und anschließend wurde das »Gespräch« dann im Hotelzimmer … nun, intensiviert, könnte man sagen.

Ariane hatte Spaß dabei und bislang auch weder ein schlechtes Gewissen noch irgendeine Art von Unbehagen empfunden. Abgesehen von der möglichen Peinlichkeit, wenn man sich auf dem nächsten Kongress zufällig wiedertraf oder gar beruflich miteinander zu tun bekam. Aber das war ein Risiko, das sie gern einging. Es machte die Sache in gewisser Weise sogar noch interessanter.

Ja, Ariane mochte One-Night-Stands. Auch wenn es natürlich nicht so war, dass sie so etwas ständig machte. Selbst wenn sie es gewollt hätte – das ließ ihr Terminplan einfach nicht zu.

Es hatte allerdings durchaus eine Zeit gegeben, in der sie es in Sachen Flirts ein klein wenig übertrieben hatte. Das war kurz nachdem Sandra gegangen war.

Sandra …

Ariane warf sich auf dem Bett herum und presste den Kopf in das Kissen. Wieso tauchte denn ausgerechnet jetzt ihre Exfreundin in ihren Überlegungen auf? Sie hatte doch seit einer gefühlten Ewigkeit keinen Gedanken mehr an sie verschwendet. Außerdem war die Sache inzwischen fast vier Jahre her. Nach endlosen Streits, die meistens Arianes anstrengenden Job zum Thema hatten und am Ende stets auf die Quintessenz »Nie hast du Zeit für mich!« hinausliefen, war Sandra schließlich gegangen.

Und Ariane hatte als Reaktion darauf die Flucht nach vorn angetreten. In den Monaten nach ihrer Trennung hatte sie sich ins Nachtleben gestürzt und auf Teufel komm raus drauflos geflirtet. Aber damals war das kein angenehmer oder gar prickelnder Zeitvertreib gewesen, sondern nur der Versuch, etwas zu beweisen. Nämlich, dass bei ihr durchaus noch anderes neben der

Arbeit zählte. Dass sie in der Lage war, das Leben, die Frauen und die Liebe zu genießen.

Nur dass es eben nicht wirklich ein Genuss gewesen war. Und Liebe? Das sowieso nicht. Es war lediglich in einen Flirtmarathon ausgeartet, bei dem Ariane sich körperlich und psychisch verausgabt hatte.

Und irgendwann hatte sie erkannt: Sie wollte sich gar nicht selbst irgendetwas beweisen. Es war Sandra, der sie etwas beweisen wollte. Nur war die Strategie ziemlich dämlich, denn Sandra war bei alldem ja nicht anwesend und erfuhr somit gar nichts davon. Und wenn Ariane genauer darüber nachdachte, dann war das auch gut so. Nicht, dass hier Missverständnisse auftraten: Sie wünschte sich die Beziehung mit Sandra keineswegs zurück. Das hatte Ariane damals herausanalysiert, sogar mit Hilfe einer Therapeutin, von der sie hoffte, dass diese sie wieder alltagsflott machen würde.

Nein, der Fall Sandra war erledigt. Sie wollte bloß nicht, dass ihre Ex auch noch mitbekam, was für ein Wrack die Trennung aus ihr gemacht hatte. Sie hatte immer noch ihren Stolz.

Ariane rollte sich wieder herum und starrte erneut die Decke an.

Na toll. Jetzt hatte sie dem Gedanken an Sandra viel mehr Raum zugestanden, als dieser und auch die Person dahinter es verdient hatten. Wie war sie denn nur darauf gekommen? Doch wohl nicht etwa über Greta? Nein, das konnte nicht sein. Zwischen Greta und Sandra lagen Welten. Die beiden ließen sich überhaupt nicht vergleichen.

Dann wahrscheinlich über die Sache mit dem verpatzten One-Night-Stand.

Tja. Also in gewisser Weise doch über Greta, zumindest indirekt. Immerhin: Greta war seit langem die erste Frau, bei der die Sache mit dem schnöden Sex nicht funktioniert hatte. Nicht, dass Ariane nicht vorher auch schon mal abgeblitzt wäre. Das war durchaus schon mal vorgekommen. Aber auch wenn sie nicht behaupten konnte, dass es ihr gefallen hätte – derart durcheinandergebracht hatte sie noch niemand.

Greta war ... so unglaublich unschuldig, so süß. Und trotzdem war sie kein kleines, naives Ding, das herumexperimentierte und dabei nicht wusste, was sie eigentlich wollte.

Na schön, ein wenig hatte sie schon herumexperimentiert, das hatte sie ja selbst zugegeben. Aber ihr Rückzieher, das erkannte Ariane jetzt, war kein Zeichen von Feigheit gewesen und auch keine moralische Sperre, die manch andere Frau davon abgehalten hätte, ihren Instinkten zu folgen und einfach mal Spaß zu haben.

Nein. Greta hatte auf ihre inneren Signale gehört und erkannt, dass ihr die Sache zu schnell ging. Und sie hatte es ganz klar kommuniziert. Sie hatte nicht »Ja« gesagt, obwohl sie »Nein« meinte. Das war kein Zeichen von Schwäche.

Sondern von Stärke.

»Wow«, wiederholte Ariane.

Dieses kleine Persönchen, dieses versponnene Ding mit einer Schwäche für Profiling, zu viel Muskat und potthässliche Hunde war definitiv jemand, den man ernst nehmen musste.

Ariane spürte etwas in sich aufsteigen, das sie nicht gleich identifizieren konnte. Als sie die Regung genauer analysierte, überraschte sie das Ergebnis gehörig.

Sie war beeindruckt. Und dabei war sie verdammt schwer zu beeindrucken.

Diese kleine Greta mit den süßen Segelöhrchen – mit der war zu rechnen. So viel war sicher.

Ariane lehnte sich in die Kissen zurück und fuhr sich noch einmal ganz sachte mit der Zunge über die Lippen. Sie schmeckte Spuren von Muskat und Weißwein. Und einen Hauch von Greta.

Als sie die Augen schloss, lächelte sie.

3

Ariane träumte.

Im Traum saß sie in ihrem Maserati und brauste eine dunkle Allee entlang. Merkwürdigerweise war diese anstelle von Bäumen mit Büchern gesäumt. Ihre Rücken, beschriftet mit unlesbaren Titeln, ragten hoch über dem Straßenrand auf.

Dann, ganz plötzlich, hatte Ariane das Gefühl, als würden sich diese Bücher-Baumstämme auf sie zubewegen. Langsam, aber stetig wurde die Allee immer enger. Ariane sah sich gehetzt um und erwog zurückzusetzen. Doch bei ihrem Blick in den Rückspiegel erschrak sie noch mehr. Auf der hinteren Bank saß jemand. Die Silhouette war klein, zierlich und gekleidet in einen karierten Gehrock, so wie Basil Rathbone sie in diesen uralten Detektivstreifen immer getragen hatte. Unter der tief ins Gesicht gezogenen Kappe lugten kurze, braune Haarsträhnen hervor. Und unglaublich niedliche Ohren. Die Gestalt löffelte eifrig etwas aus einer Schale.

Als sie Arianes Blick gewahrte, sah sie auf, doch ihr Gesicht blieb im Gegenlicht verborgen. »Holmes«, stellte sie sich vor, indem sie ihre Mahlzeit unterbrach und Ariane die Schüssel hinhielt. »Greta Holmes. Möchten Sie vielleicht auch etwas Kartoffelbrei? Er ist wirklich überaus delikat.«

»Die – Bücher!«, brachte Ariane mühsam hervor und warf einen beunruhigten Blick aus dem Wagenfenster hinaus.

Greta alias Mrs. Holmes sah nicht einmal hin. »Ja, das ist mir bereits aufgefallen«, erklärte sie unbeeindruckt. »Vielleicht sollten Sie ein bisschen Gas geben.«

Das ließ sich Arianes Traum-Ich nicht zweimal sagen. Sie drückte das Gaspedal durch, und der Maserati schoss wie ein geölter Blitz durch den Bücherwald. Doch die Wälzer rückten beständig näher. Nun drehten sich einige zu ihnen um, öffneten sich wie überdimensionale Mäuler und schnappten nach dem Wagen. Die mächtigen Kiefer klappten rumpelnd zusammen.

Ariane schrie auf und machte sich ganz klein auf dem Fahrersitz.

»Also, so geht das nicht«, lautete der lakonische Kommentar von Greta-Mrs.-Besserwisser-Holmes, und endlich stellte sie die Schüssel beiseite. Im nächsten Augenblick war das Auto von funkelndem, blauem Licht erfüllt. Die Gestalt im Rückspiegel trug jetzt keinen aus der Mode gekommenen Gehrock mehr, sondern ein glitzerndes, blau schimmerndes Elfenkostüm. Ihre durchscheinenden Flügel schwirrten, und sie nahm Ariane am Arm, stieß das Wagendach auf und flog durch die Öffnung ins Freie, wobei sie Ariane einfach mit sich zog. Die Wälzer unter ihnen schnappten ins Leere und klappten verärgert auf und zu.

Ariane und Greta schwebten gemeinsam in die Nacht hinaus. Über ihnen funkelten die Sterne, und um sie herum glitzerte die Luft wie Diamantenstaub. Die geflügelte Gestalt trug Ariane mit solcher Leichtigkeit, als besäße sie überhaupt kein Gewicht – und das, obwohl Ariane sie um anderthalb Köpfe überragte.

»Siehst du?« Die Greta-Fee lächelte Ariane an. »Jetzt bist du in Sicherheit. Alles wird gut.«

Ariane erwiderte den Blick mit glasigen Augen. »Du hast mich gerettet«, flüsterte sie. Sie schielte nach unten, aber der Bücherwald war außer Sicht. »Wie kann ich dir danken?«

»Ich hätte da eine Idee«, grinste die Greta-Fee und beugte sich vor. Als ihre Lippen sich trafen, explodierte ein Feuerwerk über ihnen. Sie küssten sich, innig und leidenschaftlich, während die Welt in ein gleißendes Lichtmeer getaucht wurde.

»Greta«, hauchte Ariane. »Oh, Greta ...«

Greta-Fee antwortete mit einem lauten Fiepen.

Sie ... *fiepte?*

Oh ja, genau das tat sie. Mehrmals, langanhaltend und penetrant. Und dann schoss auch noch ihre kleine, rote Zunge hervor und begann Arianes Gesicht abzulecken.

Also, alles, was recht war: Ariane war wirklich ein aufgeschlossener Typ. Aber das hier war absolut nicht ihr Ding.

»Greta!« Sie versuchte sich ihr zu entziehen. »Greta, hör auf mit dem Quatsch!«

Doch Greta leckte einfach weiter und fiepte dabei wie ein ...

Wecker?

Mit einem Aufschrei fuhr Ariane hoch und tastete einen Moment lang völlig desorientiert um sich herum. Ihre Finger fanden Kissen. Eine Decke. Und kurzes, drahtiges Fell.

Ein riesiges Maul öffnete sich direkt vor ihrem Gesicht. Sie schrie erneut auf und glaubte für einen Moment, ein weiteres von diesen widerlichen Büchermonstern vor der Nase zu haben. Doch als sie ihren Blick endlich wieder fokussieren konnte, erkannte sie, dass es bloß eine Hundeschnauze mit überdimensionierten Lefzen war. Watson leckte ihr voller Hingabe über Gesicht und Hals. Und die einzige echte Gefahr, die von ihm ausging, war sein zweifelhafter Hundemundgeruch.

»Igitt!« Ariane versuchte sich gleichzeitig wegzudrehen und Watson von sich zu schieben. Doch Watson dachte gar nicht daran, sich wegdrücken zu lassen. Ariane musste kichern, obwohl die Sache langsam wirklich unappetitlich wurde. »Jetzt hör schon auf«, grummelte sie und versuchte sich zu erinnern, was man zu Hunden sagte, die irgendetwas taten, was sie eigentlich nicht tun sollten. Dann endlich erinnerte sie sich an den magischen Befehl: »Aus«, rief sie. »Aus, aus!«

Da endlich ließ Watson von ihr ab, setzte sich auf sein dickes Hinterteil und blickte mit heraushängender Zunge zu Ariane auf. Ariane musste erneut lachen. So langsam begriff sie, warum Greta diesen Hund so mochte. Sie hätte nie gedacht, dass ein derart hässliches Vieh so viel Treuherzigkeit ausstrahlen könnte.

»Na, komm mal her, du ...« Ariane zog den Hund an sich und verstrubbelte ihm sein kurzes Fell. Watson hechelte entzückt, rollte sich auf den Rücken und streckte Ariane seinen Wanst hin. Mit der einen Hand kraulte Ariane den Hund, mit der anderen angelte sie sich den immer noch fiependen Wecker und schaltete ihn aus. »Ah«, machte sie, als der nervtötende Piepton endlich verstummte. »Diese Ruhe.« Ruhe war dabei allerdings relativ. Denn Watsons genüssliches Schnauben erreichte immer noch beträchtliche Dezibelwerte.

Nachdenklich schielte Ariane erneut nach dem Wecker. Er zeigte halb acht. Sie konnte sich nicht erinnern, die Uhr in der vergangenen Nacht auf diese Zeit eingestellt zu haben. Sie konnte sich nicht einmal erinnern, den Wecker überhaupt gestellt zu haben. Eigenartig.

Watson, dachte Ariane mit einem kleinen Grinsen, fiel ebenfalls aus. Blieb also nur noch Greta. Aber wieso hatte Greta ihr einen Wecker gestellt?

Vielleicht, dachte Ariane, hatte sie sich an Arianes beiläufige Bemerkung erinnert, dass sie am kommenden Morgen früh raus müsse.

Sie reckte die Schultern und schüttelte sich den Schlaf aus den Gliedern. Dann richtete sie die Gedanken auf den kommenden Tag. Ja, sie gestattete sich sogar die Hoffnung auf ein schönes Frühstück. Eigentlich frühstückte Ariane unter der Woche überhaupt nichts. Sie nahm nur einen schwarzen Kaffee zu sich und kaufte sich dann unterwegs irgendwo einen Frucht- oder Sojashake. Ausgiebig frühstücken tat sie nur am Wochenende. Doch bei der Aussicht, Greta gegenüberzusitzen, war sie heute ernsthaft geneigt, eine Ausnahme zu machen.

»Na«, sagte Ariane zu Watson. »Dann wollen wir doch mal schauen, wo dein Frauchen steckt.«

Ihre Hoffnungen aufs Frühstück verflogen jäh, als sie in die Küche kam. Hier war zwar alles picobello aufgeräumt, nichts erinnerte mehr an das mitternächtliche Abendessen aus purem Kartoffelbrei und Weißwein; es deutete aber auch nichts darauf hin, dass hier eine weitere Mahlzeit stattfinden würde. Auf dem Tisch fand Ariane ihre Handtasche sowie das Buch, das sie gestern eigentlich hatte kaufen wollen, sauber eingeschlagen in umweltfreundliches Packpapier. Doch der restliche Tisch war leer, die Kaffeemaschine stand still in der Ecke. Und in der ganzen Wohnung war kein Ton zu hören.

Ariane war verwundert und, auch wenn sie sich das nicht

recht eingestehen mochte, sogar ein klein wenig enttäuscht.

War Greta vielleicht zum Brötchenholen aus dem Haus gegangen? In diesem Fall könnte Ariane sie bei ihrer Rückkehr ja schon mal mit einem heißen Kaffee erwarten. Ariane zögerte kurz. Normalerweise ging man in einem fremden Haushalt schließlich nicht einfach so an die Schränke. Doch so richtig fremd waren sie einander ja auch nicht mehr, oder?

Zehn Minuten später hatte Ariane den Tisch gedeckt, Kaffee gekocht, sich auf die gemütliche Küchenbank gesetzt und wartete.

Fünfzehn Minuten später nahm sie sich schon mal einen Kaffee, um sich die Zeit zu vertreiben.

Zwanzig Minuten später wartete sie immer noch.

Watson strich derweil um ihre Beine herum, watschelte in regelmäßigen Abständen zu einem Napf in der Ecke, der wohl seine Futterschale darstellte, schnupperte darin herum und sah Ariane dann auffordernd an.

»Du hast Hunger, hm?«, vermutete Ariane. Sie dachte darüber nach, sich auf die Suche nach Hundefutter zu machen, verwarf den Gedanken aber rasch wieder. Von so etwas ließ sie lieber die Finger, denn sie hatte keine Ahnung von der richtigen Dosierung. Und wenn sie allein nach dem Augenmaß ging, dann war Watson eigentlich schon fett genug.

Um halb neun wurde Ariane allmählich ernsthaft nervös, auch wenn das normalerweise gar nicht ihre Art war. Aber das hier war ja nun auch schwerlich ein normaler Morgen. Wo steckte Greta denn nur? Hatte sie etwa die Wohnung verlassen, lange bevor Ariane aufgewacht war, und hatte gar nicht mehr vor zurückzukommen? Aber wieso war sie dann gegangen, ohne sich wenigstens kurz bemerkbar zu machen? Außerdem hätte sie dann doch wohl ihren Hund gefüttert. Andererseits – vielleicht hatte Watson seine Morgenration ja schon längst bekommen und spekulierte bei Ariane bloß auf eine zweite Portion? Zuzutrauen wäre es ihm allemal. Doch Ariane hatte nicht die Absicht, darauf hereinzufallen.

Apropos Watson …

»Hey!« Ariane klopfte sich an den Unterschenkel. »Hey, du süße kleine Presswurst. Los, hierher!«

Begeistert hechelnd kam Watson angetrottet und kuschelte sich gegen Arianes Bein.

»So«, erklärte sie, während sie ihm das Fell kraulte. »Jetzt wollen wir doch mal sehen, was du kannst. Immerhin hast du schon mal den Namen einer großen Spürnase, hm? Also, dann such mal schön. Los! Wo steckt Frauchen? Na, mach schon. Such dein Frauchen.«

Der Hund sah sie verständnislos an und sabberte ihr auf den Handrücken.

Ariane seufzte. Ganz offensichtlich war Watson als Spürhund in etwa so nützlich wie ein leuchtender Pickel am Tag des entscheidenden ersten Dates. Sein Part bestand lediglich darin, Ariane hinterherzutapsen, während sie selbst die Wohnung erkundete. Dabei ging sie so diskret wie möglich vor. Sie öffnete die unterschiedlichen Türen jeweils nur einen Spaltbreit und rief Gretas Namen.

Ohne Erfolg. Die Stube: leer. Badezimmer: leer. Gästetoilette: nicht abgeschlossen und ebenfalls leer. Ein Zimmer, das aussah wie ein Büro und in das Ariane nur kurz die Nase steckte, bevor sie die Tür hastig wieder schloss: leer.

Merkwürdig. Egal, wie Arianes es im Kopf drehte und wendete: Irgendwie wollte es einfach nicht zu Greta passen, sich einfach so zu verdrücken. Schon gar nicht, nachdem sie gestern so aufmerksam gewesen war und Ariane mit allem bewirtet hatte, was die Küche nach Ladenschluss noch für einen Überraschungsgast hergab. Zumindest eine kurze Nachricht hätte sie doch hinterlassen können. Das passte alles vorn und hinten nicht zusammen.

Oder – der Gedanke traf Ariane siedend heiß – war ihr die Sache von gestern Nacht plötzlich doch unangenehmer als es den Anschein gehabt hatte? Jetzt, mit einem gewissen Abstand, bei Tageslicht besehen, nachdem sie darüber geschlafen hatte und der leichte Weißweinrausch verflogen war?

Ariane schluckte, als sich die Enttäuschung von der Magengegend her ausbreitete. Anschließend blickte sie sich noch einmal in der Küche um. Dabei fiel ihr wie aus heiterem Himmel der einzige Ort ein, an dem sie noch nicht gesucht hatte.

Die Buchhandlung!

Ariane schnappte sich ihre Tasche, verstaute das Buch darin und schlüpfte dann durch die Wohnungstür, die Treppe hinab und in den Laden hinein.

Dort war alles ruhig. Kein Licht brannte, kein PC flimmerte, kein Geräusch ließ darauf schließen, dass irgendjemand im Geschäft arbeitete oder im Lager herumräumte.

Ariane sah sich noch einen Moment lang um, dann zuckte sie die Achseln. Na schön. Einen Versuch war es wert gewesen. Sie wollte sich gerade schon zur Ladentür wenden, um sich auf den Weg zu machen, als sie plötzlich doch etwas hörte. Eine Art Kratzen oder Schnarren, ganz leise, in regelmäßigen Abständen.

»Greta? Bist du hier unten?«

Ariane legte den Kopf schief und lauschte. Nichts. Aber den winzigen Laut hörte sie weiterhin.

»Greta?«

Als sie immer noch keine Antwort bekam, begann sie sich langsam, Schritt für Schritt, in die Richtung zu bewegen, aus der das Geräusch kam. Vorbei an Regalen mit Biographien, Sprachführern, Romanen und Gedichten. Und schließlich geradewegs in die Leseecke.

Dort fand sie Greta.

Sie lag auf dem Sofa, zusammengerollt unter einer Wolldecke, die sie bis zum Kinn hochgezogen hatte. Und schlief. Ihre Schultern hoben und senkten sich, und aus ihrer Nase drang das Geräusch, das Ariane ihren Standort hatte erahnen lassen. Es war ein ganz leichtes Schnarchen.

Obwohl das eigentlich ein viel zu hartes Wort dafür war. Es war ein sehr kleines, sehr zartes, sehr niedliches Geräusch, so wie alles an Greta. Also bestenfalls ein Schnärcheln.

Unschlüssig stellte Ariane ihre Tasche ab und blickte auf die schlafende Gestalt hinunter. Wieso in aller Welt lag Greta denn ausgerechnet hier? Wieso hatte sie in der Buchhandlung übernachtet und nicht in ihrem eigenen Bett oben in ihrer Wohnung?

Weil – und damit fiel es Ariane wie Schuppen von den Augen – sie selbst dort gelegen hatte! Sie hatte die Nacht nicht nur in Gretas Wohnung, sondern auch in deren Bett verbracht. Das erklärte auch die Sache mit dem Wecker. Er war gar nicht für Ariane gestellt worden, sondern hatte schlicht und ergreifend zu der Zeit geklingelt, zu der Greta selbst aufstand. Oder treffender ausgedrückt: hätte aufstehen sollen.

So langsam ergab alles einen Sinn. Das, was Ariane, ihres Zeichens verwöhnte Gutverdienerin, für ein Gästezimmer gehalten hatte, war in Wahrheit Gretas eigenes Schlafzimmer gewesen, das diese ihr – selbstlose Gastgeberin, die sie war – für die Nacht überlassen hatte. Wieso war Ariane denn gar nicht aufgefallen, dass sie bei ihrer Suche nach Greta kein weiteres Bett in der Wohnung entdeckt hatte? In Ermangelung einer Schlafgelegenheit musste Greta es sich dann einfach auf dem Sofa in der Buchhandlung bequem gemacht haben. Deswegen hatte sie sich heute Morgen nicht blicken lassen. Greta hatte Ariane nicht ignoriert, war nicht abgehauen und hatte sie auch nicht auflaufen lassen.

Sie hatte ganz einfach verschlafen.

»Oh, Greta«, murmelte Ariane.

Der kleine Körper bewegte sich unter der Decke. Greta murmelte etwas vor sich hin. In ihrem Gesicht zuckte es, so als wolle sie eine Fliege verscheuchen, die ihr über die Wange lief und deren Flügelchen sie in der Nase kitzelten.

Verdammt, dachte Ariane. Greta war so furchtbar süß.

Langsam ging sie in die Hocke und berührte ganz sanft die schmale Schulter.

»Greta?«

»Hmm …«, kam es unwillig unter der Decke hervor.

»Hey, Greta!«

»Hmm ...«, machte Greta erneut. Ihre Lider flatterten, und schließlich schlug sie die Augen auf. »Was ...?«

Ihr Blick begegnete Arianes, und mit einem Ruck saß sie senkrecht. Die Decke glitt an ihrem Körper herab, und Ariane sah, dass sie eine Art Nicki-Hausanzug trug. Pastellrosa und grau. Mit kleinen Entchen darauf. Nichts hätte den Anblick perfekter machen können.

»Was ...?«, stammelte Greta noch einmal und blickte sich verwirrt um. »Wie ...? Was machst du denn hier unten?«

Ariane lächelte. »Einen schönen guten Morgen erst mal.«

»Morgen ...« Greta rieb sich die Stirn und fuhr sich dann durch die Haare. Die kurzen Strähnen standen in alle Richtungen ab, und ihr Versuch, sie zur ordnen, misslang ziemlich kläglich. Trotzdem floss Arianes Herz bei diesem Anblick beinahe über. Es hätte nicht viel gefehlt, und sie hätte Greta spontan gedrückt. Immerhin hätte sie sich auf eine Guten-Morgen-Umarmung herausreden können.

Doch sie hielt sich zurück, wenn auch mit Mühe. Sie hatte Greta schon einmal überfallen, und bereits das war einmal zu viel.

Stattdessen fragte sie: »Was ich hier unten mache? Das Gleiche könnte ich dich fragen. Wieso in aller Welt schläfst du in der Buchhandlung? Ich meine ... hättest du nicht wenigstens auf der Couch oder so ...?«

»Das hier *ist* meine Couch«, erklärte Greta sehr entschieden und rieb sich den Nacken. »Und sie ist, wie ich gerade feststellen muss, zum Übernachten absolut ungeeignet.«

Ariane sah dabei zu, wie Greta den Kopf in diverse Richtungen drehte und anschließend die Schultern kreisen ließ, um die Steifheit loszuwerden. Prompt erfasste sie ein schlechtes Gewissen. Sie war diejenige, die auf der Couch hätte schlafen sollen. Und wenn überhaupt, dann war sie auch diejenige, die sich mit dem steifen Nacken herumquälen müsste.

Stockend sagte sie: »Das hättest du ... doch nicht tun müssen.«

Greta hielt in ihrer Morgengymnastik inne. »Also bitte! Du warst mein Gast. Das war doch wohl das Mindeste. Sonst hätte ich dich ja gleich hier unten liegen lassen können.«

»Auch wieder wahr«, stimmte Ariane zu. Sie grinste Greta an. »Aber dann wäre ich niemals in den Genuss deines Kartoffelbreis gekommen, stimmt's?«

»Stimmt«, nickte Greta und schwang die Beine vom Sofa. »Na, dann werde ich uns mal Frühstück machen. Wie spät ist es eigentlich?«

Erleichtert, dass sich alles doch noch aufgeklärt hatte, sah Ariane nach der Uhr. »Gleich neun.«

Greta erstarrte. Das Lächeln auf ihrem Gesicht gefror. »Was? *Wie* spät? Herrje!« In ihren Zügen malte sich Panik. »Das darf doch nicht wahr sein. Du meine Güte ... Watson! Der Laden! Die Buchhandlung! Oh nein! Ich muss aufschließen ...!« Sie sprang so schnell vom Sofa auf, dass die Federn quietschend protestierten. Dabei hätte sie sich um ein Haar in der Wolldecke verheddert und wäre der Länge nach hingeschlagen. Sie fing sich gerade noch rechtzeitig. Verzweifelt japste sie: »Warum hast du mich denn nicht eher geweckt?«

Ariane fuhr zurück. »Das konnte ich doch nicht wissen«, protestierte sie.

»Was? Oh. Nein.« Gretas Gesichtsausdruck wechselte zu Betroffenheit. Sie nickte. »Nein, nein, natürlich nicht. Entschuldige bitte, das konntest du wirklich nicht wissen. Verflixt, und ich hab gestern noch an den Wecker gedacht, aber dann ...« Sie sah hilflos zu Ariane auf, dann erhob sie sich vom Sofa. »Tut mir wirklich leid. Aber ich muss dich jetzt bitten, zu gehen. Ich muss Watson füttern, muss mich kurz frisch machen, und dann muss ich noch ...« Erneut brach sie ab, sah hin- und hergerissen aus zwischen allen möglichen Gefühlsneigungen und dem Diktat der Uhr. »Oh, Ariane ... es tut mir so leid! Mein Timing ist gerade völlig daneben. Ich hab regelrecht das Gefühl, ich schmeiße dich raus.«

Ja, dachte Ariane. Genauso fühlte sich das auch an.

Dennoch wehrte sie ab, so locker und souverän, wie sie es vermochte: »Ach was. Ich verstehe das doch.«

»Ehrlich?« Auf Gretas Gesicht zeichnete sich Erleichterung ab.

»Klar«, behauptete Ariane. »Ist nicht der Rede wert. Arbeit geht vor.« Für diesen Spruch, dachte sie insgeheim, hätte Sandra ihr seinerzeit wieder einmal einen ihrer bitter enttäuschten Blicke zugeworfen, die Ariane damals viel zu oft aufgefangen hatte.

Doch Greta seufzte nur leise. »Danke, dass du nicht sauer bist.« Damit drückte sie Ariane kurz, aber nur flüchtig, eigentlich bloß im Vorbeigehen. »Also dann, mach's gut, ja? Wir sehen uns.«

Ariane nickte verkrampft. »Klar«, murmelte sie. »Sicher. Wir sehen uns …« Dann fiel ihr noch etwas ein. Ein wenig hilflos rief sie Greta nach: »Ich hab den Tisch gedeckt.«

Doch Greta war schon aus der Tür gehuscht und hastete die Treppe zur Wohnung hinauf. Das Letzte, was Ariane hörte, war ein kurzes Jaulen und dann Gretas Stimme: »Herrjemine, Watson! Immerzu läufst du mir vor die Füße. Ja, ist ja schon gut. Komm her, kleiner Schatz.« Was folgte, konnte Ariane sich lebhaft vorstellen.

Nie im Leben hätte sie sich träumen lassen, dass sie sich einmal wünschen würde, mit einem Hund zu tauschen. Wenigstens für ein paar Minuten.

Als Ariane zu Hause ankam, warf sie als Erstes ihre Tasche in die Ecke und sich selbst aufs Sofa. Eigentlich hatte sie ja vorgehabt, den freien Vormittag zu nutzen, um lange Aufgeschobenes zu erledigen. Stattdessen blieb sie einfach liegen und versuchte, sich nicht allzu viele Gedanken über die vergangene Nacht und den verloren gegangenen Vormittag zu machen. Von dem Knöllchen, das sie unter dem Scheibenwischer ihres Wagens vorgefunden hatte, ganz zu schweigen. Ihr geliebter Maserati hatte sie vollkommen unbeschadet vor der Buchhandlung erwartet – das war die gute Nachricht. Die schlechte war, dass sie ihn in einer

Kurzparkzone abgestellt hatte. Angesichts der Summe, die der Strafzettel auswies, war sie beinahe in Ohnmacht gefallen.

Ganoven, dachte Ariane, während sie den Zettel zähneknirschend in ihrer Tasche verschwinden ließ. Bei so etwas wie einer vermeidbaren und obendrein überteuerten Strafgebühr erwachte doch wieder die alte Sparfüchsin von früher in ihr, die kleine Studentin aus dem Arbeiterhaushalt, die jeden Cent dreimal hatte umdrehen müssen. Da hätte sie eigentlich auch gleich ein Taxi nehmen und den Maserati vom Abschleppdienst nach Hause bringen lassen können – viel kostspieliger wäre dieses zweifelhafte Vergnügen vermutlich auch nicht ausgefallen.

Während sie auf dem Sofa lag und in die Luft starrte, überlegte Ariane, was sie mit dem Rest des angebrochenen Tages anfangen sollte. Verbindliche Termine hatte sie heute keine mehr. So rechte Motivation zum Arbeiten allerdings auch nicht. Das war ziemlich untypisch für sie. Unerledigte Aufgaben brannten ihr in der Regel dermaßen unter den Nägeln, dass sie diese auch dann in Angriff nahm, wenn sie absolut keine Lust dazu verspürte. Wenn sie erst so richtig bei der Sache war, hatte sie dann meistens trotzdem Spaß daran – ähnlich wie der Appetit beim Essen kam, wenn man der Redensart glauben konnte.

Sie könnte ja, überlegte sie, wenigstens ihre E-Mail erledigen.

Eine halbe Stunde später stellte Ariane frustriert fest, dass sie selbiges eben nicht konnte. Dabei mangelte es ihr keineswegs an Möglichkeiten. Ihr Postfach war voll. Hier erkundigte sich ein Kunde zum Stand eines Projektes, dort gab es eine Anfrage für ein weiteres, außerdem bat gleich ein halbes Dutzend Firmen um ein unverbindliches Gespräch, um festzustellen, ob ihre Geschäfte mit Arianes Unterstützung noch ein bisschen mehr in Schwung kommen könnten.

Normalerweise hätte sie jetzt losgelegt, hätte die Mails beantwortet oder sich gleich ans Telefon gehängt und für die kommenden Tage eine Menge Termine ausgemacht. Anschließend hätte sie vor ihrem prallvollen Kalender gesessen, sich auf neue Herausforderungen gefreut und sich selbst auf die Schulter geklopft, weil sie so ein fleißiges Bienchen war.

Heute jedoch blieb es bei dem bloßen Gedanken.

Obwohl sie es ernsthaft versuchte. Zuerst mit der ihr eigenen Selbstdisziplin. Und als das nicht fruchtete, mit Gewalt. Sie holte ihren Kalender hervor. Überprüfte, wo und wann sie noch Raum hatte. Begann sogar ein oder zwei Mails – und kam doch nie über die Begrüßungszeile »Sehr geehrte Damen und Herren« hinaus.

Ariane stützte die Ellbogen auf den Schreibtisch, starrte auf das fast leere Dokument und blies sich eine widerspenstige Locke aus der Stirn.

»Mist«, murmelte sie.

Eines stand fest: Heute war irgendwie der Wurm drin. Lag es am Schlafmangel? So wenig hatte sie doch eigentlich gar nicht geschlafen. Vor allem dann nicht, wenn man ein gewisses Nickerchen auf einer gewissen Couch im Laden einer gewissen Person mit einrechnete.

Was Ariane prompt auf eine Frage brachte, die rein gar nichts mit ihrer Arbeit zu tun hatte: Was machte Greta wohl gerade? Wahrscheinlich stand sie in ihrem kleinen Geschäft und unterhielt sich mit ihren Kunden. Sah ihnen einmal in die Augen, musterte sie, stellte vielleicht ein paar Rückfragen und wusste dann ganz genau, was sie wollten.

Und Ariane saß hier und arbeitete ungefähr so effektiv wie Watson als Spürhund agiert hatte.

»Mist!«, wiederholte Ariane, diesmal erheblich lauter als vorher. Sie holte tief Atem und schüttelte den Kopf, um all diese Gedanken daraus zu verbannen, die absolut nichts darin zu suchen hatten. Dann blinzelte sie mehrmals, hob die Finger zur Tastatur und startete einen neuen Versuch, ihre Mails vernünftig zu beantworten.

Sehr geehrte Damen und Herren, herzlichen Dank für Ihre Anfrage. Ich freue mich über Ihr Interesse und schlage Ihnen für ein unverbindliches Kennenlernen Folgendes vor …

Nach einer weiteren halben Stunde starrte Ariane noch immer auf ein Dokument, das nun zwar nicht mehr ganz so leer war wie vorher, aber auch keine nennenswerten Fortschritte gemacht hatte.

Also, so wurde das nichts. Heute war nicht bloß der Wurm drin, sondern gleich eine ganze Kolonie von Kriechviechern. Und sie alle schienen sich gegen Ariane verschworen zu haben.

Nun hatte sie bereits geschlagene zweieinhalb Stunden damit zugebracht, diese paar Zeilen zu Papier zu bringen. Wenn sie so weitermachte, hatte sie gute Chancen, zumindest eine ihrer geschäftlichen Mails gegen Ende der Woche abzuschicken. Vielleicht sogar zwei. Natürlich immer vorausgesetzt, dass sie ein paar Nachtschichten einlegte.

Ob Greta sich auch mit derartigen Problemen herumschlagen musste? Stand sie vielleicht gerade in ihrem Laden, starrte die Regale an, musterte Buchtitel um Buchtitel, ohne sie wirklich wahrzunehmen? Führte sie gerade ein Kundengespräch, das nicht halb so spritzig verlief wie gewohnt? Verlor sie mittendrin den Faden, fing einen Satz an und konnte ihn dann nicht richtig beenden? Wusste sie vielleicht irgendwann nicht einmal mehr, ob der Kunde auf der Suche nach einem Krimi, einem Sachbuch oder Science Fiction war? Oder hockte auch sie gerade vor einer halb geschriebenen E-Mail – womit sie, nebenbei bemerkt, schon mal ein gutes Stück weiter wäre als Ariane – und kriegte sie beim besten Willen nicht fertig?

Und fragte sie sich am Ende, vielleicht sogar genau jetzt, just in diesem Moment, was Ariane gerade machte …?

»Bah«, rief Ariane aus und klappte mit Nachdruck ihren Laptop zu. Mit ein bisschen zu viel Nachdruck, denn der Deckel knallte mit ziemlicher Wucht auf die Tastatur. Na großartig. Womöglich hatte sie gerade nicht nur einen halben Arbeitstag vertan, sondern konnte sich auch gleich noch einen neuen Laptop anschaffen. Und ihrer Erfahrung nach waren Leute, die IT-Ware verkauften, nicht halb so charmant wie die kleine Greta mit den süßen Ohren.

»Bah!«, rief sie noch einmal und stieß sich samt Drehstuhl

vom Schreibtisch ab. So hatte das alles wirklich keinen Sinn. Sie lehnte sich gegen die Kopfstütze ihres Sessels zurück und fing an, langsam um die eigene Achse zu rotieren. Das tat sie immer, wenn sie bei der Arbeit nicht weiterkam. Es war eine kindische Angewohnheit, zweifelsohne. Aber es half ihr, den Kopf so weit freizubekommen, dass sie die Blockade überwinden konnte. Na ja, manchmal zumindest.

Vermutlich war das größte Manko an ihrem Job die Tatsache, dass sie allein arbeitete: Es gab keinen Chef, der ihr ein bisschen Feuer unterm Hintern machte, wenn sie mit ihrer Arbeitszeit zu saumselig umging. Und weil sie keine Kollegen hatte, konnte sie sich mit ebendiesen auch nicht austauschen oder sich unter dem Vorwand, irgendein Projekt besprechen zu wollen, auf einen Kaffee im Büro nebenan einfinden – was hier und da vermutlich genau den Abstand gebracht hätte, der ihr zu ihrer Arbeit fehlte, wenn sie den ganzen Tag wie festgeschraubt vor dem Rechner saß.

Natürlich war das alles exakt so, wie Ariane es sich ausgesucht hatte. Sie liebte es, ihr eigener Boss zu sein, ebenso wie sie es hasste, sich von anderen Leuten über die Schulter schauen zu lassen oder sich unqualifizierte Kommentare anzuhören. Nur war man dadurch eben manchmal ziemlich allein auf weiter Flur. Das war die einzige Schattenseite ihres Traumjobs.

Vielleicht würde es langsam doch mal Zeit, sich eine Bürokraft zu besorgen? Diese Möglichkeit spielte Ariane nun sicherlich schon zum hundertsten Mal im Kopf durch. Und verwarf sie auch zum hundertsten Mal wieder. Sandra war seinerzeit zunächst sehr dafür gewesen. Es würde Ariane entlasten, hatte sie behauptet. Doch dann hatte Ariane ihr einmal vorgerechnet, was so eine Sekretärin in Vollzeit sie kosten würde. Da war Sandra auf einmal nicht mehr so sehr dafür. Und Ariane war das nur recht so. Sie war nicht der Typ, der Aufgaben delegierte. Außerdem vergaß sie viel zu gern, dass nicht jeder Mensch ein solcher Workaholic war wie sie. Mit anderen Worten: Sie wäre eine grauenhafte Chefin. Im schlimmsten Fall würde sie ihre bedauernswerte Bürokraft mit unerfüllbaren Erwartungen zur Verzweiflung und letztendlich in die Kündigung treiben. Und im besten Fall würde die vielleicht nicht ganz so bedauernswerte Assistentin sie zu sehr ablenken. Wobei Ariane durchaus klar war, dass das Bild der sexy Sekretärin, die mit strengem Blick hinter der Hornbrille hervorblinzelte und zu jeder Tages- und Nachtzeit um ihre Chefin herumscharwenzelte, eher ein Klischee für gewisse Fantasien war. Eine solche Sekretärin gab es vermutlich nur in feuchten Träumen – und genau da gehörte sie auch hin.

Ganz davon abgesehen wäre es Ariane doch ziemlich peinlich, wenn irgendjemand sie dabei ertappte, wie sie auf dem Drehstuhl Karussell fuhr.

Inzwischen war ihr davon schon ein bisschen schwindelig geworden. Also stemmte sie entschlossen die Füße auf den Boden, hielt den Stuhl an und klappte den PC wieder auf. Einen letzten Versuch würde sie noch in Angriff nehmen, bevor sie es endgültig aufgab. Außerdem konnte sie so auch gleich noch überprüfen, ob sie ihrem Laptop vorhin irreparablen Schaden zugefügt hatte. Ariane war schon mal erleichtert, dass der Bildschirm immerhin noch einigermaßen fest mit der Tastatur verbunden zu sein schien und das Betriebssystem seinen Dienst pflichtgemäß wieder aufnahm. Doch gerade als sie das Mailprogramm erneut öffnen wollte, schrillte ihr Smartphone los.

Greta!, durchzuckte es sie in einem Anfall von aberwitziger Hoffnung. Die sich im nächsten Moment aber bereits wieder in Wohlgefallen auflöste, und zwar genau aus zwei guten Gründen.

Erstens: Greta hatte ihre Nummer gar nicht. Weder Handy noch Festnetz noch sonstige Kontaktdaten, mit denen Ariane zu erreichen war.

Zweitens: Greta hatte keinen Grund, Ariane anzurufen.

Und außerdem – das war das bis dato unausgesprochene und noch nicht einmal zu Ende gedachte Drittens: Wieso war das eigentlich plötzlich so wichtig?

Das Handy klingelte derweil munter weiter. Zuerst erwog Ariane, gar nicht dranzugehen. Wenn es nicht Greta war, und aus den eben erörterten Gründen konnte es ja nicht Greta sein, dann war es unweigerlich jemand anders. Und irgendwie hatte Ariane gerade überhaupt keine Lust, mit jemand anderem zu reden. Dann jedoch rief sie sich zur Ordnung, drückte die Annahmetaste und meldete sich. Immerhin konnte es ja auch geschäftlich und dringend sein.

»Hi«, sagte Larissa am anderen Ende der Leitung. »Ich hab gerade einen freien Nachmittag. Lust auf einen Kaffee?«

»Oh Gott, ja«, stieß Ariane hervor. »Das ist genau das, was ich jetzt brauche.«

4

»Dass ich das noch erleben darf. Das vielbeschäftigte Fräulein Baudach hat mitten am Tag spontan Zeit für einen Kaffee!« Larissa nippte an ihrem Latte Macchiato und musterte Ariane amüsiert über den Rand ihrer Tasse hinweg. »Es geschehen doch noch Zeichen und Wunder.«

Ariane nahm ebenfalls einen Schluck – Frozen Espresso – und lächelte nachsichtig. Larissa würde es sich wohl nie abgewöhnen, Ariane gelegentlich mit ihrem Nachnamen anzureden und ein paar schlaue Sprüche vom Stapel zu lassen.

Dabei hatte sie gar nicht so unrecht. Sie beide waren seit der Einschulungsfeier miteinander befreundet, waren später gemeinsam zur Uni gegangen und wohnten immer noch in derselben Stadt. Trotzdem sahen sie sich eher sporadisch. Larissa war Pharmavertreterin und hatte einen ähnlich engen Terminplan wie Ariane selbst. Doch wenn sie dann endlich ein Treffen zustande bekamen, war sofort die alte Vertrautheit wieder da, und sie verstanden sich so blind wie damals in der ersten Klasse – nur dass ihre Gespräche inzwischen ein bisschen mehr Tiefgang besaßen. Manchmal jedenfalls. Sie teilten die gleichen Ansichten über das Leben, die Liebe und alles, was dazugehörte. Larissa war auch die Erste gewesen, der Ariane erzählt hatte, dass sie Mädchen spannender fand als Jungs, sogar ganz entschieden spannender. Larissa hatte zwar einen Moment gestutzt, aber nicht wirklich überrascht gewirkt.

»Cool«, hatte sie bemerkt, und das war die einzige und durchaus ehrliche Wertung gewesen. Dann hatte sie kurz überlegt und anschließend doch noch eine etwas heikle Frage gestellt. Das müsse sein, hatte sie Ariane mehrfach versichert – nur damit die Sache nicht unausgesprochen zwischen ihnen im Raum stand.

»Du stehst also auf Frauen, ja? Aber doch wohl nicht auf mich, oder?«

Ariane hatte sie vollkommen entgeistert angesehen und geantwortet: »Auf dich? Wie kommst du denn auf so etwas?«

In der Tat hatte Larissa in Arianes Kopfkino nie eine Rolle gespielt, noch nicht einmal ansatzweise. Ariane wusste selbst nicht, woran das lag. Unattraktiv war ihre beste Freundin nämlich keineswegs. Sie war groß, gertenschlank und durchtrainiert. Ihre blonden Haare trug sie in einem frechen Bob, und sie hatte ein ansteckendes Lachen. Nur ihre Stimme, die war schon immer eine Katastrophe gewesen: ein bisschen zu schrill und ein bisschen zu quietschig – vor allem dann, wenn sie angeheitert war. Das war sogar noch schlimmer geworden, nachdem sie einige Jahre in den USA gearbeitet und sich dort einen näselnden Tonfall zugelegt hatte, der in den USA vielleicht als attraktiv gelten mochte. Larissa mit ihrer ohnehin quietschenden Stimme stand er allerdings weniger gut.

Doch an der Tatsache, dass Larissa klang wie ein Eichhörnchen nach dem Einatmen von Helium, hatte Ariane sich nie gestört. Es war auch ganz gewiss nicht der Grund, warum sie sich nie in Larissa verliebt hatte, nicht einmal heimlich und unbewusst. Sie hatte durchaus mal in sich hineingehorcht, um zu prüfen, ob doch irgendwo zarte, romantische Empfindungen vorhanden waren. Aber da war nichts. Larissa war wie eine Schwester für sie.

»Tut mir leid«, hatte Ariane ihr seinerzeit klargemacht. »Ich stehe einfach nicht auf dich.«

»Na, dann ist ja gut«, hatte Larissas Antwort gelautet. Und damit war das Thema vom Tisch.

Larissa war diejenige, die Ariane auch nachts um vier anrufen konnte, wenn ihr schlecht zumute war. Sie war diejenige, die mit einer Familienpackung Schokoladeneis vor ihrer Tür stand, wenn Ariane sich mit Liebeskummer herumschlug, insbesondere damals, als Sandra auf Nimmerwiedersehen verschwunden war. Und sie war diejenige, die Ariane seinerzeit darin bestärkt hatte, dass die Selbständigkeit genau das Richtige für sie war. Zu Beginn von Arianes Unternehmensgründung hatte Larissa ihr moralisch den Rücken gestärkt und dank ihrer eigenen Kontakte gleich ein paar gute Kunden vermittelt. Selbst in den drei Jahren, die Larissa in den USA verbracht, einen Haufen Geld verdient und ihr kleines Stimmproblem noch verschlimmert hatte, war der Kontakt nie abgebrochen. Sie kommunizierten per Skype und Telefon. Das klappte ganz gut, selbst mit einem vollen Terminkalender und neun Stunden Zeitverschiebung.

Larissa hatte damals gestichelt: »Du kommst eben einfach nicht von mir los.«

»Von wegen«, hatte Ariane geantwortet. »Ich bin nur viel zu beschäftigt, um mir neue Freunde zu suchen.«

Diese beinahe schon sprichwörtliche Geschäftigkeit war es auch, aus der Larissa ihr jetzt prompt einen Strick drehte, nachdem sie beide ihre Kaffeetassen geleert hatten.

»Und?«, fragte sie. »Was gibt es Neues?« Mit einer energischen Handbewegung schob sie die Tassen beiseite, stemmte den Ellbogen auf den Tisch und stützte das Kinn in die Hand. »Lass hören.«

Ariane war ein wenig verwirrt über den fordernden Tonfall, der diese Frage begleitete. Sie hatte doch gar nichts Besonderes zu erzählen. Das Übliche eben: Ihr Job lief gut, die Kunden waren nicht allzu anstrengend und hielten ihre Zahlungsfristen ein. Alles in Ordnung soweit. Aber alles beim Alten.

»Verstehe«, meinte Larissa auf Arianes entsprechende Auskunft hin. »Du bist also immer noch dabei, das zu tun, was du gern tust, und dafür hübsche Schecks einzustecken. Mit anderen Worten: als lebender Beweis dafür zu fungieren, dass der amerikanische Traum auch in Deutschland möglich ist. Aber –«, hier lehnte sie sich noch etwas weiter über den Tisch und bohrte ihren Blick förmlich in Arianes, »das beantwortet meine Frage nicht.«

»Na schön.« Ariane überlegte. »Wie war die Frage nochmal?«

»Na, was es Neues gibt.«

»Das habe ich dir doch gerade erzählt.«

»Schon. Aber war das alles?« Larissa grinste und klimperte mit den Wimpern. »Wirklich *wirklich* alles?«

Larissa und ihr sechster Sinn. Mit einem Mal wurde Ariane ganz heiß. War ihr wirklich so leicht anzusehen, dass sie vollkommen durch den Wind war?

Um Zeit zu gewinnen, stellte sie sich dumm: »Worauf willst du hinaus?« Versuchen konnte man es ja.

»Darauf«, erläuterte Larissa, »dass du einen wirklich triftigen Grund dafür haben musst, mitten in der Woche und noch dazu mitten am Tag deine so heißgeliebte Arbeit einfach links liegenzulassen. Ich habe dich eigentlich bloß spaßeshalber angerufen, so auf Verdacht hin. Aber du glaubst doch selbst nicht, dass ich damit gerechnet hätte, dass wir beide jetzt hier sitzen.«

»Ich wollte dich eben sehen«, erklärte Ariane, und für den Moment glaubte sie sogar selbst daran, dass dies die einzige Erklärung war. »Hey, meine beste Freundin ruft mich an und fragt, ob ich Lust auf einen Kaffee habe. Und ich hatte Lust. Ist das denn so ungewöhnlich?«

»Nun, bei deinem Kaffeekonsum eher nicht«, bestätigte Larissa. »Die Ariane, die ich kenne, trinkt gern ein koffeinhaltiges Heiß- oder wahlweise auch Kaltgetränk und trifft sich gern mit ihrer Sandkastenfreundin.« Sie machte eine bedeutungsvolle

Pause und fügte dann lächelnd hinzu: »*Nach* der Arbeit.«

Ariane zog eine Schnute. »Du tust ja geradezu so, als würde mein Leben sich nur um meinen Job drehen.« Diesen Vorwurf hatte sie sich schon früher anhören müssen – von Sandra. Und eigentlich müsste Larissa auch ganz genau wissen, dass sie mit ihren Unterstellungen einen ziemlich wunden Punkt berührte.

Aber die Freundin grinste bloß. »Nicht doch. Nur dann, wenn du nicht schläfst.«

»Also, das ist doch –« Ariane war kurz davor, ihre Serviette zu einem Bällchen zu zerknüllen und ihre Freundin damit zu bewerfen. Gerade noch rechtzeitig fiel ihr ein, dass sie inzwischen keine Studentinnen mehr waren und dieses Verhalten bei zwei erfolgreichen Geschäftsfrauen, Mitte dreißig und in seriösen Kostümen, ein klein wenig seltsam gewirkt hätte.

Doch Larissa war ihr Blick, das Zucken ihrer Hand nach der Papierserviette und das angriffslustige Funkeln in ihren Augen nicht entgangen. »Wow«, triumphierte sie. »So leicht bist du aus der Reserve zu locken? Also, Ariane, jetzt aber mal raus mit der Sprache. Wer ist sie?«

Zack! Erwischt. Herrje, vielleicht sollte sie sich gleich ein Schild umhängen mit der Aufschrift: *Achtung, verwirrte Unternehmensberaterin auf freiem Fuß. Sachdienliche Hinweise bitte an Buchhandlung Seitenweise.*

Ariane wand sich auf ihrem Stuhl.

»Also, das ... weiß ich ehrlich gesagt auch nicht. Genau genommen ... ist es gar nichts.«

Larissa nahm den Ellbogen vom Tisch, lehnte sich zurück und machte: »Aha?« Das war keine Frage, sondern eine Aufforderung. Die, sinngemäß übersetzt, bedeutete: Nun aber Schluss mit den Andeutungen, rede endlich.

»Also ...« Ariane wand sich weiter. »Eigentlich ist gar nichts Wildes dabei. Da ist bloß diese Buchhändlerin.«

So. Jetzt war es raus. Sie hatte es gesagt.

»Buchhändlerin?« Larissa hob die Brauen. »Seit wann liest du denn?«

»Ich lese eine Menge!«

»Ich meine, abgesehen vom Wirtschaftsteil der *Financial Times.*«

Diese Frage stieß Ariane ein bisschen übel auf. »Ich habe früher wirklich viel gelesen«, verteidigte sie sich. »Bücher, Serien und sogar Comics. Wir haben uns doch immer gegenseitig unsere Lieblingsbücher ausgeliehen. Weißt du das etwa nicht mehr?«

»Doch«, lenkte Larissa ein. »Natürlich. Okay, die Frage sollte heißen: Seit wann liest du denn *wieder?* Lass mich raten: Seit du bei deiner ominösen Buchhändlerin direkt an der Quelle sitzt.« Sie lachte, als Ariane sie grimmig anfunkelte. »He, ich will dich doch nur ein bisschen foppen. Tut mir leid. Aber jetzt lass doch endlich hören. Was hat es auf sich mit deinem neu erwachten Interesse am Literaturbetrieb?«

»Na ja ...« Ariane rutschte hin und her. Waren die Stühle in diesem Coffeeshop wirklich schon immer derart unbequem gewesen? Oder entwickelte ihr Gesäß bloß neue Ansprüche? Zögernd setzte sie an: »Jedenfalls ... habe ich gestern ein Buch bei ihr gekauft und –« Sie brach ab.

»Und?«, hakte Larissa nach, inzwischen eher genervt als neugierig angesichts der winzigen Häppchen, in denen Ariane ihre Informationen preisgab. »Hey, jetzt komm schon. Lass dir doch nicht jeden einzelnen Satz aus der Nase ziehen.«

Doch Ariane war weit davon entfernt, sich absichtlich bitten zu lassen, nur um die Sache spannender zu machen. Stattdessen war ihr gerade ein Gedanke gekommen, der alles, was sie eigentlich hatte erzählen wollen, in den Hintergrund rücken ließ. Ihr Atem stockte. Hatte sie tatsächlich vergessen ...?

Fieberhaft überlegte sie. Ließ den gestrigen Tag, die Nacht und den heutigen Morgen Revue passieren, suchte angestrengt nach einem ganz bestimmten, winzigen, aber nicht unwichtigen Detail.

Und fand es nicht.

»Verdammt«, stieß sie hervor.

Larissa starrte sie an, als habe sie den Verstand verloren. »Wie bitte?«

»Ich muss in die Buchhandlung.« Ariane war schon halb auf dem Sprung. »Jetzt sofort.«

Nun sah Larissa ehrlich beeindruckt aus. »Okay ... Demnach hat sie es dir wohl ziemlich angetan, diese Buchhändlerin.«

»Nein, du verstehst das nicht«, rief Ariane. »Ich habe das Buch mitgenommen. Aber nicht bezahlt.«

Larissa klappte den Mund auf. Und dann wieder zu. Endlich sagte sie mit Nachdruck: »Also, jetzt will ich wirklich *alles* wissen. Und lass ja nichts aus!«

Arianes plötzlicher Erkenntnis verdankte Larissa eine spontane Spritztour im Maserati. Die Freundin hatte nämlich darauf bestanden, Ariane zu begleiten. Streng genommen hatte sie zuallererst versucht, Ariane zum Bleiben zu nötigen, zumindest so lange, wie es dauerte, um einen weiteren Latte Macchiato respektive Espresso zu trinken und ihr die Geschichte »Ariane und die Buchhändlerin« in allen Details zu berichten. Oder sollte der Titel besser heißen: »Die Buchhändlerin und die Diebin«? Genau aus diesem Grund bestand Ariane darauf, im Coffeeshop alles stehen- und liegenzulassen und umgehend Gretas Buchhandlung aufzusuchen: damit sie am Ende nicht wirklich in der Rolle der Diebin landete.

Wenn das so sei, hatte Larissa erklärt, dann musste sie Ariane eben begleiten und sich die Story unterwegs anhören. Außerdem konnte es ja nicht schaden, wenn Ariane in einer derart prekären Situation einen Rechtsbeistand dabei hatte. Nur für den Fall, dass besagte Buchhändlerin bereits das SEK nach ihr ausgesandt hatte, um sie ihrer gerechten Strafe zuzuführen. Immerhin habe sie, Larissa, ein Semester lang Jura studiert, bevor sie sich für organische Chemie und parallel dazu BWL entschieden hatte, daran erinnere Ariane sich doch wohl noch?

In Wirklichkeit war sie natürlich bloß neugierig und wollte einen Blick auf jene Frau werfen, die Ariane derart den Kopf verdreht hatte.

Den Kopf verdreht – wie sich das schon anhörte. Zumindest,

das versicherte Ariane sich selbst wieder und wieder, klang das eindeutig nicht nach ihr. Die Sache mit dem Bezahlen war eben ein kleines Missgeschick gewesen, nichts weiter.

Nur dass ihr solche Missgeschicke im Normalfall nicht passierten.

Während der kurzen Fahrt lieferte Larissa den Beweis, dass an ihr, hätte sie sich nicht der Pharmaindustrie verschrieben, eine Seelenklempnerin verloren gegangen wäre. Oder eine Kripo-Beamtin, spezialisiert auf Verhöre: guter Bulle, böser Bulle. Für die Rolle des Bösen wäre sie prädestiniert gewesen. Jedenfalls wusste sie binnen kürzester Zeit alles, was es über Greta und Ariane zu wissen gab. Irgendwie war die Geschichte schließlich doch ganz von selbst aus Ariane herausgesprudelt; nur ab und zu hatte Larissa ein paar gezielte Fragen gestellt. Und so erfuhr sie Stück für Stück, wie aus Ariane, der erfolgreichen Unternehmensberaterin, Ariane, die Bücherdiebin, hatte werden können.

Wenn man es ganz genau nahm, ging Ariane auf, während sie die Ereignisse der vergangenen vierundzwanzig Stunden Larissa zuliebe noch einmal durchlebte, dann war das Ganze nicht unbedingt nur ihre Schuld. Sondern sowohl sie selbst als auch Greta hatten jede günstige Gelegenheit verpasst. Wann immer das Bezahlen zum Thema hätte werden können, dann hatten sie irgendwie – nun ja – Besseres zu tun gehabt. Auf der gemütlichen Couch ein Nickerchen halten. Die Nacht durchquatschen. Billigen Wein und zu scharf gewürzten Kartoffelbrei naschen. Und später dann andere, noch schärfere Dinge. Oder verbotene Früchte ... Greta hätte es bestimmt besser, bunter, poetischer ausdrücken können. Ariane hingegen fand nicht die treffende Metapher. Sie war eben kein Mensch der Worte, sondern einer der Zahlen und harten Fakten.

Und Fakt war nun einmal: Ihr Schuldenkonto war nicht ausgeglichen. Auch wenn der heutige Morgen nicht ganz so verlaufen war, wie Ariane sich das vielleicht gewünscht hätte, und auch wenn es eigentlich Gretas Job gewesen wäre, in finanzieller Hinsicht die Hand aufzuhalten, so hatte Greta es doch auf keinen Fall verdient, selbst auf den Kosten sitzen zu bleiben.

Als sie den Maserati auf einem Parkplatz abgestellt hatten und auf die Buchhandlung zugingen, spürte Ariane, wie ihr Herz anfing zu klopfen. Ihr wurde warm bei der Aussicht, Greta wiederzusehen. Aber ob es sich dabei um eine seltsame Vorfreude oder um aufgeregte Hitzewallungen handelte, war ihr nicht ganz klar.

Sie konnte sich außerdem nicht recht entscheiden, wie sie es fand, dass Larissa sie begleitete. Einerseits war es ganz nett, eine Freundin dabei zu haben. Dieser Umstand sorgte zumindest dafür, dass man sich ein bisschen stärker fühlte und nicht allzu sehr in nervöses Gestammel verfiel. Ariane würde nämlich fraglos nervös stammeln, zum einen, weil ihr die Sache mit dem Geld wirklich peinlich war, zum anderen, weil Gretas Präsenz allein dafür ausreichen würde. Nur war sie eben immer noch nicht sicher, ob sie diese Präsenz nun angenehm, unangenehm oder eindeutig *zu* angenehm fand, was dann zweifellos wieder zu Unannehmlichkeiten führen würde und ... An diesem Punkt des Gedankenkarussells verlor Ariane den Faden. Es war einfach zu kompliziert.

Andererseits – und hier wurde es bei genauer Betrachtung erst richtig kompliziert – war es aber auch möglich, dass Greta durch Larissas Anwesenheit falsche Schlüsse ziehen würde. Im Ernst: Wie sah das denn aus, wenn sie jetzt zu zweit da antanzten?

Im besten Fall wirkte es so, als käme Ariane nicht allein mit der Sache klar, die ja, nur fürs Protokoll, in der simplen Bezahlung eines Buches und der Bereinigung eines Missverständnisses bestand. Als bräuchte Ariane jemanden zum Händchenhalten, wie damals, zu den guten alten »Willst-du-mit-mir-gehen?«-Zeiten. Also ganz harmlos.

Im schlimmsten Fall dagegen würde Greta sie und Larissa glatt für ein Paar halten. Und sich womöglich ganz scheußlich fühlen, weil sie in eine scheinbar intakte Beziehung hineingefunkt hatte. Und im aller-allerschlimmsten Fall sah sie Ariane danach einfach nur als eine Person von zweifelhaftem Charakter und mit einem Hang zum Fremdgehen.

Nein, beschloss Ariane, als sie diesen Gedanken zu Ende gedacht hatte. Nein, so ging das nicht. Sie konnte und sie wollte nicht mit Larissa im Schlepptau in der Buchhandlung auflaufen. Sie würde die Freundin nach Hause schicken und anschließend die Sache mit dem Geld bereinigen – allein.

Larissa würde das schon verstehen. Außerdem gedachte Ariane nicht, ihr eine Wahl zu lassen. Ein gewisser Teil von ihr war nämlich einfach nicht bereit, Larissa zu sehr in diese Greta-Geschichte einzubinden. Ein irrational-egoistischer Teil war das, der die kleine Bücherfee ganz allein für sich haben wollte.

»Alle Achtung«, erklärte Larissa in diesem Moment. »Das ist also deine Greta? Schau an, die ist ja wirklich knuffig.«

Ariane schreckte aus ihren Gedanken hoch – und erkannte, dass es bereits zu spät war. Während sie noch hin und her überlegt hatte, war Larissa einfach weiter geradeaus marschiert und spähte nun durch das Schaufenster in die Buchhandlung *Seitenweise* hinein. Schlimmer noch: Sie hatte die Augen mit der Hand abgeschirmt und drückte sich buchstäblich die Nase an der Scheibe platt wie ein kleines Mädchen.

Mit zwei Schritten war Ariane bei ihr. »Was machst du denn da?«, rief sie aus und packte Larissa am Arm »Komm da vom Fenster weg!« Unsanft zog sie die Freundin zurück, halb erwartend, dass deren Nasenspitze einen kleinen Fleck auf dem Glas hinterlassen würde. Aber dem war nicht so. Immerhin.

Unschuldig fragte Larissa: »Was denn? Ich wollte doch nur mal gucken.«

»Aber doch nicht so«, ereiferte sich Ariane. »Mein Gott, wie alt bist du? Zwölf oder was? Mag ja sein, dass man in den USA solche Sachen jeden Tag macht, aber hier sieht das, von außen betrachtet, ganz schön seltsam aus.«

Larissa schien zu einer scharfen Erwiderung anzusetzen, doch dann wurde ihr Gesicht plötzlich ganz weich. »Entschuldige«, sagte sie sanft. »Ich war einfach nur so neugierig und hab nicht nachgedacht. Tut mir wirklich leid. Bin eben manchmal etwas impulsiv. Wenn eine von uns frisch verliebt ist, dann wirft mich das irgendwie immer in einen leicht infantilen Zustand zurück.«

»Ich bin nicht frisch –«

»Ja, ja, ja«, schnitt ihr Larissa das Wort ab. »Und warum ist mein Verhalten dir dann plötzlich so peinlich?«

»Ach, lass mich doch«, murmelte Ariane und wich dem prüfenden Blick ihrer Freundin aus.

Und schaute genau in Gretas Augen. Die kleine Bücherfee befand sich nur knapp einen Meter von ihr entfernt, direkt hinter der Scheibe, und sah auf die Straße hinaus.

Du liebe Zeit, wie lange stand sie da schon? Hatte sie etwas von Larissas Spähoperation mitbekommen? Und von der kleinen Auseinandersetzung danach? Oder, besser gesagt: Konnte Ariane ernsthaft davon ausgehen, dass Greta irgendetwas davon *nicht* mitbekommen hatte?

Ihre Blicke trafen sich und blieben für einen Moment aneinander hängen. Ariane versuchte ein Lächeln und hob grüßend die Hand. Greta erwiderte die Geste mit einem ebenfalls eher verwackelt wirkenden Lächeln.

Ariane schluckte. Kein wirklich gelungener Auftakt für die Klärung, die sie anstrebte.

Sie deutete zur Ladentür hin und machte einen Schritt darauf zu. Doch zu ihrem Erstaunen schüttelte Greta den Kopf, hob die Hand und zeigte nun selbst auf die Ladentür. Erst jetzt sah Ariane das Schild, das an der Glasscheibe hing.

»Geschlossen«, stand darauf.

Ariane öffnete überrascht den Mund und suchte erneut Gretas Blick. Immerhin trug diese jetzt einen Ausdruck des Bedauerns im Gesicht. Sie tippte mit dem Finger auf ihr Handgelenk, auf eine imaginäre Uhr weisend, was wohl so viel heißen sollte wie: »Ich bin schon spät dran, tut mir leid.« Dann zuckte sie mit den Schultern, warf Ariane noch ein letztes, unsicheres Lächeln zu und verschwand im Inneren des Ladens.

Ariane blieb vor dem Fenster zurück und starrte durch die Scheibe. Anschließend strich sie ein paar Schritte an der Fensterfront entlang. Doch abgesehen von einem hübsch angeordneten Arrangement aus Neuerscheinungen, Kalendern und ein paar Heimatromanen, die in der Region spielten, war nichts zu sehen. Es brannte nicht einmal mehr Licht im Laden, wie Ariane jetzt auffiel. Zwischen den Regalen und über dem Verkaufstresen lag ein schummeriges Dämmerdunkel. Ähnlich wie vorhin Larissa schirmte sie die Augen mit der Hand ab und bewegte sich so nah an die Scheibe, dass das Glas durch ihren Atem beschlug.

Klarer Fall: Die Buchhandlung *Seitenweise* war leer. Keine Kunden, keine Greta. Einfach geschlossen.

Larissas Spiegelbild erschien in der Fensterscheibe neben ihrem. »Was war denn das gerade?«

Ariane wandte sich ihrer Freundin zu, hob in einer hilflosen Geste die Schultern und murmelte: »Wenn ich das wüsste.«

Vielleicht hätte es Ariane gutgetan, den Rest des Tages nach diesem komplett ins Wasser gefallenen Bereinigungsversuch gemeinsam mit Larissa in ihrer Lieblingsbar zu verbringen. Ein gemütlicher Mädelsabend mit ein paar extra trockenen Martinis konnte manchmal Wunder wirken. Doch diesmal war es Larissa, die im Anschluss noch etwas vorhatte. Irgendein Treffen mit irgendeinem Mitarbeiter irgendeines Chemiekonzerns – nichts weltbewegend Wichtiges, wie sie Ariane versicherte. Sie bot sogar an, den Termin zu verschieben, hatte bereits ihr Telefon in der Hand und wollte die Kurzwahltaste drücken. Doch da gebot Ariane ihr Einhalt.

»Hey, das ist nicht nötig«, erklärte sie sehr entschieden. »Ich komme klar.«

Larissas Braue zuckte in die Höhe. »Sicher?«

»Sicher«, versprach Ariane. »Ich komme doch immer mit allem klar.«

Nun ja. Klarheit war eng mit dem Begriff »Klärung« verwandt. Und klare Verhältnisse waren etwas, was Ariane sehr schätzte. Also schlug sie, kaum dass sie sich von Larissa verabschiedet hatte und zu ihrem Wagen zurückgekehrt war, über ihr Smartphone im Internet nach.

Es gab nur eine einzige Buchhandlung mit dem Namen *Seitenweise.* Stadt und Adresse stimmten, es musste also die richtige sein. Ariane wählte die Nummer, wartete auf das Freizeichen und trommelte ungeduldig mit den Fingern auf dem Armaturenbrett herum. Sie wollte ja nur sichergehen, redete sie sich ein. Wollte wissen, was da los gewesen war, wieso Greta ihr mehr oder weniger buchstäblich die Tür vor der Nase zugeschlagen hatte.

Und ganz davon abgesehen war das keine Belästigung und auch nicht wirklich aufdringlich. Sie rief auf Gretas Geschäftsnummer an. Denn schließlich hatten sie beide etwas Geschäftliches miteinander zu regeln.

Es piepte, als die Verbindung zustande kam. Einmal. Zweimal. Dreimal.

Nach dem fünften Klingeln klickte es in der Leitung. Ariane frohlockte schon, doch dann hörte sie das unverkennbare Summen einer Bandansage.

»Hallo«, ertönte Gretas Stimme. Sie klang künstlich und ein bisschen verrauscht. »Sie sind mit der Buchhandlung *Seitenweise* verbunden. Leider sind wir im Moment nicht persönlich zu erreichen. Bitte nennen Sie uns Ihren Namen und Ihre Telefonnummer sowie den Grund Ihres Anrufs. Wir rufen Sie dann umgehend zurück.« Es folgte der obligatorische Piepton.

»Äh ... ja«, rief Ariane und merkte im selben Moment, dass ihre Stimme zu laut klang. Warum in aller Welt reagierte man auf Bandansagen eigentlich immer, als befände sich am anderen Ende keine Mailbox, sondern eine schwerhörige Großmutter? »Ich bin's«, fuhr sie fort. »Also, Ariane.« Na super. Das klang so, als unterstelle sie Greta die Unfähigkeit, ihre Stimme zuzuordnen. Egal. Nicht mehr zu ändern. Sie hob erneut an: »Ich wollte dir nur sagen ... also ... da ist noch etwas, das wir klären müssen. Ruf mich doch bitte ... oder, nein! Weißt du was? Ich komme einfach nochmal vorbei. Irgendwann in den kommenden Tagen. Tja, also ... das war's dann eigentlich schon. Mach's gut.«

Ariane drückte die Auflegetaste, fest und mit beiden Daumen zugleich. Was für ein Gestammel. Sie mochte Anrufbeantworter zwar nicht sonderlich, konnte normalerweise aber gut mit ihnen umgehen: deutliche, klare und vor allem kurze Sätze. Langsam sprechen. Präzise Zeitangaben. Keine unnötigen Füllwörter. Keine Pausen, das wirkte unprofessionell.

»Hallo, hier ist Ariane Baudach. Es gab ein kleines Problem bei unserer letzten Transaktion. Ich würde es aber bevorzugen, die Sache persönlich zu klären. Für die Terminabsprache stehe ich gern zur Verfügung unter der Telefonnummer ...«

Und so weiter eben. Was war daran denn bitte schön so schwer? Stattdessen hatte sie Greta nun einen konfusen Wortsalat hinterlassen, aus dem vermutlich selbst ein Albert Einstein nicht hätte schlau werden können.

Au weia, dachte Ariane. Heute war ganz eindeutig nicht ihr Tag.

5

Welche normale Buchhandlung hatte denn an einem Mittwochnachmittag einfach geschlossen? Diese Frage beschäftigte Ariane den Rest des Tages, den ganzen Abend und auch am nächsten Morgen noch.

Auf dem Heimweg war sie noch zu verblüfft gewesen, um zielgerichtet darüber nachzudenken. Ihre erste Reaktion war, die Sache komplett auf sich zu beziehen: Greta musste ihretwegen den Laden verriegelt und das »Geschlossen«-Schild ins Fenster gehängt haben. Auch eine Möglichkeit, ihr aus dem Weg zu gehen, wenn auch keine besonders nette.

Aber konnte das wirklich die einzige Erklärung sein? Riskierte Greta tatsächlich einen halben Nachmittag Verdienstausfall, nur weil sie keine Lust hatte, sich mit Ariane auseinanderzusetzen? Das passte so gar nicht zu ihr – zumindest vertrug es sich nicht mit dem Bild, das Ariane sich von der Buchhändlerin gemacht hatte. Dieses Bild konnte täuschen, klar. Es konnte das Ergebnis von Wunschdenken und dem verzerrten Blick durch ein Weinglas sein. Aber um es einmal ganz nüchtern zu betrachten: Welchen Grund hätte Greta, sie gezielt zu meiden? Ariane hatte ihr nichts getan. Sie hatten sich nicht gestritten, waren sich nicht über irgendetwas in die Haare geraten, und abgesehen von der versäumten Zahlung und vielleicht noch dem verspäteten Wecken heute Morgen war Ariane sich keiner Schuld bewusst. Als einziger halbwegs glaubhafter Grund fiel ihr ein, dass Greta von der letzten Nacht, von dem Kuss, von ihren eigenen Gefühlen überrollt worden sein könnte und die Sache jetzt erst einmal für sich selbst sortieren musste.

Verständlich, dass man da den Impuls hatte, Grenzen zu setzen. Also: Tür zu und weg. Ein bisschen kindisch vielleicht. Aber menschlich. Auf jeden Fall nachvollziehbar.

Doch wenn sie genauer darüber nachdachte: Wie hatte Greta ausgesehen, als sie hinter der Scheibe gestanden hatte? Verschreckt? Ängstlich? Peinlich berührt oder genervt? Eigentlich nichts von alldem. Sie hatte lediglich überrascht gewirkt, möglicherweise auch ein wenig verwirrt über die kleine Rangelei, die Ariane und Larissa sich draußen vor dem Fenster geliefert hatten. Aber das konnte man ihr auch kaum verdenken.

Ja, bei Licht betrachtet hatte es in der Tat so gewirkt, als sei es für sie vollkommen normal, ihren Laden mitten an einem Mittwoch zu schließen. Und als tue es ihr aufrichtig leid, dass sie Ariane und ihre Begleitung nicht bedienen konnte, aber in diesem Punkt mache sie nun mal keine Ausnahmen.

Nicht einmal für Ariane. Oder eben gerade für Ariane nicht.

Womit das Gedankenkarussell wieder bei der Ausgangsfrage

angekommen wäre. Welche Buchhandlung machte an einem ganz normalen Werktagnachmittag dicht?

All diese Überlegungen führten dazu, dass Arianes Arbeit an diesem Tag ganz ähnlich ausfiel wie gestern: qualitativ nicht zu gebrauchen. Sie führte ein paar Telefonate, die zwar nicht ganz so konfus waren wie das Gestotter auf Gretas Anrufbeantworter, dem aber schon ziemlich nahe kamen. Bei sämtlichen Mails, die von gestern liegengeblieben waren, vergaß sie die Betreffzeile. Und als sie sich mit einem Kunden zum Mittagessen traf, verstieg sich dieser doch tatsächlich dazu, sie mitten im Gespräch plötzlich zu fragen: »Sagen Sie mal, Frau Baudach, hören Sie mir eigentlich zu?«

Schließlich sagte dann auch noch ein Kunde ab. Was Ariane unverhoffterweise schon wieder einen freien Nachmittag bescherte.

Tja. Anscheinend wollte irgendeine höhere Macht, an die Ariane, nebenbei bemerkt, nicht glaubte, nie geglaubt hatte und auch in naher Zukunft nicht vorhatte zu glauben, dass sie noch einmal einen Versuch in der Buchhandlung *Seitenweise* startete.

Natürlich nur, um die Sache mit dem nicht bezahlten Buch aus der Welt zu schaffen. Weshalb denn auch sonst?

Heute, am Donnerstagnachmittag, war *Seitenweise* durchaus geöffnet. Ariane sah das Licht im Inneren des kleinen Ladens bereits von weitem. Trotzdem atmete sie unwillkürlich auf, als sie auf die Klinke drückte und die Tür tatsächlich nachgab. Sie trat über die Schwelle, und das einladende Bimmeln der Türglocke zauberte ihr prompt ein Lächeln aufs Gesicht, obwohl sie mit dem Klang eigentlich schon vertraut war. Gleich würde sicher auch Greta irgendwo hinter dem Tresen zwischen den Regalen hervortreten.

Ariane wartete.

Keine Greta.

»Hallo?« Zögernd trat Ariane ein Stückchen weiter in den Laden. Niemand war zu sehen. Die Kasse war unbesetzt, und auch sonst schien der Laden wie ausgestorben.

»Hallo«, wiederholte Ariane, diesmal etwas lauter. Da spürte sie plötzlich etwas an ihrem Bein. Sie stieß einen leisen Schrei aus, fuhr herum, sah nach unten – und blickte direkt in die riesige Schnauze von Watson, der seinen Kopf an ihr rieb.

»Heiliger Bimbam«, seufzte Ariane und beugte sich zu dem Tier hinunter. »Hast du mich erschreckt.« Es war ihr ein Rätsel, wie die übergewichtige Bulldogge es geschafft hatte, sich derart lautlos an sie heranzuschleichen. Eigentlich war Watson ein Hund, den man hörte, ehe man ihn sah. Watson jedenfalls freute sich mächtig über das Wiedersehen. Sein kupierter Schwanz wedelte so wild, dass sein ganzes Hinterteil in Schwingungen geriet. Einen Moment lang sah es so aus, als wolle er an Ariane hochspringen, doch dann überlegte er es sich anders. Zu anstrengend, schien er zu denken. Also beschränkte er sich darauf, sie ausgiebig zu beschnuppern.

Ariane tätschelte seinen faltigen Hals. »Und? Wo steckt Greta, hm?«

Natürlich erwartete sie die Antwort nicht von dem Hund. Vielmehr hoffte sie darauf, dass von irgendwoher ein »Hier!« ertönen würde, gefolgt von Gretas braunem Wuschelkopf, der aus einem der engen Gänge zum Vorschein kam. Aber nichts dergleichen geschah. Ariane erhob sich wieder und marschierte tiefer in den Laden hinein, während Watson ihr schwanzwedelnd folgte. Gemeinsam durchmaßen sie die komplette Verkaufsfläche, bis sie schließlich bis in den hintersten Teil vordrangen – dorthin, wo sich die Leseecke befand.

Hier, endlich, fanden sie Greta. Auf dem weichen Sofa sitzend, beugte sie sich über einen Haufen Zettel, die vor ihr auf dem Tisch lagen. Sie wirkte entspannt, gut gelaunt und schien ganz in dem aufzugehen, was sie da gerade tat.

Ariane hätte ganz still stehen bleiben und sich in das Bild vertiefen können.

Wenn da nicht die andere Frau gewesen wäre.

Sie saß neben Greta auf dem Sofa, eine Spur zu dicht, um den ungeschriebenen Gesetzen des zwischenmenschlichen Mindestabstands Genüge zu tun. Oder zumindest jenem Abstand, den Ariane für sich selbst als minimal definierte. Gemeinsam mit Greta neigte sie sich über die Papiere. Und auch ihre Köpfe steckten ein klein wenig dichter zusammen als Ariane lieb war, während sie leise miteinander sprachen.

Die Frau war noch jung, höchstens Mitte, vielleicht Ende zwanzig, auf jeden Fall um einiges jünger als Ariane. Sie hatte einen üppigen, braunen Haarschopf, den sie nachlässig zu einer Mischung aus Zopf und Dutt zusammengebunden hatte. Und auch wenn sie jetzt auf dem Sofa nicht unbedingt die vorteilhafteste Haltung einnahm, sah man, dass sich unter der Jeans und ihrem Ringelshirt eine klasse Figur verbarg. Ein bisschen wenig Busen vielleicht, dafür aber ein umso strahlenderes Lächeln.

Das in diesem Moment unverkennbar Greta galt. Und von dieser erwidert wurde.

Ariane wurde heiß. Doch es war nicht die angenehme Wärme, die sie bei der ersten Begegnung mit Greta verspürt hatte – nach ihrem unverhofften Schläfchen auf ebendieser Couch. Oder später am Abend, kurz bevor sich ihre Lippen berührt hatten. Es war auch nicht die Art aufgeregter Hitze, die sie kurz vor dem Betreten des Ladens empfunden hatte bei der Aussicht, Greta wiederzusehen.

Das, was Ariane jetzt fühlte, beim Anblick von Greta, dieser Fremden und der offensichtlichen Vertrautheit zwischen den beiden, war das, was man in jedem Management-Seminar als Adrenalinstoß bezeichnete. Eine körperliche Reaktion mit dem Zweck, die Energiereserven zu mobilisieren – die aber, sofern diese Reserven nicht in die richtigen Bahnen gelenkt wurden, auch in emotionalen Stress umschlagen konnte.

Die Frage war nur: eine Reaktion worauf?

Ariane verstand es selbst nicht genau. Hätte sie darüber nachgedacht, sich selbst und ihre Gefühle genauer analysiert, dann hätte sie sich gesagt: Hör mal, was willst du eigentlich? Erstens ist nicht gesagt, dass dieses hübsche junge Ding keine Stammkundin ist. Oder eine Vertreterin irgendeines Verlages, der Gretas Buchhandlung beliefert. Wenn die beiden schon seit Jahren geschäftlich miteinander zu tun haben, wieso sollten sie dann nicht vertraut miteinander sein?

Und zweitens – selbst wenn das da keine Geschäftsbeziehung ist: Ihr habt euch geküsst, na und? Mehr wollte Greta nicht, das hat sie mehr als deutlich gemacht. Und irgendeinen Anspruch kannst du daraus schon mal gar nicht ableiten. Okay, sie hätte es dir sagen können, wenn sie eine Freundin hat – aber du hast sie nicht danach gefragt, oder? Also, *keep cool!*

Doch Ariane dachte nicht nach. Sie stand nur still da und beobachtete das gedämpfte Zwiegespräch, wobei sowohl ihre Körpertemperatur als auch ihr Puls weiter anstiegen.

Doch schließlich riss sie sich aus ihrer Starre. Wenn sie schon nicht wahrgenommen wurde, war es jetzt wohl an ihr selbst, sich bemerkbar zu machen. Sie räusperte sich vernehmlich.

Die junge Frau mit der widerspenstigen Haarpracht blickte zuerst auf. Ihr Mund formte kurz ein überraschtes »Oh«, dann lächelte sie Ariane an. Es war ein förmliches Lächeln, aber trotzdem warm und entwaffnend. Sie hatte große, braune, neugierige Augen.

Oje. Nicht nur jung und hübsch und außerdem allzu vertraut mit Greta, sondern auch noch irgendwie sympathisch. Es würde eine echte Herausforderung werden, diese Frau aus Prinzip nicht zu mögen. Derart widersprüchliche Emotionen, gepaart mit dem Anblick von Greta, die Arianes Hormone, Blutdruck und Atemfrequenz ohnehin in wildes Chaos stürzte, sorgten für einen kurzen gedanklichen Blackout.

Erst nach längerem Schweigen bemerkte Ariane den verwirrten Blick der beiden Frauen und kam zu dem Schluss, dass wohl irgendjemand etwas zu ihr gesagt hatte.

»’tschuldigung«, murmelte sie und riss sich zusammen. »Wie bitte?«

Diesmal war es Greta, die zuerst reagierte. Sie lächelte Ariane an, genauso warm und genauso freundlich wie gestern, und ihre

Augen blitzten wie bei ihrer ersten Begegnung.

Wie bei der ersten Begegnung …

Irgendwie, dachte Ariane vage, hatte sie für die zweite Begegnung mehr erwartet. Oder zumindest auf mehr gehofft.

»Ich sagte«, erklärte Greta, »dass wir hier noch einen kleinen Moment brauchen. Sobald wir fertig sind, stehe ich dir zur Verfügung.«

»Okay«, hörte Ariane sich murmeln, zaghafter als sie es von sich selbst gewohnt war.

Na schön. Klar, so lief das nun einmal. Die andere war zuerst da gewesen, also wurde sie auch als Erste bedient. Greta verhielt sich absolut professionell, handelte ganz ohne Wertung. Immer hübsch eins nach dem anderen. So, wie sich das gehörte.

»Ich warte dann vorn«, fügte Ariane noch hinzu und wandte sich ab.

Eigentlich hatte sie angenommen, dass Watson ihr nicht von der Seite weichen würde. Doch anstatt ihr zu folgen, lief die Bulldogge plötzlich auf das Sofa zu, setzte zum Sprung an und hopste der fremden jungen Frau auf den Schoß. Wenigstens versuchte er es. Heraus kam ein kläglicher Bocksprung, bei dem er auf halbem Wege abschmierte und am Hosenbein der jungen Frau wieder hinunterrutschte. Diese lachte laut, zog Watson in die Höhe und begann, seinen Bauch zu kraulen. Watson hechelte begeistert.

Treulose Tomate, dachte Ariane und wusste nicht so richtig, ob sie wirklich nur den Hund damit meinte. Dann ging sie so gelassen wie möglich zu den Regalen zurück und widmete sich den Krimi-Neuerscheinungen.

Was hatte sie denn erwartet? »Wir sehen uns«, hatte Greta beim Abschied gesagt. Zugegeben, es war ein hektischer Abschied gewesen – aber wenn Greta ernsthaft an einem Wiedersehen interessiert gewesen wäre, hätte sie dann nicht noch irgendetwas hinzugefügt? Eine Telefonnummer zum Beispiel. Oder wenigstens ein »Du weißt, wo du mich findest.« Wieso nur hatte Ariane geglaubt, die Buchhändlerin würde sich freuen, wenn sie hier hereinspazierte und vor einer Kundin – oder Verlagsvertreterin oder was auch immer die junge Frau nun war – einen fragwürdigen Auftritt hinlegte?

Es schien eine halbe Ewigkeit zu dauern, bis die beiden Frauen ihr Gespräch in der Leseecke beendet hatten. Ariane, die sich, ohne wirklich hinzusehen, von einem Verkaufsregal zum nächsten vorgearbeitet hatte und inzwischen bis zu den Neuerscheinungen vorgedrungen war, tat so, als sei sie in das neuste Werk eines bekannten brasilianischen Autors vertieft. In Wirklichkeit las sie nicht ein einziges Wort, das da geschrieben stand, sondern behielt Greta und die andere scharf im Blick. Ganz unauffällig natürlich, bloß aus dem Augenwinkel.

Greta geleitete die junge Frau noch bis zur Tür und verabschiedete sie dort. Auf eine ausgesprochen herzliche Art und Weise, wie Ariane fand. Sie lächelte sie freundlich an, legte ihr sogar sachte die Hand auf die Schulter. Ariane rechnete halb damit, dass sie einander auch noch umarmen würden. Aber wenigstens das blieb ihr erspart.

Greta strahlte immer noch, als die Tür ins Schloss fiel und sie sich zu Ariane umdrehte. Doch Ariane wurde das Gefühl nicht los, dass das Lächeln nicht ihr galt. Nicht wirklich. Auf jeden Fall nicht ausschließlich.

Sie klappte das Buch zu. »Das hat ja lange gedauert«, bemerkte sie und ärgerte sich selbst über den ungeduldig-verzickten Unterton.

»Ja«, antwortete Greta. Keine Entschuldigung, keine Erklärung.

»Gekauft hat sie aber nichts, oder?«

»Nein«, antwortete Greta.

Einen Moment lang standen sie da und schauten sich an. Greta wippte fast unmerklich mit dem Fuß, und Ariane drückte das Buch zwischen ihren Fingern ein wenig fester.

Im Grunde war ihr Kommentar über den nicht stattgefundenen Kauf gar keine Frage gewesen. Sie hatte sehr genau darauf geachtet. Greta und die andere Frau hatten, als sie zusammen zum Eingang gingen, keinen Umweg über die Kasse gemacht. Wobei Ariane einfiel: Diesen Weg hatte sie selbst sich ja auch gespart.

»Was wollte sie denn dann?«, erkundigte sie sich jetzt, obwohl sie genau wusste, wie unangemessen diese Frage war.

Greta blinzelte, doch ihr Gesicht zeigte keine Regung. »Ich glaube nicht, dass dich das etwas angeht.«

Das stimmte natürlich. Trotzdem spürte Ariane, wie ihre Laune langsam dem Nullpunkt entgegensank. Sie hatte es schlecht angefangen, keine Frage. Aber der trotzige Teil von ihr hatte keine besondere Lust, diesen Fehler wieder auszugleichen. Und ebenjener Teil war es auch, der sie nun sagen ließ: »Du kriegst noch Geld von mir.«

Jetzt war es Greta, die sie überrascht ansah.

Ariane fluchte innerlich. Das lief alles vollkommen verkehrt. Da war sie dermaßen aufgeregt gewesen bei dem Gedanken, Greta wiederzusehen, hatte sich so gefreut, als sie sie dann tatsächlich sah, hatte mit diesem Wiedersehen so viele Ideen, so viele Möglichkeiten verbunden, wollte ihr auch noch einen ganzen Haufen Fragen stellen, vor allem in Bezug auf die Szene gestern Nachmittag – und dann fiel ihr nichts Besseres ein, als von dem Geld anzufangen? Na, herrlich. So, wie sie sich gerade verhielt, war sie auf dem besten Wege, Greta das hübsche Lächeln aus dem Gesicht zu wischen wie überflüssigen Lippenstift.

Dennoch nickte sie nachdrücklich. »Ähm ... ja. Die Sache ist nämlich die: Ich hab das Buch nicht bezahlt.«

»Das Buch«, echote Greta, und ihre Augen wurden noch größer.

Jetzt, wo sie es ohnehin komplett vermasselt hatte, war Ariane eigentlich nur noch daran gelegen, die Sache möglichst schnell hinter sich zu bringen. »Okay, also hier ...«, sie kramte umständlich ihr Portemonnaie heraus, »das Buch kommt etwa auf neun Euro neunzig.« Sie holte einen Zwanziger aus dem Etui und legte ihn auf den Tresen. »Nimm einfach den hier, und wir sind quitt.«

»Quitt?« Offensichtlich legte Greta es heute darauf an, den Papagei zu spielen.

»Na ja, für den Rest«, meinte Ariane. »Deine ... Auslagen, wenn du so willst. Essen und Kaffee und so.«

Greta bedachte den Schein mit einem seltsamen Blick. »Du warst mein Gast«, sagte sie leise, aber bestimmt. »Ich habe nie von dir erwartet, dass du meine ... Unkosten deckst.«

»Okay«, meinte Ariane unbestimmt. Sie wusste nicht, wie sie sonst hätte reagieren sollen. Nur um überhaupt noch etwas zu sagen, fügte sie hinzu: »Ja. Verstehe ich.«

»Na also«, meinte Greta und lächelte schwach. »Dann hör auf mit diesem Unsinn und lass mich dir dein Wechselgeld auszahlen.«

Ariane nickte. Sie kam sich unsagbar dumm vor. Nun hatte sie also wahrhaftig geglaubt, sie könne alles mit Geld regeln – Geld, welches über das hinausging, was sie Greta tatsächlich schuldete. Bräuchte ihr nur ein paar Euros in die Hand zu drücken, und schon wäre alles vergessen. Wie dämlich. Und wie unangenehm typisch für jemanden, der sich dauernd auf hohem Management-Parkett bewegte, wo solche Methoden an der Tagesordnung waren. So unbeschreiblich dämlich – und so unglaublich arrogant. Bestimmt würden ihr bei längerem Nachdenken noch ein paar Adjektive mehr einfallen, um dieses Verhalten zu beschreiben. Und eines war sicher: Schmeichelhaft wäre keines davon.

Greta war einen Moment lang stehen geblieben, augenscheinlich auf eine Antwort wartend. Als diese ausblieb, hatte sie einfach den Zwanziger genommen, war hinter den Tresen gegangen und hatte die Kasse aufgesperrt. Ariane sah zu, wie sie den einen Schein verstaute und einen anderen herausnahm.

Sag etwas, drängte sie sich innerlich. *Sag irgendetwas, damit ihr euch beide nicht mehr so dumm vorkommt.*

Unsinn, hielt ein anderer Gedankenimpuls dagegen. *Lass uns die Sache hinter uns bringen, und dann nichts wie weg hier.*

»Oh«, hörte sie Greta in diesem Moment sagen. Sie hatte die

Stirn in Falten gelegt und das Gesicht zu einer Maske der Missbilligung verzogen. Trotz allem kam Ariane nicht umhin zu registrieren, wie absolut niedlich das aussah.

»Was ist?«, erkundigte sie sich. Dass offensichtlich nicht sie der Grund für die steilen Falten über Gretas Nasenwurzel war – ausnahmsweise mal nicht –, gab ihr neue Hoffnung. Worauf auch immer.

»Ich hab hier keine Zehn-Cent-Stücke mehr«, erklärte Greta und suchte noch einmal in der Kasse herum. Als das nicht zum gewünschten Ergebnis führte, beugte sie sich ein wenig hinab und öffnete eine Schublade des großen Verkaufstisches. »Hier auch nicht. Komisch. Warte, lass mich weitersehen …«

Schon gut, hätte Ariane beinahe gesagt. Lass es ruhig bleiben, es sind doch nur zehn Cent.

Doch sie verkniff es sich gerade noch rechtzeitig. Denn zehn Cent waren zehn Cent. Eine kleine Münze, die Greta ihr herausgeben musste, damit die Kasse stimmte. Damit das Konto wieder ausgeglichen war und ihre Beziehung wieder das Niveau erreichte, auf dem sie begonnen hatte: eine Geschäftsbeziehung. Nicht mehr und nicht weniger.

Gretas zierliche Gestalt war inzwischen hinter dem Verkaufstisch untergetaucht. Ariane trat ein paar Schritte vor, und dank ihrer Größe gelang es ihr, über den Tresen zu schielen. Greta hatte eine weitere Schublade geöffnet und kramte darin. »Die Münzrollen müssen hier irgendwo sein«, sagte sie laut, an Ariane gerichtet, obwohl ihr Gesicht fast in der Schublade verschwunden war. »Ich hab sie hier hingelegt. Ganz bestimmt.«

Es war seltsam, Greta dabei zu beobachten, wie sie auf der Suche nach einem Zehn-Cent-Stück den Inhalt der Schublade von einer Seite zur anderen räumte und dabei halb in den Verkaufstresen hineinkrabbelte. Papier raschelte, ein schwerer, vermutlich metallener Gegenstand scharrte über den Boden. Gretas Bewegungen wurden hastiger, unkoordinierter. Ihr gesamtes Verhalten erinnerte Ariane an irgendjemanden, und es dauerte eine Weile, bis die Erkenntnis kam: an sie selbst. Diese

Fahrigkeit, die Ungeduld und sogar dieses ganz leichte Anzeichen von Aggression, als Greta das Gesuchte nicht dort fand, wo sie es vermutete – genau so hatte Ariane sich gestern auch gefühlt, als sie nichts auf die Reihe bekam. Und heute bei ihrem Kundentermin noch einmal. Weil sie in Wirklichkeit etwas ganz anderes im Kopf hatte.

Sag was, drängte sie sich erneut. *Sag etwas, sag etwas, sag etwas . . .!*

»Das ist ja wirklich eigenartig«, hörte sie Greta murmeln. »Ich hätte schwören können –«

Ariane holte tief Luft. Dann brach es, für sie selbst völlig unerwartet, aus ihr heraus: »Hättest du Lust, mit mir auszugehen?«

Unter dem Tisch rumste es vernehmlich.

»Au«, stöhnte Greta. »Au, au! So ein Mist.«

»Na«, murmelte Ariane, »so deutlich hättest du deine Abneigung auch nicht zum Ausdruck bringen müssen.« Ihr war schwindlig. Ob es an der Überrumpelung durch ihre eigenen Worte lag oder an Gretas Reaktion, das wusste sie nicht. Wahrscheinlich beides.

Greta kam auf allen Vieren unter der Schublade hervorgekrochen. »Nicht doch«, sagte sie atemlos. »Ich hab mir den Kopf gestoßen. Hab vergessen, dass die obere Schublade noch offen war.«

»Oje . . .« Ariane sprang vor, eilte um den Tresen herum und saß im nächsten Moment neben Greta. Die hockte im Schneidersitz auf dem Boden und presste sich die Hand an ihr kurzes Haar. Ihr Gesicht war ganz klein und zerknautscht, so als würde sie jeden Moment anfangen zu weinen.

Vorsichtig streckte Ariane die Hand nach ihr aus. »Hast du dir wehgetan?«

Hätte man ihr selbst diese Frage gestellt, wäre sie wahrscheinlich wütend geworden. *Klar hab ich mir wehgetan*, hätte sie entgegnet, *das ist doch wohl nicht zu übersehen!* Zugleich hätte sie den Helfer gereizt weggeschoben. *Nein, danke*, hätte sie ihm vor den Latz geknallt. *Es geht schon.*

Greta tat keines von beidem. Sie sah Ariane nur aus großen, feucht schimmernden Augen an und nickte.

»Lass mal sehen.« Sanft umfasste Ariane Gretas Handgelenk. Es war eine sehr zarte Hand mit einem sehr zarten, zerbrechlich wirkenden Gelenk. Ariane begutachtete Gretas Kopf eingehend, schob sogar die Haare auseinander, besorgt, dass sich irgendwo unter dem dichten braunen Schopf eine Rötung oder gar eine Platzwunde verbergen könnte. Doch sie sah nichts. Fühlte bloß eine Beule, die praktisch unter ihren Fingern anschwoll.

»Ich bin so ein Schussel«, hörte sie Greta flüstern. »Dauernd lasse ich Schränke und Schubladen offen stehen, und dann stoße ich mir den Kopf daran oder hole mir blaue Flecken. Du musst mich für eine komplette Idiotin halten.«

Ariane saß immer noch neben ihr, die Hand an ihren Kopf gelegt, doch aus dem forschenden Abtasten war ganz von selbst ein behutsames Streicheln geworden.

»Du bist keine Idiotin«, sagte sie. »Du bist unglaublich süß.«

Greta sah zu ihr auf, mit leicht geöffneten, bebenden Lippen. Ariane blickte sie an, schaute auf das zarte Gesicht, die großen, dunklen Augen, die Stupsnase und die Ohren, die es ihr sofort angetan hatten, von der ersten Sekunde an. Plötzlich konnte sie nicht mehr anders: Sie nahm Gretas Kinn sachte zwischen Daumen und Zeigefinger und hob es ganz leicht an. Gleichzeitig beugte sie sich zu ihr hinunter.

Nur Sekunden, ehe ihre Lippen sich trafen, hielt Ariane inne. Was machte sie denn jetzt schon wieder .. ? Greta hatte vielleicht immer noch Schmerzen und fühlte sich nicht ganz klar im Kopf, dafür sprach zumindest ihr leicht benebeltes und obendrein etwas weinerliches Verhalten. Und sie, Ariane, hatte nichts Besseres zu tun als die Situation auszunutzen. Ganz zu schweigen davon, dass auch der kleine Unfall mit der Schublade keineswegs Gretas angeblicher Schusseligkeit angelastet werden konnte. Auch das war doch Arianes Schuld gewesen, oder etwa nicht? Die plötzliche Frage nach einer Verabredung, nachdem sie sich zuvor so unterkühlt verhalten hatte: Da musste Greta sich ja erschrecken. Mit den bekannten Folgen.

Ariane gab Gretas Kinn frei. »Entschuldige«, flüsterte sie. »Ich wollte nicht –«

Da war es plötzlich Greta, die zugriff. Sie packte Ariane am Kragen ihres Blazers und zog sie zu sich herab. Jetzt, endlich, fanden sich ihre Lippen, und nun hielten sie sich nicht lange mit einem sanften, züchtigen Kuss auf. Gretas Mund öffnete sich fast sofort, als Ariane, unvermittelt von Leidenschaft überwältigt, ihre Zunge vorschnellen ließ. Derweil krallte sich Gretas Hand fester in Arianes Kragen und wanderte von dort aus weiter zu ihrer Bluse. Ariane keuchte auf, als sie bemerkte, wie sich Gretas kleine Finger an dem obersten Knopf zu schaffen machten, ein wenig daran herumhantierten und ihn schließlich erfolgreich öffneten. Dann nahmen sie sich den nächsten vor. Selbst mutiger geworden, ließ Ariane eine Hand erst langsam, dann immer forscher an Gretas Bein hinaufgleiten. Sie fühlte die Wärme der Haut unter der dünnen Nylonstrumpfhose, sah sich selbst dabei zu, wie ihre Finger unter Gretas buntem Rock verschwanden, und ließ sie dann weiter nach oben wandern. Greta biss sich auf die Lippen, seufzte und öffnete ihre Beine ganz von selbst. Ariane ließ ihre Hand kurz auf der Wölbung des Venushügels ruhen und entlockte Greta damit einen Ton, der wie ein leises Winseln klang. Dann fing Greta an, sich zu bewegen. Zaghaft zuerst, dann allmählich drängender rieb sie sich an Arianes Hand. Die Augen hielt sie dabei geschlossen, ihr Gesicht war angespannt und gelöst zugleich, und ihre niedlichen Öhrchen hatten einen leichten Rotschimmer angenommen.

Das helle Klingeln der Ladenglocke riss beide aus der Ekstase. Greta fuhr heftig zusammen, presste sich die rechte Hand auf den Mund und die andere auf Arianes. Ihre Augen glühten in dem verzweifelten Drang, zu Ende zu bringen, was sie begonnen hatte, und der Angst, entdeckt zu werden.

Das Geräusch von Schritten war nun zu hören, und als diese

sich auf den Verkaufstresen zubewegten, spürte Ariane, wie Greta sich noch weiter versteifte. Näher und näher kam der Kunde und – marschierte am Tresen vorbei. Greta atmete merklich auf. Dann beschwor sie Ariane nochmals mit einem drängenden Blick, bloß keinen Ton von sich zu geben.

»Unten bleiben«, zischte sie. Mit ein paar raschen Handgriffen richtete sie ihre Haare, atmete einmal tief durch, setzte ein strahlendes Lächeln auf, das nicht für Ariane bestimmt war, und erhob sich. »Guten Tag«, rief sie, wenn auch mit etwas zittriger Stimme. »Wie kann ich Ihnen helfen?«

Das Verkaufsgespräch kam Ariane fürchterlich lang vor. Der Kunde, ein junger Mann, erklärte, welche Art Bücher er suchte, und Greta gab ihm ein paar Empfehlungen. Sie war genauso freundlich wie vor zwei Tagen bei Ariane und auch genauso professionell. Fast jedenfalls. Hoffentlich, dachte Ariane, war es kein Stammkunde, der Greta gut kannte. Denn dann wäre ihm vielleicht aufgefallen, dass sie etwas zu verkrampft lächelte, dass sie abgehackter sprach als sonst und dass ihre Ohren glühten, als wollten sie einem Feuermelder Konkurrenz machen. Außerdem war sie, was man aber nur bei ganz genauer Beobachtung mitbekam, ein wenig kurzatmig.

Die ganze Zeit hockte Ariane hinter dem Tresen, dicht an das Holz gepresst, und wartete darauf, dass der Kerl endlich wieder verschwand. Ihre Haltung war mehr als unbequem. Außerdem kam ausgerechnet jetzt der röchelnde Watson angelaufen und himmelte Ariane mit heraushängender Zunge an. Den Hund hatte sie im Eifer des Gefechts ganz vergessen. Grimmig blickte sie auf die Bulldogge hinunter und moserte im Stillen: »Dummes Vieh.« Dabei musste sie prompt auch wieder an die hübsche junge Frau von vorhin denken. Vermutlich hatte sie selbst bei Watson gar keinen Sonderstatus, sondern der Hund verehrte ganz einfach jedes weibliche Wesen, das einigermaßen nett zu ihm war. Dieser Gedanke versetzte Ariane einen Stich. Vor allem, weil er unweigerlich zu der Frage führte, wie ähnlich Watson und sein Frauchen sich in dieser Hinsicht wohl sein mochten.

Endlich hatte sich der wählerische Kunde für ein Buch entschieden, und nur Sekunden später hatte Ariane Gretas ansehnliche Beine wieder direkt vor der Nase. Die Buchhändlerin war hinter den Tresen zurückgekehrt, hatte es geschafft, Ariane nicht anzusehen, und tippte den Preis eifrig in die Kasse ein. Ariane hoffte, dass die Situation es nicht erforderlich machen würde, ein Zehn-Cent-Stück herauszugeben, denn das hätte die arme, ohnehin konfuse Greta wohl vor echte Probleme gestellt. Aber der junge Mann zahlte passend.

Allerdings suchte Watson sich ausgerechnet diesen Moment aus, um sich an Gretas Beine zu schmiegen. Gretas Gesichtszüge entgleisten kurz. Ariane bemerkte es, weil sie die Bücherfee weiterhin genau beobachtete. Greta sah sie noch immer nicht an, holte dafür aber mit dem rechten Fuß aus und teilte einen nachdrücklichen Tritt aus. An Ariane, nicht an den Hund. Es tat nicht wirklich weh, eigentlich spürte Ariane fast gar nichts. Trotzdem hätte sie um ein Haar aufgeschrien – vor Schreck, weil sie nicht damit gerechnet hatte. Und ein wenig auch vor Empörung, denn schließlich hatte sie ja nun wirklich nichts gemacht, womit sie diesen Tritt verdient hätte.

Als Watson ihr weiterhin um die Beine strich, bemerkte Greta ihren Irrtum. Sie schaute nach unten und warf Ariane einen alarmierten Blick zu. Dann schenkte sie dem Kunden ein schiefes Lächeln. »Tut mir leid«, sagte sie.

In Ariane kam der Verdacht auf, dass Greta sich weniger bei dem Kunden, sondern vielmehr bei ihr selbst entschuldigte.

»Mein Hund«, murmelte Greta. »Er muss mir irgendwie vor die Füße gelaufen sein.«

Der junge Mann lächelte. »Das kenne ich. Ich habe auch einen Hund.«

Oh nein, dachte Ariane.

Eine gefühlte Ewigkeit und einen kleinen Vortrag zum Thema »Hunde und ihre liebenswerten Eigenheiten« später schellte die Türglocke, als der junge Mann endlich den Laden verließ. Das Klingeln war Musik in Arianes Ohren. Inzwischen war ihr nämlich durch ihre verkrampfte Haltung zuerst der Fuß und schließlich das komplette Bein eingeschlafen.

Nur Sekunden später kam Greta wieder unter den Schreibtisch herabgetaucht.

»'tschudigung«, sagte sie in einem Flüsterton, der jetzt eigentlich gar nicht mehr nötig war. »Ich dachte, du hättest an meinem Bein ... also, vielleicht, um mich zu ärgern, dass du irgendwie den Schalk im Nacken gehabt hättest und ... ich meine, ich konnte ja nicht ahnen, dass Watson plötzlich da unten ... oje, ich habe dir wehgetan, oder? Das wollte ich nicht, ehrlich. Tut mir total leid.« In dieser verworrenen Art haspelte sie noch eine Weile weiter. Doch das Kichern, das sie dabei unterdrückte, war nicht zu überhören. Irgendwann schlug sie sich die Hand vor den Mund und prustete los: »Oh nein! Der hätte uns beinahe erwischt! Stell dir nur mal vor ...« Sie holte tief Atem und drängte halbwegs erfolgreich einen weiteren Kicheranfall zurück, nur um dann erneut nach Luft zu schnappen.

Ariane verfolgte das Schauspiel leicht irritiert. Hormone, der Schreck und eine absurde Situationskomik mussten die kleine Greta vollständig im Griff haben.

Wie aufs Stichwort bestätigte Greta diese Annahme: »Au weia ... ich bin total auf Adrenalin. Ich ...« Sie brach ab und sah Ariane an. »Könntest du mich bitte mal kneifen? Ganz fest? Sonst hyperventiliere ich gleich.«

Ariane kniff sie.

»Fester«, befahl Greta.

Ariane kam auch dieser Aufforderung nach.

»Au«, sagte Greta. Dann lächelte sie. »Okay. Danke. Ich glaube, jetzt geht's wieder.« Sie atmete noch zweimal sehr lange und sehr tief ein. Dann richteten sich ihre funkelnden Rehaugen wieder auf Ariane. »Und jetzt verrat mir was: Hast du mich vorhin wirklich gefragt, ob wir ausgehen wollen? Oder habe ich nach dem Schlag auf den Kopf ein kleines Problem mit meiner Wahrnehmung, und das alles war nur ein Traum?«

6

Sie hatten einander nicht noch einmal berührt nach diesem rauschhaften, nur halb bewussten und alles andere als geplanten Intermezzo hinter der Ladentheke. Zum Teil lag das wohl an einer plötzlichen Verlegenheit, die umso deutlicher zutage trat, nachdem Gretas aufgepeitschtes Gemüt endlich wieder einigermaßen zur Ruhe gekommen war. Zum anderen überwog nun die Sorge, noch einmal erwischt zu werden, und dass es diesmal vielleicht nicht ganz so glimpflich ausgehen würde. Also hatte der einzige Hautkontakt darin bestanden, dass Greta Ariane die Hand gereicht und ihr wieder auf die Füße geholfen hatte. Mit dem Ergebnis, dass Ariane prompt mit dem eingeschlafenen Fuß auftrat, der inzwischen nicht einmal mehr kribbelte, sondern vollständig taub geworden war. Derart aus dem Gleichgewicht gebracht, hielt sie sich mit einer Hand an Greta, mit der anderen am Verkaufstisch fest.

Und behauptete schlagfertig, als Greta sie verwirrt ansah: »Tja, du bist eben umwerfend.«

Natürlich habe sie das mit dem Ausgehen ernst gemeint, hatte sie ihr anschließend versichert. Man könnte zum Beispiel …

Tja, was könnte man denn unternehmen? An dieser Stelle war Ariane verstummt und hatte erschrocken festgestellt, dass sie keine Ahnung hatte, was genau Greta eigentlich gern tat. Na schön, sie mochte Bücher, so viel wusste Ariane immerhin. Doch damit hatte sie ja tagtäglich und obendrein arbeitsbedingt zu tun – während der Sinn eines Dates doch darin bestand, sich selbst und einen weiteren, im Idealfall ganz besonderen, Menschen ein wenig von der Arbeit abzulenken, und zwar auf möglichst angenehme Weise. Einen Besuch in irgendeiner Bibliothek oder bei einer Lesung vorzuschlagen, das erschien Ariane daher entschieden zu kurz gedacht. Und sie konnten sich ja auch schlecht hinsetzen und einander ihre Lieblingsbücher vorlesen, oder?

Greta hatte Arianes Denkarbeit mit schiefgelegtem Kopf beobachtet und sie ihr dann einfach abgenommen. »Hast du«, fragte sie, schüchtern, aber doch erstaunlich entschieden, »vielleicht jetzt gleich ein paar Stunden übrig?«

»Jetzt?«, wiederholte Ariane. »Du meinst, heute Abend?«

»Nein, ich meine jetzt im Sinne von sofort«, erklärte Greta. »Oder wenn du es ganz genau wissen willst: in zehn Minuten. Da mache ich hier den Laden zu. Und anschließend muss ich noch eine Runde mit Watson drehen. Wie sieht es aus? Willst du mitkommen?«

Zugegeben: Ganz so wörtlich hatte Ariane es nicht gemeint, als sie von »ausgehen« gesprochen hatte. Deshalb hatte sie zuerst ein bisschen gezögert. Gassi gehen mit einem hässlichen Hund war nicht unbedingt das, was sie sich unter einem idealen Date vorstellte. Dagegen gewann sogar der Besuch einer Bibliothek plötzlich wieder an Attraktivität.

Doch wenn sie genauer darüber nachdachte, war es andererseits auch irgendwie passend. Es war weniger formell als ein Gang ins Café – und gerade deswegen spannender. Fast schon einen Schritt weiter, über den obligatorischen ersten Kaffee hinaus. Die Sache mit Greta, das war spätestens jetzt klar, schien keiner der normalen Regeln zu folgen. Ebenso wie Greta selbst keinerlei Norm gehorchte. Auch wenn Ariane immer noch keine rechte Vorstellung davon hatte, wer genau die kleine Buchhändlerin eigentlich war – dass sie nicht funktionierte wie ein durchstrukturierter Terminkalender, das hatte sie inzwischen begriffen. Und es gefiel ihr.

Greta ihrerseits hatte eigentlich bloß ihre übliche Runde im Stadtpark drehen wollen, doch als Ariane anbot, Chauffeur zu spielen und gemeinsam mit Greta und Hund ein Stückchen aus der Stadt hinauszufahren, war sie Feuer und Flamme gewesen. Sie kenne da ein wundervolles Eckchen, hatte sie Ariane vorgeschwärmt, wo sie nur leider viel zu selten hinkäme, da sie selbst kein eigenes Auto besaß. »Raus in die Natur«, hatte sie ganz begeistert gesagt. »Da können wir uns ein bisschen die Beine vertreten, und Watson kann endlich mal wieder ohne Leine laufen.«

Doch als sie nun vor Arianes Maserati stand, sah es glatt so aus, als wolle sie einen Rückzieher machen. Sie betrachtete den Wagen mit großen Augen. »Was ist denn *das?*«

Ariane erinnerte sich plötzlich daran, dass sie gestern Abend bei ihrer ersten Begegnung mit Watson exakt dieselbe Frage gestellt hatte. Nur war diese Presswurst auf Beinen ja nun wirklich nicht auf den ersten Blick zu identifizieren gewesen. Jedenfalls nicht eindeutig als Hund.

Daher reagierte sie ein wenig verwundert: »Ähm, das ist ... ein Auto?«

»So weit war ich auch. Ich meine die Marke.«

»Ach so.« Ariane lächelte und sagte es ihr.

»So sieht also ein Maserati aus«, kommentierte Greta und musterte den Wagen mit einem schwer zu deutenden Blick. »Die Dinger sind ganz schön ... edel, oder?«

In Ariane keimte der Verdacht auf, dass »edel« in diesem Fall ein Synonym für »teuer« war. Und so, wie Greta das Wort betont hatte, klang es nicht sonderlich positiv.

Greta beäugte den Wagen derweil immer noch voller Zweifel. »Sicher, dass es okay ist, wenn Watson da drin auf die Sitze haart?«

»Sei nicht albern«, gab Ariane zurück. Es klang entspannt und locker. Oder es hatte zumindest so klingen sollen. Hatte sie eine Winzigkeit zu lange gezögert? Ariane war sich nicht sicher. Hundehaare im Auto, das war keine Katastrophe. Aber besonders scharf darauf war sie auch nicht, wenn sie ganz ehrlich war. Sie konnte sich auf jeden Fall angenehmere Dinge auf ihrem Rücksitz vorstellen.

Um den kurzen Moment der Verlegenheit zu überspielen, öffnete Ariane rasch die hintere Tür und hob Watson kurzentschlossen hinein. Danach sah sie zu Greta hinüber. Sie hatte das vage Gefühl, etwas gutmachen zu müssen. Also hielt sie ihr die Schlüssel hin und fragte: »Möchtest du vielleicht fahren?«

»Um Gottes willen!«, rief Greta aus, und diesmal prallte sie sogar ein Stück von dem Auto zurück. »Mit so einem Monstrum käme ich ohne Totalschaden nicht einmal aus dieser Parklücke.«

Ariane zuckte die Achseln. »Wie du willst. Dann musst du eben mein Navigator sein.«

Greta mochte sich selbst als miserable Autofahrerin bezeichnen, doch als Navigatorin zeigte sie echtes Talent. Nachdem sie ihre anfängliche Scheu vor dem Maserati überwunden und sich sehr vorsichtig erst nur am Rand des Beifahrersitzes platziert, dann aber mit einem offenbar angenehm überraschten Seufzer in das Leder hatte sinken lassen, lotste sie Ariane zunächst durch das Einbahnstraßenlabyrinth der Innenstadt, anschließend über die Stadtautobahn und dann, nachdem sie ein paar Kilometer Landstraße gefahren waren, auf einen kleinen Waldparkplatz. Dort ließen sie den Wagen stehen und spazierten querfeldein.

Es war ein schöner Spätnachmittag. Der Himmel präsentierte sich zwar bedeckt, doch ab und zu spähte die Sonne durch die Wolkendecke hindurch und tauchte Bäume und Sträucher in warmes Licht. Die Blätter begannen sich bereits bunt und golden zu färben. Spinnweben glitzerten in der Sonne. In den letzten Tagen hatte es ab und zu geregnet, und allerorten roch es intensiv nach feuchtem Laub und Erde. Und nach dem, was Arianes Vater, ein passionierter Gärtner und Naturliebhaber, schwärmerisch als »Pilzgeruch« zu bezeichnen pflegte. Dank seiner eingehenden Instruktionen, die sie als Kind auf Spaziergängen über sich hatte ergehen lassen, entdeckte Ariane die Dinger überall. Sie schossen aus dem Boden wie ... nun ja, wie Pilze eben.

Früher hatte sie solche Waldwanderungen entsetzlich öde gefunden. Jetzt dagegen war der feuchte, duftende Herbstwald das reinste Paradies. Vor allem, ging es ihr durch den Kopf, während sie Watson nachblickte, der begeistert schnüffelnd hierhin und dorthin wackelte, wenn man ein Hund war und über den entsprechenden Geruchssinn verfügte.

Oder wenn man Ariane Baudach hieß und mit der bezaubernden Besitzerin des Hundes unterwegs war.

Sie marschierten schon eine ganze Weile schweigend nebeneinander her, aber die Stille war kein bisschen unangenehm. Normalerweise konnte Ariane längere Gesprächspausen nur schwer ertragen. Vielleicht war sie deshalb so gut mit Larissa befreundet: Diese redete, ihrer schrillen Stimme zum Trotz, gern und viel. Und wenn Ariane nicht wusste, was sie selbst sagen sollte, empfand sie die Redseligkeit ihrer besten Freundin als wohltuend.

Doch mit Greta konnte man schweigen. Neben ihr war es gar nicht nötig, die Stille mit leeren Worthülsen zu füllen. Wenn Greta nichts zu sagen hatte, dann sprach sie eben nicht. So einfach war das.

Ariane drehte unauffällig den Kopf und musterte Greta von der Seite. Der bunte Wollmantel und die Pudelmütze standen ihr gut, ließen sie zart und irgendwie zeitlos erscheinen. Wie alt, rätselte Ariane, mochte die kleine Bücherfee wohl sein? Kurzes Haar und Stupsnase ließen ein Gesicht immer jünger erscheinen, als es war. Außerdem war Greta so zierlich, dass sie von Glück reden konnte, wenn sie ihre Garderobe nicht in der Kinderabteilung kaufen musste.

Trotzdem verrieten gewisse Anzeichen immer etwas. Die Augen zum Beispiel. An den Augen eines Menschen konnte man so einiges ablesen. Doch bei Greta war auch das verdammt schwer. Jetzt, wo sie mit gleichmäßigen Schritten neben Ariane herging und ab und zu nach Watson ausspähte, strahlte sie eine immense Ruhe aus. Das sprach dafür, dass sie ungefähr in Arianes Alter sein musste. Plus/minus. Vielleicht ein bisschen mehr minus. Aber mindestens dreiunddreißig, schätzte Ariane. Zumal man noch einrechnen musste, dass sie bereits einen eigenen Laden führte. Das konnte man ja wohl kaum, wenn man noch ein halbes Kind war.

Und trotzdem: Manchmal, wenn Gretas Blick in die Ferne schweifte oder wenn sie von etwas schwärmte, zum Beispiel von Baby-Bulldoggen oder überwürztem Kartoffelbrei, dann wirkte sie, als wäre sie genau das – ein halbes Kind. Zumindest so begeisterungsfähig wie ein Kind.

Hoffentlich, dachte Ariane, war sie auch genauso wenig nachtragend wie ein Kind. Denn ein paar Dinge waren da ja noch offen.

»Du, Greta?«, begann sie.

»Hm?«

»Ich hatte wirklich nicht vor, das Buch einfach mitgehen zu lassen«, erklärte Ariane. »Das mit dem Bezahlen ist mir nur irgendwie entfallen. Im …«, sie räusperte sich, »… Eifer des Gefechts.«

»Vergiss es.« Greta lächelte fein. »Du hast die Sache ja bereinigt. Und warst, wenn ich mal so frei sein darf, reichlich hartnäckig dabei.«

Ariane nickte, den Blick auf den Waldweg gerichtet. Das war ein gutes Stichwort: hartnäckig genug, sich durch die eigenartige Szene vor der verschlossenen Ladentür nicht abschrecken zu lassen. Sie holte tief Luft und fragte: »Warum hast du mir dann gestern die Tür vor der Nase zugemacht? Ich meine …«, sie zögerte, »warst du sauer oder sowas?«

Greta begriff sofort, was sie meinte. Sie schüttelte den Kopf. »Mach dir da mal keine Sorgen. Ich habe die Tür nicht deinetwegen abgesperrt.« Sie deutete ein kurzes, freches Grinsen an. »Mittwochnachmittags habe ich immer geschlossen.«

»Ach, echt?« Und da war es wieder: Welche Buchhandlung hatte denn mittwochnachmittags geschlossen? Noch dazu jeden Mittwochnachmittag?

Doch irgendwie fühlte es sich nicht richtig an, jetzt danach zu fragen. Der Zeitpunkt stimmte nicht, das spürte Ariane deutlich. Außerdem waren andere Dinge wichtiger.

Wie zur Erklärung fuhr Greta nun fort: »Ich hatte die Tür schon abgeschlossen und auch das Schild rausgehängt. Erst dann habe ich dich vor dem Fenster entdeckt.« Sie zögerte. »Also, dich und –«

»Larissa«, vollendete Ariane den Satz.

»Ah«, sagte Greta. »Larissa heißt sie also.«

Ariane biss sich auf die Lippen. »Sie ist –«, begann sie, brach dann aber ab. An dieser Stelle zu beteuern, dass Larissa nur *eine*, aber nicht *ihre* Freundin war, kam ihr zum jetzigen Zeitpunkt irgendwie zu forsch vor. Der zarten, kleinen, rehäugigen Greta gegenüber durfte man nicht so auftreten. Das würde sie nur verschrecken.

»Du hättest mir ja trotzdem nochmal schnell aufmachen können«, bemerkte sie dann, nur um irgendetwas zu sagen. Allerdings sagte sie ganz bewusst »mir«, nicht »uns«.

Greta nickte, ohne sie anzusehen. »Ja«, bestätigte sie. »Hätte ich. Aber als ich dich mit –«, wieder ein winziges Zögern, »mit ihr gesehen habe, da habe ich, ich weiß auch nicht, irgendwie ... Angst gekriegt.« Jetzt sah sie Ariane doch an. In ihrem Blick lag eine unausgesprochene Frage. Oder, mehr noch, die Bitte, ihr diese Angst zu nehmen.

Vielleicht, dachte Ariane, war doch genau jetzt der richtige Zeitpunkt.

»Larissa«, begann sie, »ist ... ich meine, sie ist eben nicht –«

In diesem Moment knackte es im Gebüsch. Direkt vor ihnen, nur wenige Meter entfernt, brach ein Reh aus dem Dickicht, huschte über den Weg und verschwand auf der anderen Seite. Watson riss seinen fetten Kopf hoch. Dann schoss er dem Tier hinterher.

»Watson!«, schrie Greta auf. »Nein!«

Der Hund verharrte kurz in der Bewegung und drehte den Kopf halb zu ihr um. Sein Gesichtsausdruck war ziemlich eindeutig, so als wolle er sagen: »Sorry, Frauchen. Ich kann nicht anders.« Und schon nahm er die Verfolgung wieder auf, mitten in die Büsche hinein.

»Verflixt«, rief Greta aus und stampfte mit dem Fuß auf. Eine Sekunde schien sie zu überlegen, dann machte sie zwei Schritte auf das Dickicht zu. »Ich muss ihm hinterher.«

»Da rein?«, fragte Ariane verblüfft und deutete mit dem Kinn auf das Gestrüpp aus feuchten Blättern und tiefhängendem Geäst.

Greta hatte innegehalten. »Er kennt sich hier nicht aus«, erklärte sie. »Wenn er sich verläuft, findet er nicht wieder nach Hause.«

Klar. Das leuchtete ein. Ariane zuckte die Achseln. »Okay. Gehen wir.«

Jetzt war es an Greta, erstaunt die Brauen zu heben. »In *den* Klamotten?«, fragte sie und musterte Arianes Business-Kostüm.

Ariane sah ebenfalls an sich herab. Für eine Wildnisexpedition war sie wirklich nicht gerade passend gekleidet. Aber sie zuckte die Achseln. »Ist nicht so, als hätte ich eine große Wahl, oder?«

Greta sah sie an – fast schon einen Augenblick zu lange, wenn es wirklich ernsthaft darum ging, einen ausgebüxten Hund einzufangen. Und plötzlich grinste sie. »Dann stürzen wir uns mal ins Abenteuer.«

Wenige Minuten und ungefähr fünfzig Äste, die ihr ins Gesicht geklatscht waren, später fragte sich Ariane, ob diese wilde Jagd wirklich eine gute Idee gewesen war. So viel Charme Watson auch besitzen mochte, jetzt gerade machte er nichts als Scherereien. Für eine Bulldogge mit Atemproblemen und mächtig Übergewicht war Watson nämlich ganz schön flink. Eigentlich hätte man meinen sollen, ihm ginge bereits nach fünf, höchstens zehn Metern die Puste aus, doch anscheinend hatte die Jagd seine uralten, halb verschütteten Wolfsinstinkte wiederbelebt, die vergessen geglaubte Kraftreserven in ihm wachrüttelten. Das Vieh war nirgendwo zu sehen. So stolperten Greta und Ariane immer weiter durchs Unterholz – jedenfalls stolperte Ariane. Ihre Absätze waren eindeutig nicht geländegängig. Bei Astgabeln, unter denen Greta bequem hindurchlaufen konnte, musste Ariane sich mühsam bücken. Sie verfing sich in Spinnweben und klaubte mehr als einmal eine ihrer Haarsträhnen aus einem Dornendickicht heraus. Und zu allem Überfluss zog sich auch noch der Himmel zu.

Es war Ariane, die als Erste durch die Baumwipfel nach oben

spähte und die dunklen, bedrohlich tief treibenden Wolken bemerkte. »Das sieht aber gar nicht gut aus«, bemerkte sie.

Greta sah ebenfalls hoch und kniff im selben Moment auch schon die Augen zusammen. »Ich glaube«, murmelte sie, während sie sich über das Auge wischte, »ich hab einen Tropfen abgekriegt.«

Aus dem einen Tropfen wurden im Nu zwei, drei, dann zehn, und schließlich kam ein Platzregen herunter, den nicht einmal die dichten Baumkronen abdämpfen konnten. Sie sorgten nur für einen Moment der Verzögerung, doch dann gingen die Wassermassen doppelt heftig auf Greta und Ariane nieder. Greta kreischte schrill auf und hielt sich die Hände über den Kopf. Dann winkte sie Ariane zu sich heran.

»Los, komm schnell!«

»Wohin denn?« Ariane musste schreien, um das Prasseln des Regens zu übertönen.

»Weg hier. Irgendwohin, wo wir uns unterstellen können.« Damit fand sich Ariane an Gretas Hand wieder, und gemeinsam hasteten sie auf den Weg zurück, von dem sie gekommen waren. Erneut schlugen ihnen die Zweige ins Gesicht, doch Ariane spürte es kaum. Zum einen war sie ohnehin bereits völlig durchnässt, zum anderen jagte die Berührung, der feste Griff von Gretas Fingern so viele verwirrende Empfindungen zugleich durch ihre Hand, ihren Arm und auch ihren Verstand, dass alle anderen Eindrücke dahinter verblassten.

Greta war Ariane immer einen Schritt voraus und zog sie ungeduldig hinter sich her, obwohl Ariane erheblich längere Beine hatte. »Da«, rief sie endlich und deutete ein Stück weit geradeaus. Dort war ein Jägerhochstand. Er war dunkelgrün angestrichen und hatte auch schon etwas Moos angesetzt, wirkte ansonsten aber gut in Schuss.

Trotzdem hatte Ariane ihre Zweifel, als sie die glitschige Leiter erreichten. »Du willst wirklich da rauf?«

»Jetzt komm schon«, drängte Greta und begann bereits die Sprossen hinaufzuklettern.

Im Normalfall hätten sich in dieser Situation Arianes niedere Instinkte zu Wort gemeldet und die Chance genutzt, um wieder einmal den Anblick von Gretas attraktiver Kehrseite zu genießen. Doch jetzt hatte sie mit dem Gewirr durchnässter Haarlocken vor ihrem Gesicht genug zu tun, und dann rutschte sie auch noch auf der letzten Stufe ab. Sie fing sich zwar wieder, aber nicht ohne sich einen dicken, grünen Streifen Moos quer über ihren hellen Rock zu schmieren. Mit unwilligem Knurren zog sie sich endlich in die kleine Kabine hoch. Greta, die sich bereits auf der schmalen Sitzbank niedergelassen hatte, bekam angesichts des Moosflecks große Augen, während sie gleichzeitig versuchte, nicht zu lachen.

»Oje«, sagte sie. »So hast du dir unsere erste richtige Verabredung wohl nicht vorgestellt, was?«

Ariane strich sich die Locken zurück, die im Moment frappierende Ähnlichkeit mit einem nicht ausgewrungenen Wischmopp hatten. Grummelnd entgegnete sie: »Raus in die Natur, hast du gesagt ... stürzen wir uns ins Abenteuer, hast du gesagt. Vielleicht hättest du mal googeln sollen, was der Wetterbericht zu deinem Plan zu sagen hat. Und jetzt tu mir den Gefallen und rück mal ein Stück.«

»Bitte schön.« Greta klopfte einladend neben sich auf die Sitzbank.

So saßen sie eine ganze Weile, betrachteten den Regen und lauschten dem Wind, der durch die Blätter fegte. Der Geruch nach Feuchtigkeit und Wald war intensiver geworden, die ganze Atmosphäre hatte etwas Wildes, Ursprüngliches. Ariane hatte ihren verschmutzten Rock und die durchweichte Frisur schon bald vergessen. Hier mit Greta zu sitzen und diesem entfesselten Naturschauspiel beizuwohnen, ein Teil davon zu sein, füllte ihre Sinne und ihre Gefühle vollends aus.

»Du, Ariane?«, fragte Greta plötzlich.

Ariane wandte ihr das Gesicht zu. »Hm?«

»Würdest du vielleicht ein Stück näher kommen?« Greta wand sich ein wenig verlegen. »Ich meine nur, wegen der Kälte.«

»Oh.« Ariane schluckte. Merkwürdig, wieso spürte sie auf einmal so etwas wie Enttäuschung? »Wegen der Kälte, klar.« Sie hob den rechten Arm, und Greta rutschte ganz dicht an sie heran und schmiegte sich an sie.

Eine Weile blieben sie so sitzen.

Dann schaute Greta zu Ariane hoch. Wieder weg. Und wieder hin.

»Ähm«, sagte sie. Mehr nicht.

»Ja?« Ariane wandte ihr fragend den Blick zu.

Leise bemerkte Greta: »Hier ... ist übrigens niemand.«

Na, wer außer ihnen beiden wäre auch auf so eine Schnapsidee gekommen? Ariane runzelte die Stirn. »Nein«, antwortete sie. »Natürlich nicht.«

Offenbar war das nicht so ganz die Antwort, die Greta sich erhofft hatte. Sie begann unruhig auf dem Sitz hin und her zu rutschen.

»Was machst du denn da?«, fragte Ariane verwirrt.

»Ich meine ja nur«, murmelte Greta. Sie knetete die Finger, und ihre Stimme wurde noch leiser. »Hier ... also, hier stört uns ganz bestimmt keiner.«

Jetzt, endlich, begriff Ariane. Du liebe Zeit, da hatte sie aber eine selten lange Leitung gehabt. Ein breites Grinsen stahl sich auf ihr Gesicht. Greta war kalt, hm? Von wegen. Sie hatte nur gerade den ältesten Trick der Welt angewandt.

»Was bist du doch«, neckte sie, »für ein unanständiges Mädchen.«

Greta lief blutrot an, bis an den Rand ihrer Mütze und wahrscheinlich auch noch darunter. »Bitte«, flüsterte sie, »mach dich nicht über mich lustig, ja? Bitte nicht.« Damit drängte sie sich immer enger an Ariane, suchte ihr Gesicht mit den Lippen und küsste sie, erst nur ganz sanft auf Wange und Kinn, dann, gieriger, auf den Mund. »Bitte«, wisperte sie, während ihr Atem sich zusehends beschleunigte. »Bitte ...!«

Dabei war es überhaupt nicht nötig, Ariane um irgendetwas zu bitten. Schon gar nicht, wenn es um das ging, was Greta gerade im Sinn hatte. Die kleine Bücherfee presste sich jetzt ganz fest an Ariane, und Ariane spürte die Wärme ihres schmalen Körpers, aber weitere Sinneseindrücke wurden ihr durch den dicken Wintermantel verwehrt. Langsam zog Ariane den Reißverschluss auf. Greta gestattete es ihr wortlos, doch sie keuchte leise, während sie mit großen Augen zusah.

Dieser Blick ließ Ariane innehalten. Greta war so zart, so süß, so verletzlich. Sowohl ihre ganze Erscheinung als auch der Ausdruck ihrer Rehaugen gaben einem immerzu das Gefühl, besonders sanft und behutsam sein zu müssen – ja, sie drängten einem sogar die Frage auf, ob der eben gegangene Schritt nicht bereits einer zu weit war. Prüfend sah Ariane Greta ins Gesicht in der Hoffnung, die Antwort darin zu lesen.

Greta runzelte nun ihrerseits die Stirn, als sei sie ungehalten über die Unterbrechung. Dann packte sie Arianes Hand und drückte sie gegen ihren Körper. Genauer gesagt, an ziemlich eindeutige Stellen.

Ariane war bisher nur der Anblick von Gretas kleinen Brüsten vergönnt gewesen, züchtig verhüllt durch den Rollkragenpullover. Doch sie gestand sich ein, dass sie nicht erst in diesem Moment daran dachte, sie zu berühren. Die Vorstellung der zarten Haut, der sanften Wölbung unter ihren Fingern, der Brustwarze, die unter ihren Liebkosungen fest und hart wurde, ließ nun auch ihren Atem schneller werden. Plötzlich begierig, dieses Gefühl nicht nur in ihrer schmutzigen Fantasie, sondern ganz real zu erleben, schob sie ihre Hand unter Gretas Pullover, ließ sie unter den BH gleiten und griff zu. Gretas Brustwarze war eindeutig hart. Ariane hatte gerade noch Zeit, das zu bemerken, bevor Greta plötzlich grell aufschrie und ihre Hand wegstieß.

»Was –« Ariane war erschrocken zurückgeprallt, besorgt, zugleich aber auch ein bisschen beleidigt. Derart harsch zurückgestoßen zu werden, und das sogar buchstäblich, war so ungefähr das Letzte, womit sie gerechnet hätte.

»Tut mir leid«, flüsterte Greta, immer noch schwer und schnell atmend. »Ich wollte nicht ... das sollte jetzt nicht heißen ...« Sie schloss kurz die Augen und sammelte sich. Dann lachte sie leise und verlegen. »Deine Finger sind nur so schrecklich kalt.«

»Oh.« Ariane stimmte in das Lachen ein, erleichtert, dass sie es nicht mit einer erneuten Zurückweisung zu tun hatte.

Jetzt nahm Greta Arianes Hände zwischen ihre. »Warte mal ...« Sie rieb Arianes Finger eine Weile und hauchte ein paarmal darauf. Diese Geste, obgleich so zweckmäßig, hatte dennoch etwas sehr Sinnliches, und Ariane erschauerte unwillkürlich. Greta merkte es, lächelte und begann dann vorsichtig, beinahe spielerisch, zarte Küsse auf Arianes Fingerspitzen zu hauchen. Ariane schloss die Augen und seufzte. Möglicherweise entfuhr ihr dabei sogar ein wohliges Stöhnen, sie war sich hinterher, als sie sich die Szene noch einmal vor Augen rief, nicht mehr ganz sicher.

»So«, sagte Greta nach einer Weile. »Jetzt müsste es gehen.« Und damit schob sie Arianes Hände zurück an die Stellen, an denen sie berührt werden wollte. Eine unter ihren Pullover. Die andere in ihren Slip.

Diesmal war Ariane diejenige, die aufkeuchte. Es war nicht das erste Mal, dass sie Sex im Freien hatte, wohl aber das erste Mal zu dieser Jahreszeit und bei solchen Witterungsverhältnissen. Ihre Finger mussten in der Tat ziemlich ausgekühlt gewesen sein, ohne dass sie selbst etwas davon gemerkt hatte. Wie sonst ließ sich erklären, dass sie, als sie über Gretas Venushügel strich und sich anschließend langsam weitertastete, in eine derartige Hitze eintauchte? Greta erbebte, doch dieses Mal war allein die Berührung schuld daran, keine unerwarteten Temperaturschwankungen. Sie griff nach Arianes Hand, packte sie und führte sie so, wie sie es haben wollte. Mit einer Mischung aus Erregung und Neugier überließ Ariane ihr die Führung, ließ Greta dirigieren. Ein paar Sekunden später fand sie zwei ihrer Finger in Gretas Innerem wieder, während ihr Daumen auf der empfindlichsten Stelle lag. Sanft, nur millimeterweise und dabei jede von Gretas Reaktionen beachtend, begann Ariane ihre Finger zu bewegen. Greta jaulte auf, riss dann entsetzt die Augen auf und hielt sich den Mund zu.

»Schon gut«, flüsterte Ariane. »Ist ja schon gut, lass es raus. Du hast es doch selbst gesagt: Hier ist niemand außer uns.«

Nur mühsam, bereits von der nächsten Welle der Erregung durchströmt, nickte Greta und nahm die Hände vom Gesicht, um sich im nächsten Moment damit an Ariane festzukrallen. Langsam, zuerst fast schüchtern, begann sie Arianes Rhythmus zu folgen, sich auf ihrem Finger zu bewegen, sich ihrer Hand entgegenzupressen. Ariane lächelte, war jedoch nicht gewillt, die Sache vollkommen passiv hinzunehmen. Ein bisschen Spaß für sie selbst sollte ja auch dabei herumkommen. Also schob sie mit der freien Hand Gretas Pullover hoch und legte ihre Brüste frei. Klein, weiß und nackt lagen sie vor ihr. Greta fröstelte; eine Gänsehaut überzog ihren Oberkörper. Sie winselte leise, und als Ariane sich vorbeugte und mit den Lippen die rechte Brustwarze umschloss, wurde ihr Wimmern lauter. Doch sowohl ihre Stimme als auch ihr Körper, der sich Ariane immer heftiger entgegendrängte, schrien nach mehr. Ariane spürte die Kontraktionen von Gretas Muskeln, fühlte, wie die Perle unter ihren Fingern anschwoll.

Dann legte Greta plötzlich den Kopf in den Nacken. Ihr Mund öffnete sich leicht.

Sie schrie nicht. Zuerst verharrte sie, einen endlosen Augenblick lang wie erstarrt, lediglich ihre bebenden Lippen zeugten davon, dass die Zeit nicht stehen geblieben war. Ihre Augen suchten Arianes, und es sah aus, als wolle sie etwas sagen. Doch ihre Lippen öffneten sich nur noch etwas weiter, und schließlich kniff sie die Augen fest zu, während sich ihre Erregung in einem langen, heftigen Zucken entlud.

Anschließend sank sie mit einem leisen, erschöpften Seufzer gegen Arianes Schulter. »Danke«, murmelte sie. »Ich danke dir. Das habe ich echt gebraucht.«

Ariane lächelte und drückte sie noch eine Spur fester an sich. Nicht in der Absicht, sich irgendetwas von ihr zu holen, sondern um sie zu wärmen. Greta hatte unter ihren Berührungen zu schwitzen begonnen, ihre Wangen waren gerötet, doch die Luft um sie herum war natürlich immer noch genauso kalt wie zuvor. Wahrscheinlich merkte Greta in diesem Moment gar nicht, dass ihre entblößte Haut schnell auszukühlen begann.

Fürsorglich rückte Ariane ihr den BH und anschließend den Pullover zurecht. Da tastete Greta ihrerseits mit einer fahrigen Bewegung nach Arianes oberstem Mantelknopf und versuchte erfolglos, ihn zu öffnen.

Ariane nahm Gretas Hände behutsam in ihre und hinderte sie daran. »Schon gut«, sagte sie leise.

»Ja, aber«, protestierte Greta schwach, »was ist denn mit dir?«

»Mir geht es bestens«, flüsterte Ariane.

»Bist du sicher?«

»Ja, absolut.«

Und das war nicht einmal geschwindelt. Natürlich war auch Ariane erregt, sogar mehr als das. Sie brauchte sich nicht ins Höschen zu fassen, um zu wissen, dass zwischen ihren Beinen ein wahrer Sturzbach entsprungen war. Doch Greta sah derart erledigt aus und zugleich so zufrieden, dass es Ariane vollends genügte, sie im Arm zu halten. Sie in diesem Zustand zu mehr zu drängen, würde das hauchzarte Band der Nähe, das der Moment, ja, die ganze Situation zwischen ihnen geknüpft hatte, zerreißen.

Nein, beschloss Ariane. So wie es war, war es perfekt.

»Danke«, flüsterte Greta noch einmal und schmiegte sich eng an Ariane.

»Gern geschehen.«

Einen Moment lang saßen sie einfach nur aneinandergekuschelt da und schauten in den Regen hinaus.

»Du, Greta?«, brach Ariane dann das Schweigen.

»Ja?«

»Larissa.« Jetzt sagte Ariane es doch. Einfach, weil es raus musste. »Sie ist nicht meine Freundin. Nicht so, wie es vielleicht aussieht jedenfalls.« Sie suchte nach der richtigen Umschreibung. Und plötzlich war es ganz leicht. »Die beste, nicht die feste Freundin.«

»Hab ich mir schon gedacht«, sagte Greta einfach und kuschelte sich noch ein klein bisschen dichter an Ariane. Dann sprachen sie eine ganze Weile nicht mehr.

Es dauerte eine Dreiviertelstunde, bis der Regenguss vorbei war. Als das Rauschen zu einem harmlosen Plätschern geworden war und schließlich fast verstummte, drang ein neues Geräusch an ihre Ohren: ein keuchendes Grunzen, das ihnen beiden nur allzu vertraut war.

Ariane steckte als Erste den Kopf ins Freie. »Hey, da unten ist ja Watson«, rief sie aus.

Der Hund hockte, komplett verdreckt und durchnässt, aber quietschvergnügt, am Fuß des Hochstandes. Er wedelte mit dem kümmerlichen Schwanz, als er seinen Namen hörte. Und sein Blick schien zu sagen: »Wo wart ihr zwei denn so lange? Ich habe euch überall gesucht!«

7

Also«, fragte Larissa am Telefon, »du und deine kleine Buchhändlerin, seid ihr jetzt zusammen?«

»Das würde ich so nicht sagen«, antwortete Ariane.

»Ach? Dann seid ihr also nicht zusammen?«

»Das«, antwortete Ariane, »würde ich so auch nicht sagen.«

Natürlich war das eine denkbar unbefriedigende Umschreibung für den Ist-Zustand. Aber es war die beste, die Ariane zustande brachte. Greta war ein Fall für sich, und das Zusammensein mit ihr, wenn man es denn so nennen konnte, war mehr als verwirrend.

Jener Tag, an dem sie gemeinsam im Wald vor dem Regenguss

geflüchtet waren, konnte ganz gut als Paradebeispiel herhalten: Es gab diese gewissen Momente, in denen Greta sehr süß und sehr schüchtern war, beinahe vor Berührungen zurückschreckte und sich gleichzeitig danach sehnte. Dann wiederum war sie wie ein aktiver Vulkan, und in solchen Momenten nahm ihre gemeinsame Zeit sehr, *sehr* körperliche Ausmaße an. Das war ebenfalls an jenem Tag geschehen, allerdings erst einige Stunden nach dem mehr oder weniger ins Wasser gefallenen Waldspaziergang. Das Wetter war immer noch reichlich stürmisch gewesen. Und Greta nicht weniger.

Sie hatten eine einigermaßen trockene Phase abgepasst und waren dann eilig zum Auto zurückgelaufen. Anschließend hatte Ariane Buchhändlerin und Hund – für Watson hatte sie auf dem Rücksitz eine Decke ausgebreitet, denn die beträchtlichen Mengen an Dreck und Schlamm in seinem Fell waren ihr dann doch zu viel für ihre Ledersitze – wieder sicher zu Hause abgeliefert. Vor der Haustür hatte Greta ihr dann unvermittelt vorgeschlagen, noch mit raufzukommen.

»Was denn«, hatte Ariane geneckt, »auf einen Kaffee? Willst du wirklich derart uralte Klischees strapazieren?«

»Doch nicht auf einen Kaffee«, hatte Greta amüsiert geantwortet. »Auf eine heiße Dusche. Du siehst aus, als hättest du sie nötig.«

Ariane hatte nicht protestiert. Schon allein aus pragmatischen Gründen, weil Greta nämlich absolut recht hatte: Sie war durchnässt, ihr war kalt, und ihre im Auto erst halb getrockneten Haare klebten ihr wie ein nasser Schal im Nacken und würden ihr, wenn sie nicht aufpasste, eine ausgewachsene Erkältung bescheren. Irgendwelche Hintergedanken hatte sie bei der unschuldigen Greta gar nicht in Erwägung gezogen. Doch kaum hatte Ariane das Wasser angestellt und war gerade dabei, wieder normale Körperwärme anzunehmen, da hatte sich auf einmal die Duschtür bewegt, und Greta hatte vor ihr gestanden. Nackt. Vor lauter Verblüffung hatte Ariane völlig vergessen, sich zu bedecken. Es gelang ihr auch nicht, den Blick abzuwenden. Sie stand einfach nur da wie erstarrt, während ihr der heiße Strahl über den Rücken floss, und sah zu, wie Greta ganz selbstverständlich zu ihr in die Kabine schlüpfte.

»Was guckst du?«, hatte Greta gefragt und sie angegrinst. »Mir war auch kalt. Und so sparen wir Wasser.« Einen Moment lang hatte sie geschwiegen und sich die Rinnsale aus den Augen gewischt, die von ihrem nassen Pony über ihr Gesicht liefen. »Okay«, räumte sie dann ein, »die Ausrede war schlecht. Also, jetzt mal ganz ohne falsche Scham: Ich bin hier, um mich zu revanchieren.«

Sie musterte Ariane, die immer noch in Bewegungslosigkeit verharrte, nicht sicher, was sie tun oder sagen sollte. Schließlich fuhr sie sich mit der Zunge über die Lippen und meinte: »Perfekt. Bleib so stehen, ja? Genau so.« Mit diesen Worten ging sie vor Ariane auf die Knie und presste ihr Gesicht in deren Schoß.

Ariane war überwältigt gewesen. Und zwar in mehr als einer Hinsicht.

Sie hatten sich in dieser Nacht geliebt. Mehr als einmal sogar. Greta war fordernd gewesen, geradezu gierig. Und hinterher hatte sie, so als schäme sie sich ihrer eigenen Lust, den Kopf in Arianes Armbeuge vergraben.

»Tut mir leid«, flüsterte sie. »Jetzt habe ich dich überfallen. Ich ... die subtile Art liegt mir einfach nicht so, verstehst du? Es überkommt mich nicht oft. Aber wenn, dann erkenne ich mich plötzlich selbst nicht wieder.«

»Schon okay«, hatte Ariane gesagt und sie auf den Scheitel geküsst. »Ich denke, damit kann ich leben.«

Natürlich war es nicht bei dieser einen Nacht geblieben. Von diesem Tag an hatten sie sogar eine Menge Zeit miteinander verbracht. Mal trafen sie sich in der Wohnung der einen, mal bei der anderen. Meistens jedoch bei Greta, vor allem wegen des Hundes. Greta behauptete, sie könne Watson nicht so lange allein lassen. Und sie wolle es Ariane nicht zumuten, dass deren durchgestylte und immer blitzblanke Wohnung demnächst voller Hundehaare und Pfotenabdrücke wäre – es reiche ja schon, wenn Watson seine DNA auf der Rückbank des Maserati hinterließe. Ariane behauptete zwar, ihr mache das überhaupt nichts aus, doch insgeheim war sie ganz froh darüber. So sehr sie den Hund liebgewonnen hatte, so wenig konnte sie sich mit dem Gedanken anfreunden, in ihrem Apartment demnächst über Hundespielzeug zu stolpern oder den zweifelhaft verführerischen Geruch nach Pedigree Pal und Kauknochen einzuatmen.

Trotzdem unternahmen sie und Greta eine Menge zusammen. Mal gingen sie ins Kino, mal in schicke Restaurants, Bars oder Cafés, doch oft blieben sie auch einfach zu Hause und warfen den DVD-Player an. Greta bestand darauf, Ariane mit ihren Lieblingsfilmen und -regisseuren bekanntzumachen, und so arbeiteten sie sich Stück für Stück durch eine Sammlung an »Kleinoden der Filmgeschichte«, wie Greta sie nannte. Eine Auswahl, die Ariane mal begeisterte, mal befremdete und mit der sie in einigen Fällen noch nicht mal ansatzweise etwas anfangen konnte. Doch Greta liebte diese Streifen, genauso, wie sie es liebte, sich mit einer Tasse Tee in ihrem Wohnzimmer an Ariane zu kuscheln und auf den Fernseher zu blicken. Das war anfangs nicht ganz unkompliziert, weil es in Gretas Wohnung ja kein Sofa gab, das sich zum Kuscheln angeboten hätte. Aber mit dem großen Ledersessel und dem Lederschemel, aus denen sich Gretas Sitzecke zusammensetzte, fanden sie schnell eine praktikable Lösung: Ariane saß im Sessel, und Greta hockte sich auf den Schemel und legte den Kopf auf Arianes Schoß. Ein perfektes Arrangement, um sich den Nacken kraulen zu lassen, wie sie versicherte. Und wie Ariane bestätigen konnte, wenn sie dann und wann die Positionen tauschten.

Das einzige, was Ariane dann von Greta wahrnahm, war ihre Körpernähe, ihr Atemhauch, den sie an der Hand oder am Arm spürte, sowie die sanften Bewegungen, mit denen sich Gretas Brustkorb hob und senkte. Manchmal spürte sie sogar Gretas Herzschlag. Meist ging er ruhig und gleichmäßig. Doch je nach Filmwahl flatterte er auch schon mal hektisch und aufgeregt. Greta ging jedes Mal ganz mit der Geschichte mit und vergaß alles andere um sich herum. Und wenn Ariane ihr dann ab und zu einen Kuss auf den Nacken hauchte oder gar versuchte, ein bisschen zu knutschen, schob Greta sie freundlich, aber bestimmt weg. Ja, wenn es um fiktive Geschichten ging, war Greta Feuer und Flamme. Dann existierte für sie auch nichts anderes mehr. Nur ab und zu ließ sie es zu, dass Ariane beschützend die Arme um sie legte, etwa wenn ein Film zu aufwühlend wurde oder wenn die Bösen in der Geschichte kurz davor waren zu gewinnen.

Ariane und Greta hatten keinen festen Zeitplan für ihre Treffen. Manchmal sahen sie sich eine ganze Woche nicht, vor allem, wenn Ariane viel zu tun hatte. Dann wiederum trafen sie sich jeden Tag.

Außer mittwochnachmittags. Denn da war Gretas Buchhandlung, wie Ariane bereits hatte feststellen können, in der Tat grundsätzlich geschlossen. Nach den Hintergründen hatte Ariane bislang immer noch nicht gefragt. Sie hatte es sich zwar gelegentlich vorgenommen, es dann aber vergessen. Und eigentlich war es auch nicht so wichtig, hatte sie sich irgendwann gesagt. Vermutlich machte Greta da bloß ihre wöchentliche Inventur oder führte Gespräche mit Verlagen.

Abgesehen von den Mittwochnachmittagen war die Buchhandlung allerdings immer noch die perfekteste Ausrede, die es gab, um bei Greta aufzuschlagen. Wenn Ariane der Meinung war, sie hätten sich wieder einmal zu lange nicht gesehen, dann schaute sie einfach im Laden vorbei und verlangte neuen Lesestoff. Sie versorgte sämtliche Verwandten und Freunde mit Büchern, worüber sich insbesondere ihr Vater freute, eine begeisterte Leseratte. Und sie hatte sogar selbst wieder angefangen zu lesen. Nicht um Greta einen Gefallen zu tun und ihre Kasse zu füllen – obwohl das durchaus ein wenig mit hineinspielte, und es hatte sicherlich seinen Grund, dass Greta sie manchmal im Scherz ihre beste Kundin oder, wenn sie besonders guter Stimmung war, ihren »Goldesel« nannte. Doch ganz unabhängig davon hatte Ariane tatsächlich ihren Spaß am Lesen wiederentdeckt. Einen Genuss, den sie lange vergessen hatte und der sich nach Kindheit, nach Sorglosigkeit und dem Sich-Verlieren in anderen Welten anfühlte, zu denen der Alltag keinen Zutritt hatte.

Noch vor wenigen Monaten hatte sie sich nach der Arbeit meistens aufs Sofa geworfen und im Fernsehen die Programme durchgezappt, in der Hoffnung, auf irgendetwas einigermaßen Interessantes, vor allem aber Entspannendes zu stoßen. Jetzt blieb der Fernseher aus. Stattdessen machte Ariane es sich nach Gretas Vorbild mit einem Buch auf dem Sofa gemütlich, am liebsten mit einem Kännchen Tee dazu. Ihr Teeverbrauch war allgemein immens gestiegen, und das neu eingerichtete Teeregal in ihrer Küche enthielt nun auch Dinge namens Ginseng, Kardamom, Tulsi, Minze und Süßholz. Auch das hatte sie durch Greta kennengelernt. Und wenn man sich erst mal an diese neuen Aromen gewöhnt hatte, dann schmeckten sie ganz hervorragend.

Ariane vermisste den Fernseher nicht. Mehr noch – dank Greta war ihr zum ersten Mal aufgefallen, wie viel Unsinn im Programm lief.

Einen Nachteil hatte die Sache allerdings: Arianes Arbeitsrhythmus geriet ein wenig durcheinander. Dann zum Beispiel, wenn ein Buch zu spannend war, um es wegzulegen. Oder wenn die Sehnsucht sie packte und sie das Telefon in die Hand nahm. Nur, um kurz Gretas Stimme zu hören.

Larissas Kommentar dazu lautete: »Ich weiß gar nicht, was du hast.« Ariane hatte sie über alles auf dem Laufenden gehalten, und sie hatte geduldig zugehört, sogar ganz ohne zu unterbrechen – sehr untypisch für Larissa.

»Ich meine«, fuhr sie nun fort, »wo genau liegt dein Problem, Ariane? Für mich hört sich das alles ganz wunderbar an.«

Ariane zögerte. »Ich weiß nicht. Irgendwie … ist mir nicht klar, wo das Ganze hinführt.«

»Muss denn immer alles irgendwo hinführen?«

Das allerdings *war* typisch Larissa: einfach machen und sich dann hinterher fragen, ob sich der Aufwand gelohnt hatte. Das galt für ihren Job ebenso wie für ihre Beziehungen.

»Du und Greta«, hakte sie nach, »ihr fühlt euch wohl miteinander, oder nicht? Also, wieso genießt du es dann nicht einfach?«

»Ich will sie ja nicht gleich heiraten«, protestierte Ariane. »Ich wüsste nur gern . . . na ja, wo wir stehen.«

»Verstehe. Du willst eine Garantie, hm?« Larissas Ton war jetzt schnodderig und fast ein bisschen schulmeisterhaft. »Dann verrate ich dir mal was, Süße. Garantiert ist in diesem Leben nur der Tod. Also entspann dich, bevor es soweit ist, hm?«

Ariane brummelte vor sich hin und gab dann widerwillig zu: »Es . . . ist nicht nur das.«

»Nein?« Jetzt hatte sie Larissas volle Aufmerksamkeit. »Was denn noch?«

»Ich weiß nicht«, meinte Ariane und stellte fest, dass sie anfing, sich zu wiederholen. »Manchmal frage ich mich, ob wir überhaupt zusammen passen.«

»Aha?« Larissas Tonfall sagte wieder einmal ganz deutlich: »Lass dir nicht alles aus der Nase ziehen.«

Ariane druckste herum. »Na ja . . . Eigentlich ist sie gar nicht mein Typ, weißt du?« Sie dachte kurz über die richtigen Worte nach. »Jedenfalls ist sie vollkommen anders als alle anderen, mit denen ich je zusammen war.«

»Und es gibt vermutlich einen Grund dafür, warum du mit ebendiesen anderen jetzt nicht mehr zusammen bist«, kommentierte Larissa.

Ariane schnitt eine Grimasse, auch wenn Larissa das durchs Telefon nicht sehen konnte. Das war doch garantiert eine Anspielung auf Sandra. Larissa hatte Sandra nie sonderlich leiden können. Ausgesprochen hatte sie es nur einmal, als die Beziehung noch frisch war, und dann, taktvollerweise, nie wieder. Und mit demselben Taktgefühl hatte sie, als es vorbei war, auf jedweden altklugen Kommentar verzichtet. Sie hatte nichts gesagt wie: »Siehst du? Ich hab's dir doch gleich gesagt!«

Jetzt meinte sie, als Ariane nicht antwortete: »Ich will damit nur sagen, dass anders nicht unbedingt schlechter bedeutet.«

»Hm«, machte Ariane unbestimmt. »Kann sein, ja.« Sie war erleichtert, dass Larissa Sandra nicht ausdrücklich zur Sprache gebracht hatte. Aber welche Schlüsse sie aus den Kommentaren ihrer besten Freundin ziehen sollte, das war ihr noch nicht ganz klar.

»Und?«, erkundigte sich Larissa, als das Gespräch erneut zu stocken drohte. »Inwiefern ist Greta anders?«

»Ach, sie ist so ... verträumt, verstehst du? So vollkommen begeisterungsfähig, wenn es um kleine Details geht. Wenn sie ein Buch liest, zum Beispiel, dann lebt sie quasi in der Geschichte. Wenn sie einen Film sieht, dann lacht und weint sie mit den Figuren mit. Manchmal habe ich den Eindruck, sie würde am liebsten in den Fernseher klettern und die Hauptdarstellerin trösten. Oder dem Bösewicht eins mit der Bratpfanne überziehen. Sie interessiert sich für tausend Sachen, die mir niemals in den Kopf kommen würden. Als besäße sie einen ganz besonderen Blick, als sähe sie Dinge, die normale Menschen nicht sehen können. Die Schönheit eines stürmischen Herbsttages zum Beispiel. Oder die eines potthässlichen Hundebabys.« Ariane seufzte schwer. »Weißt du, manchmal, da kommt sie mir wirklich vor wie die verflixte Fee aus dem Märchen.«

»Und ich«, erklärte Larissa, »warte immer noch auf den Punkt, an dem du mir sagst, was daran so schlimm sein soll.«

Ariane kramte in ihren Gedanken, und dann fiel ihr tatsächlich etwas ein. »Zum Beispiel«, verkündete sie triumphierend, »zieht sie ständig über mein Auto her. Das ist doch wirklich nicht nett, oder?«

»Über dein Auto?«, fragte Larissa zurück. »Was sagt sie denn da genau?«

Ariane kratzte sich am Kopf. »Ach, sie macht ständig so kleine Andeutungen. Nennt ihn einen todschicken Schlitten und sowas.«

»Klingt für mich eher nach einem Kompliment.«

»Ja, aber du solltest mal hören, *wie* sie es sagt«, verteidigte sich Ariane. »Bei ihr klingt es immer so, als wollte ich mit dem Maserati irgendetwas kompensieren.«

»Und? Willst du?«

»Jetzt mach aber mal halblang, Larissa! Auf wessen Seite stehst du eigentlich?«

Ein kleines Seufzen erklang am anderen Ende. »Willst du einen ernsthaften Rat von mir, Ariane? Oder willst du, dass ich dir einfach nur recht gebe, egal, was du sagst?«

Nein, natürlich wollte Ariane nicht, dass Larissa ihr einfach recht gab. Trotzdem – ein Teil von ihr wünschte sich genau das. »Okay«, sagte sie zähneknirschend. »Wie genau lautet dein Rat?«

Larissa holte Atem. »Auch auf die Gefahr hin, dass es dir nicht gefallen wird?«

Das konnte ja lustig werden. Doch Ariane antwortete: »Ja, auch auf diese Gefahr hin. Das muss ich aushalten können.«

»Nun ja«, begann Larissa. »In der Psychologie nennt man so etwas Umkehrung.«

»Bah, bleib mir weg mit deiner Psychologie«, stieß Ariane hervor. »Oder«, fügte sie dann rasch und etwas kleinlaut hinzu, »erklär mir wenigstens, was das bedeutet.«

»Ich glaube«, erklärte Larissa, »dir ist gar nicht bewusst, worüber du dir wirklich Sorgen machst.«

»Nämlich?«

»Es ist im Grunde dasselbe wie damals bei Sandra.«

Also doch! Das saß. Und zwar ziemlich heftig.

»Wie bitte?«, keuchte Ariane, nachdem sie zunächst ordentlich nach Luft geschnappt hatte. »Larissa, ich bitte dich. Hast du mir denn nicht zugehört? Greta ist kein bisschen wie Sandra!«

»Und trotzdem ist es dasselbe Problem«, beharrte Larissa. »Da ist die kleine Bücherfee mit dem bezaubernd hässlichen Hund. Und dann du – die erfolgreiche Unternehmensberaterin, die einen Superschlitten fährt und den lieben langen Tag mit wichtigen Leuten zum Geschäftsessen geht, Aufträge an Land zieht und dafür dann Summen kassiert, bei denen deiner Greta die hübschen Rehaugen übergehen würden.«

»Hey«, rief Ariane aus. »Jetzt komm mir nicht damit, dass ich mir einbilde, sie wäre nicht gut genug für mich. So habe ich das nie gemeint. Und das habe ich auch bei Sandra nie gedacht. Ich bin keine überdrehte Karrierezicke, klar? Okay, ich fahre einen Maserati. Und ja, der ist vielleicht ein klitzekleines bisschen übertrieben. Ein solider VW würde es auch tun. Aber –«

»Nein, Ariane«, unterbrach Larissa sie mit ruhiger Stimme. »In Wahrheit ist es umgekehrt. Irgendetwas in dir glaubt, *du* wärst nicht gut genug für *sie.*«

Ariane klappte den Mund auf.

Und dann wieder zu.

»Du siehst«, fuhr Larissa fort, »dass deine Greta eine kleine, verträumte Märchenfee ist. Und irgendwo tief drinnen denkst du, du bist auf Dauer nicht interessant genug. Du kannst nicht mithalten bei den Dingen, die sie spannend findet. Zum Beispiel hast du dir bisher nie die Mühe gemacht, einen hässlichen Hund genauer anzusehen. Weil Hunde dich einfach nicht interessieren. Und deshalb hast du schlicht und ergreifend Angst, dass du wieder genauso verlassen wirst wie damals.« Jetzt klang sie regelrecht triumphierend. »Siehst du? So wie bei Sandra. Es ist dasselbe in grün.«

»Aber ...«, begann Ariane in dem ebenso verzweifelten wie erfolglosen Bemühen, etwas zu ihrer Verteidigung zu sagen. Ihr Herz hatte heftig zu pochen begonnen, was ihrer Selbstsicherheit nicht gerade Auftrieb gab. »Ehrlich, Larissa, was du da von dir gibst, ist –«

»– nur meine ehrliche Meinung«, bekräftigte Larissa. »Und ein Versuch, dich zu beruhigen. Hey, Süße ...« Ihre Stimme wurde plötzlich ganz warm, sofern das bei ihrer Quietschtonlage überhaupt möglich war. »Ich kenne deine Greta zwar nur vom Sehen. Aber nach dem, was du mir von ihr erzählst, kommt sie mir nicht wie jemand vor, der mit den Gefühlen anderer spielt. Der eine Weile mit jemandem Zeit verbringt und ihn dann fallen lässt, wenn es ihm langweilig wird. Ich glaube, deine Greta mag dich einfach so, wie du bist. Mit deinem rationalen Verstand, deinem Gefühl für Zahlen und mit deinem überteuerten Minderwertigkeitskomplex-Schlitten. Also, auch auf die Gefahr hin, mich zu wiederholen: Entspann dich, okay?«

»Okay«, murmelte Ariane.

»Und falls du dir wirklich ernsthafte Sorgen machst, deine Kleine mit deinen eigenen Fähigkeiten nicht beeindrucken zu können, dann lass dir eines gesagt sein: Irgendwann wird der Tag kommen, an dem du glänzen kannst. Klar soweit?«

»Klar«, antwortete Ariane. Aber eigentlich sagte sie das nur, weil es das zu sein schien, was Larissa hören wollte.

Nachdem sie das Telefonat beendet hatten, ließ Ariane sich aufs Sofa zurückfallen und fuhr sich seufzend durch die Haare. Nicht interessant genug also? Nicht spannend genug für Gretas Bedürfnisse, ihren Blick für Details und hinter die Kulissen ... Tja, dachte sie und seufzte erneut. »Messerscharf kombiniert, Miss Larissa Quietschstimme Holmes.«

Au weia. Jetzt klang sie sogar schon wie Greta.

8

Dass Greta nicht so war wie andere Frauen, das stand fest. Vor allem war sie nicht wie andere Frauen, mit denen Ariane bislang zusammen gewesen war. Das war vermutlich auch der Grund, weshalb Ariane so viel Zeit und die Hilfe ihrer besten Freundin brauchte, um ihre eigenen Gefühle zu erkennen. Und dann noch einmal genauso lange, um sich einzugestehen: Obwohl Greta – scheinbar – überhaupt nicht ihr Typ war, hatte sie sich bis über beide Ohren in sie verschossen.

Die zauberhafte kleine Buchhändlerin auf der einen Seite.

Die alles andere als zauberhafte, wenngleich leidlich erfolgreiche Unternehmensberaterin auf der anderen.

Wie sollten zwei derart unterschiedliche Menschen auf einen Nenner kommen? Wie etwas aufbauen, das vielleicht – aber so weit wagte Ariane eigentlich noch nicht zu denken – eine Zukunft haben könnte?

»Irgendwann wird der Tag kommen, an dem du glänzen kannst«, hatte Larissa gesagt. Und zu Arianes Überraschung kam dieser Tag früher als erwartet.

An einem Samstagmorgen, nachdem sie bei Greta übernachtet hatte – auf ebenjene spontan-unverbindliche Weise, die Ariane so quälend in der Luft hängen ließ, die für Greta aber normal zu sein schien –, erwachte Ariane früher als gewöhnlich. Sie räkelte sich zufrieden in der Vorfreude auf einen kuscheligen Morgen im Bett, streckte den Arm aus und tastete nach Greta.

Nichts. Die andere Seite des Bettes war leer. Mehr noch, die Laken waren kalt, ein deutliches Indiz dafür, dass Greta schon seit einer geraumen Weile nicht mehr neben ihr lag. Ariane setzte sich auf und sah sich suchend im Zimmer um. Dieses verfrühte Aufstehen war ungewöhnlich für Greta. Sie war zwar keine Langschläferin, doch der Samstagmorgen war ihr heilig. Zu einem Samstagmorgen, das hatte Ariane inzwischen gelernt, gehörte für Greta ein ausgiebiges Frühstück im Bett und im Idealfall dazu noch ein gutes Buch.

»Oder eine Ariane«, hatte Greta lachend geantwortet, als Ariane ihr die entsprechenden Beobachtungen geschildert hatte. Sie hatte es angesprochen, um Greta zu zeigen, dass sie auf sie achtete, aufmerksam war und auf ihre Gewohnheiten Rücksicht nahm.

Nun, heute stand offensichtlich nichts von alldem an. Ariane lauschte. Doch weder die Dusche noch irgendein Wasserhahn oder das Blubbern der Kaffeemaschine aus der Küche war zu hören. Keinerlei Hinweis darauf, dass Greta bereits damit begonnen hatte, ihr Samstagmorgenritual früher als sonst zu zelebrieren.

Ariane schwang die Beine aus dem Bett und zog sich Slip und T-Shirt über. Vielleicht war Greta ja eine Runde mit Watson spazieren gegangen? Eigentlich hatte der Hund seine festen Zeiten fürs Gassigehen, aber so ein Tier war ja kein Uhrwerk ... Doch noch während Ariane das dachte, kam Watson ihr aus dem Flur entgegengekeucht und schnupperte fröhlich an ihren Beinen.

Sie fand Greta schließlich im Büro. Dort saß diese am Schreibtisch, vor sich eine Tasse Kaffee und einen Haufen Papiere. Sie hatte die Hand in den kurzen Haaren vergraben, die wild in alle Richtungen abstanden. Entweder hatte sie heute Morgen das Kämmen vergessen, oder sie hatte sich dermaßen die Haare gerauft, dass Bürste und Glätteisen demnächst ein weiteres Mal zum Einsatz kommen würden. So zerzaust sah sie eigentlich extrem süß aus. Doch Gretas angespannter Gesichtsausdruck und die Art, wie sie auf dem Kugelschreiber herumkaute, waren eher beunruhigend als süß. Jetzt blies sie die Wangen auf, lehnte sich auf dem Stuhl zurück und ließ die Luft langsam und lange entweichen. Es klang ein wenig wie ein Wasserspielzeug, in das jemand eine Nadel gebohrt hatte: ein langes, erschöpftes »Pfffff«.

Dann entdeckte sie Ariane, die in der Tür stehen geblieben war, und schrak zusammen. »Hey«, sagte sie und rang sich ein Lächeln ab. »Du bist ja schon auf.«

»Könnte man von dir auch sagen«, stellte Ariane fest.

»Ach«, meinte Greta, »ich wollte bloß ein bisschen Büroarbeit erledigen, bevor du wach wirst.«

Ariane musterte die enorme Zettelwirtschaft, die sich im Zimmer ausgebreitet hatte, und bemerkte: »Sieht mir eher nach ein bisschen *mehr* aus.«

Greta nickte und zog eine Leidensmiene. »Ja, ich gebe es zu: Papierkram liegt mir so gar nicht. Sowas schiebe ich immer eine Ewigkeit vor mir her, und wenn es dann wirklich sein muss, dann habe ich einen Riesenhaufen Zeugs vor mir liegen. Am liebsten würde ich den ganzen Kram, so wie er ist, ins Altpapier schmeißen. Und dann –« Sie verstummte.

»Ja?«, fragte Ariane nach, die spürte, dass Greta irgendetwas beschäftigte.

Aber diese versuchte sie abzuwimmeln: »Ach, nichts. Nichts, worüber du dir Sorgen machen müsstest.«

Aha, dachte Ariane, und jetzt sprangen bei ihr selbst die Hobbyprofiler-Detektoren an. Weil es mich nichts angeht? Oder weil es schlechte Neuigkeiten wären und du mich nicht damit belasten möchtest? »Komm schon«, sagte sie und ging auf Greta zu, wobei sie sorgsam darauf achtete, nicht neugierig auf die Papiere zu schielen. Nicht, dass sie nicht neugierig *war*, im Gegenteil. Aber das wäre definitiv ein Schritt zu weit gewesen, eine Anmaßung. »Was ist los?«, fragte sie stattdessen noch einmal. »Komm, sag es mir. Dann geht es dir hinterher besser. Du weißt schon, geteiltes Leid und so.«

Sie trat hinter Greta und begann ihr den Nacken zu massieren. Das Fleisch unter dem dünnen Morgenmantel war warm, die Haut zart und weich. Doch die Muskeln darunter waren hart und verspannt.

Nach kurzem Schweigen meinte Greta: »Ach, es ist nichts wirklich Wildes. Ich hab mir gerade die Zahlen vom letzten Quartal angesehen. Und die sind …« Wieder verstummte sie, und diesmal dauerte es ein wenig länger, bis sie sich zum Weitersprechen durchrang. »Nun ja. Sie sind nicht so, wie ich sie mir wünschen würde.« Sie drehte sich um und lächelte zu Ariane herauf. »Aber auch wiederum nicht ganz so schlecht, wie sie sein könnten. Also nichts, worüber du dir Sorgen machen müsstest.«

Das hatte sie wortwörtlich vor wenigen Minuten schon gesagt, und diese Wiederholung bestärkte Ariane nur darin, die Sache eindeutig anders zu sehen. »Kann ich dir denn nicht irgendwie helfen?«, fragte sie.

»Doch, ja«, nickte Greta. »Indem du dir Watson schnappst und mit ihm schon mal eine Runde um den Block gehst. Und auf dem Rückweg kannst du Brötchen mitbringen.« Sie lächelte entschuldigend. »Ich brauche hier noch einen kleinen Moment.

Aber wenn ihr zurück seid, bin ich garantiert fertig. Wer weiß ...« Sie klimperte mit den Wimpern. »Vielleicht hab ich dann sogar schon frisch aufgebrühten Kaffee fertig.«

»Oh ja«, gab Ariane lachend zurück. »Da wird sich Watson bestimmt freuen.«

Während sie Hundeleine und Geld einpackte, begann bereits ein Plan in ihr zu reifen. Und als sie vom Spaziergang wiederkam, hatte sie nicht nur Brötchen im Gepäck, sondern auch eine Menge Ideen. Die hatten ausnahmsweise nichts damit zu tun, auf welche Weise sie und Greta sich einen schönen Tag machen könnten.

Diesmal dachte Ariane Baudach, ihres Zeichens leidlich erfolgreiche Unternehmensberaterin, weit über den einzelnen Tag hinaus. Sehr, sehr weit.

»Hey, Greta! Kommst du bitte mal?«

»Gleich«, kam die Antwort aus der Küche, wo Greta vernehmlich mit Töpfen und Kochlöffeln hantierte. »Muss nur noch die Sauce abschmecken.«

»Pass mit dem Muskat auf«, warnte Ariane und hörte durch das Topfgeblubber und das Dröhnen der Dunstabzugshaube hindurch Gretas Lachen.

Wie sie dieses Geräusch liebte: Gretas perlendes Lachen. Und ihr warmes Lächeln. Das wiederum wurde nur noch getoppt von ihrem freudigen Strahlen. Ja, dieses Strahlen mochte Ariane am allerliebsten. Und sie hegte große Hoffnungen, Greta heute ein solches Sonnenschein-Grinsen entlocken zu können.

Ariane hob die letzten Papiere auf den kleinen Couchtisch, rückte die einzelnen Stapel zurecht und bezog dann auf dem Sessel Position. Sie lümmelte sich nicht einfach hin, so wie sonst, wenn sie entspannt in Gretas Sitzecke hockte, sondern saß sehr aufrecht, den Rücken durchgedrückt, die Kniegelenke bildeten einen rechten Winkel. Sogar die Haare hatte sie sich zu einem Pferdeschwanz hochgebunden. Denn ausnahmsweise war sie heute einmal nicht zum Vergnügen bei Greta. Oder besser gesagt: nicht nur. Ein geschäftlicher Anlass aber bedurfte einer gewissen geschäftlichen Atmosphäre, und dazu gehörte das entsprechende Outfit.

Jetzt kam Greta aus der Küche. In jeder Hand balancierte sie ein Glas Rotwein. »So, das Essen ist gleich so weit, Nudeln brauchen noch knapp zehn Minuten, und –« Sie stutzte und musterte das Arrangement von Papieren auf dem Wohnzimmertisch. »Was soll das denn werden?«

Ariane klopfte einladend auf den Schemel neben sich. »Komm, setz dich zu mir, ich will dir was zeigen.«

Greta kam näher, allerdings ein bisschen zögerlich, so als traue sie der ganzen Sache nicht. In ihren Augen wechselten Unsicherheit und Neugier ab. »Sieht ja ziemlich geschäftsmäßig aus«, bemerkte sie, nachdem sie einen prüfenden Blick auf einen der Zettel geworfen hatte, und nahm dann endlich auf dem Schemel Platz. »Willst du mir ein Auto verkaufen oder sowas?«

»Besser.« Ariane griff nach ihrem Weinglas. »Aber zuerst lass uns anstoßen.«

Greta nickte, und die Gläser klirrten aneinander. Der Ton war nicht warm und volltönend, sondern eher ein tonloses Klicken, weil Greta ihre Hand um den Kelch gekrampft hatte. Doch Ariane achtete kaum darauf.

»Also, pass auf«, begann sie, indem sie ihr Glas wieder abstellte. »Ich hab mir da mal ein paar Gedanken zu deiner Situation gemacht.«

»Meiner . . . Situation?«, unterbrach Greta sie prompt.

»Bitte, jetzt hör mir doch erst einmal zu.« Ariane legte ihr begütigend die Hand auf den Oberschenkel. »Okay?«

»Okay«, meinte Greta, sah aber nicht vollkommen überzeugt aus. Ihr kerzengerader Rücken und die Art, wie sie ihr Weinglas umklammert hielt, verrieten, dass sie auf der Hut war.

Ah, dachte Ariane, eine skeptische Kundin. Skeptische Kunden waren ihr beinahe die liebsten. Sie boten Herausforderungen, wie sie sie so schätzte, und damit Abwechslung.

»Ich sehe die Sache folgendermaßen«, setzte sie an. »Es ist ja allgemein bekannt, dass der Einzelhandel bisweilen ziemlich unter den Großhändlern zu leiden hat. In deinem Fall wären das die großen Buchmärkte. Handelshäuser, die in jeder Stadt eine Filiale haben. Nicht zu vergessen der Versand übers Internet. Richtig?«

Kaum hatte Ariane das Internet erwähnt, da verfinsterte sich Gretas Miene wie auf Kommando. Wunderbar. Das war schon mal der erste Punkt für Ariane.

Sie fuhr fort: »Du wärst jedenfalls nicht die erste Buchhandlung, die mit den großen Häusern nicht mehr mithalten kann.«

Greta holte scharf Atem und machte Anstalten, Ariane erneut ins Wort zu fallen, doch diese hob rasch die Hand. »Und genau um das zu verhindern, habe ich mich hingesetzt und mal ein bisschen über ein neues Konzept nachgedacht. Es ist erst mal nur ein Gedankenspiel, nichts weiter.«

Im Folgenden setzte Ariane Greta auseinander, dass sie mit ihrer Buchhandlung mitten in der Innenstadt, in einer gut besuchten Einkaufsstraße, eigentlich in einer Top-Position war. Die Lage war optimal, sowohl für Stamm- als auch für Laufkundschaft. Nur schöpfte Greta bislang nicht alles aus, was diese Lage an natürlichen Vorteilen brachte.

Wie wäre es denn, die Schaufenster ein wenig ansprechender zu gestalten? Nicht, dass sie nicht jetzt schon ansprechend wären, das habe sie damit nicht sagen wollen. Doch woran es derzeit entschieden mangele, seien ein paar Signalfarben, die den Kunden spontan ins Auge sprangen, sie neugierig machten, dazu motivierten, beim Bummeln auszuscheren und einen Blick in den Laden zu werfen.

Und wo sie gerade beim Inneren waren: Gemütlichkeit war das Stichwort. Schön und gut. Aber ein bisschen modischer dürfe es schon sein. Das brachte auch ganz andere Kundschaft. Junge Leute, die das Lesen noch nicht verlernt hatten, zum Beispiel. Oder Geschäftsleute. So wie sie selbst.

Und apropos Geschäftsleute: Gretas Sortiment sei ja ganz nett. Aber wo waren denn die Bücher über Wirtschaft? Die habe

Ariane für ihren Teil bereits bei der einen oder anderen Gelegenheit schmerzlich vermisst.

In diesem Stil dozierte Ariane weiter. Sprach von Konzepten zur Umgestaltung, von der Idee, vielleicht einmal eine Autorenlesung zu organisieren. Und nichts gegen Watson, aber ob Greta es wirklich für eine so gute Idee halte, den Hund frei im Laden herumlaufen zu lassen? Immerhin gab es Leute, die Angst vor Hunden hatten, noch dazu vor einem wie Watson, der ja zu achtzig Prozent aus Maul bestand.

Greta hatte ihr zugehört, ohne noch einmal zu unterbrechen. Doch je länger Ariane redete, desto verschlossener wurde ihr Gesicht, desto mehr erlosch das sonst so fröhliche Blitzen ihrer Augen.

Kein Wunder. Schließlich hatte Ariane ihr genügend Baustellen in ihrer Geschäftspolitik aufgezeigt, genügend Punkte, die sich verbessern, ja optimieren ließen. Das musste man natürlich erst mal verdauen. Vielleicht ärgerte Greta sich ja auch insgeheim, dass sie noch nicht selbst auf einige dieser Verbesserungsmöglichkeiten gekommen war.

Endlich schloss Ariane ihre Ausführungen ab. Sie hatte, wie ihr nun vage bewusst wurde, einen ziemlich langen Monolog gehalten. Das passierte meist, wenn sie sich richtig warmgeredet hatte, in den Präsentationsmodus geraten war und sich so richtig für die Sache begeisterte. Jetzt war sie beinahe ein wenig außer Atem, erschöpft, aber auch sehr mit sich zufrieden.

Erwartungsvoll sah sie Greta an. »Und?«

Greta blickte erst zu Ariane, dann auf die Papiere mit all den Daten, Fakten und Statistiken hinunter.

»Hm«, machte sie. Pause. Dann setzte sie hinzu: »Ja ... ich ... müsste mal nach den Nudeln sehen.«

Sie machte Anstalten aufzustehen, doch Ariane hielt sie zurück.

»Moment mal«, sagte sie und blinzelte verwirrt. »Das – ich meine ... Ist das alles?«

Greta gab keine Antwort. Sie zuckte nur die Achseln.

»Also, das ... überrascht mich jetzt«, versetzte Ariane perplex. Nun war sie es, die zuerst ihr Gegenüber, dann die Zettel betrachtete. Leise gab sie zu: »Ein wenig mehr hätte ich schon erwartet. Immerhin ...«, ein erneuter Blick auf die Papiere, »... habe ich mir hier eine Menge Arbeit gemacht.«

»Ja«, sagte Greta. »Das sehe ich. Aber ich kann mich nicht erinnern, dass ich dich darum gebeten hätte.«

Musstest du ja auch nicht, dachte Ariane, durch Gretas Bemerkung eher noch irritierter. In einer Beziehung erkannte man doch gewisse Probleme beim anderen, ohne dass diese erst groß kommuniziert werden mussten. Und manche Lösungsansätze lieferte man auch schon mal für umsonst.

In einer Beziehung ...?

Umsonst ...

Ariane schluckte. »Soll das heißen«, fragte sie, »du kannst nichts davon gebrauchen? Ich meine, willst du nicht wenigstens versuchen, das eine oder andere umzusetzen?«

Greta wand sich unbehaglich. »Bisher bin ich immer ganz gut zurechtgekommen.«

»Aber ist dir nicht klar, dass du eine Menge Möglichkeiten verschenkst und das ganz einfach ändern könntest?«, wandte Ariane ein. »Zum Beispiel diese Sache mit dem Mittwochnachmittag. Darüber habe ich schon mehrfach nachgedacht.«

Gretas rechte Braue schoss in die Höhe. »Ach, hast du?«

»Ja. Und es ist mir nach wie vor ein echtes Rätsel. Wieso machst du da mitten zur besten Geschäftszeit dicht?«

»Das ist ja wohl meine Sache.«

»Kannst du es mir nicht wenigstens erklären, Greta?«, bat Ariane. Zumindest glaubte sie, dass es wie eine Bitte klang. »Nur, damit ich es verstehe?«

Doch jetzt schaltete Greta augenscheinlich auf stur. Was Ariane gehörig überraschte, denn bisher hatte sie es kaum für möglich gehalten, dass die süße Greta auch diesen Wesenszug offenbaren könnte.

»Ich finde, du hast dich schon genug eingemischt«, stellte die

Buchhändlerin klar, und ihre Stimme klang erstaunlich hart. »Ob und wann ich meinen Laden schließe, ist nicht dein Problem.«

»Dann ist das, was immer du an diesen Mittwochnachmittagen tust, derart wichtig, dass du es nicht auf einen anderen Zeitpunkt verschieben kannst?«, hakte Ariane nach. »Oder derart geheim, dass du es mir nicht sagen *willst?*«

Greta holte tief Atem. Jetzt war sie sauer, keine Frage. Doch sie versuchte sichtlich, ruhig zu bleiben. »Hör mal, Ariane«, fragte sie mühsam beherrscht, »worum geht es hier eigentlich?«

Da sank Ariane plötzlich in sich zusammen. Sie schluckte noch einmal schwer. Dieses Gespräch entwickelte sich überhaupt nicht so, wie sie sich das vorgestellt hatte. Es lief in eine vollkommen falsche Richtung, total aus dem Ruder, und darauf war sie absolut nicht vorbereitet.

Stockend sagte sie: »Ich ... wollte dir helfen.«

»Helfen, hm?« Greta nickte langsam. Sie nagte an ihrer Unterlippe. Und etwas nagte innerlich auch an ihr, das war nicht zu übersehen. »Ja. Das sehe ich. Und das weiß ich auch zu schätzen.« Sie versuchte ein Lächeln, und zur Hälfte gelang ihr das sogar. »Ich sage ja auch nicht, dass du unrecht hast. Im Gegenteil. Das, was du über Versandhäuser und Großhandelsketten erzählt hast, das stimmt alles. Wir kleinen Buchhandlungen in privater Hand krebsen im Vergleich zu denen ziemlich herum, und es ist wahrlich nicht immer leicht. Aber zugleich ... möchte ich mich nicht an denen orientieren, weißt du? Ich mag diese Geschäftsmethoden nicht. Für die ist ein Kunde kein Mensch, der gern liest, sondern einfach nur ein Portemonnaie auf zwei Beinen. So kann ich nicht arbeiten. Und so möchte ich auch nicht arbeiten.«

Ariane nickte, zustimmend und erleichtert, dass Greta immerhin doch noch ein bisschen Entgegenkommen zeigte. Eifrig pflichtete sie ihr bei: »Aber gerade wenn du das so furchtbar findest, solltest du dir dringend Gedanken machen, wie du deine Zahlen wieder in Ordnung bringst. Nicht, dass du selbst irgendwann in einer Großhandlung landest, weil dein Laden pleitegeht. Am Ende ist das vielleicht die einzige Alternative, die du noch hast.«

Greta starrte sie an.

Und noch bevor Ariane den Satz ganz zu Ende gesprochen hatte, wurde ihr klar, dass sie, anstatt die Wogen zu glätten, soeben zu weit gegangen war. Viel zu weit.

»Ähm ... hey, Greta, ich – ich wollte nicht ...«

Greta sprang vom Schemel auf. »Herrje! Ich hab die Nudeln ganz vergessen.« Und weg war sie. Um von den Nudeln zu retten, was zu retten war. Oder um vor Ariane zu flüchten.

Ariane sammelte ihre Zettel zusammen und stopfte sie in ihre Tasche zurück. Dann riss sie an ihrem Zopfband. »Verdammt«, murmelte sie. Das Band verfing sich in einer Haarsträhne, und es ziepte heftig, bis Ariane den Knoten endlich entwirrt hatte. Sie schüttelte die Locken und fluchte noch einmal. »Verdammt! Verdammt, verdammt, verdammt!«

Einige Minuten später stand Greta wieder in der Tür. Ihr Gesicht sah ganz klein und verknautscht aus, und ihre Augen waren gerötet. Kam das wirklich nur vom Hantieren mit Pfannen und Töpfen, umgeben von Kochdämpfen in der überhitzten Küche?

»Hier, deine Nudeln«, sagte sie knapp und reichte Ariane einen Teller, auf dem eine Masse von undefinierbarer Konsistenz und Farbe schwamm. »Sind leider Matsch geworden.«

9

Später hätte Ariane nicht mehr so genau sagen können, ob sie die matschigen und vollkommen ungenießbaren Spaghetti heruntergewürgt hatte, um sich selbst zu bestrafen, oder in einem verzweifelten Versuch, wieder Normalität herzustellen.

Bei Greta hingegen vermutete sie Letzteres. Die hatte ihre Portion ebenso tapfer und mit ebenso wenig Begeisterung vertilgt wie Ariane selbst, doch bei ihr sah es eher wie eine angestrengte Form von Verdrängung aus: Eigentlich war doch alles in Ordnung, es war doch gar nichts passiert. Kein unangenehmes Gespräch, keine Unterstellungen, auch wenn sie nur indirekt geäußert worden waren, und auch kein verdorbenes Essen.

Der Verzehr der Nudelpampe von Gretas Seite war ein Statement. Oder auch eine Demonstration von Trotz. Schau her, so in etwa kam ihre Botschaft bei Ariane an. Deinetwegen ist alles schief gelaufen, dabei hätte der Abend so schön werden können.

Angenehm war es natürlich tatsächlich nicht mehr geworden. Auch nicht absolut schrecklich, das nicht. Es herrschte keine Funkstille. Nach ein paar Minuten des Schweigens, das diesmal im Gegensatz zu sonst ziemlich unbehaglich gewesen war, hatten die beiden Frauen ihre Sprache wiedergefunden, hatten versucht, sich über etwas anderes zu unterhalten. Irgendwann hatte Greta ihren Schemel sogar wieder näher zu Ariane herübergerückt, hatte ihr den Kopf in den Schoß gelegt und sich das Haar streicheln lassen. Doch es war keine richtige Nähe entstanden. Obwohl sie einander berührten, fühlte Ariane die Distanz so deutlich, als hätte Greta sich von ihr abgewandt. Sie hätte sich genauso gut in einem anderen Raum, vielleicht sogar auf einem anderen Kontinent befinden können. Die unschöne Debatte von vorhin hing immer noch über ihnen, schien im Raum nachzuhallen und warf einen deutlich spürbaren Schatten auf alle beide. Auch der Versuch, zärtlicher miteinander zu kuscheln und wirklich aufeinander einzugehen, hatte nicht gefruchtet. Die Berührungen waren eher mechanisch ausgefallen, die Küsse geradezu pflichtgemäß. Schließlich waren sie übereingekommen, dass Sex an diesem Abend keine gute Idee war. Eine Entscheidung, die jede für sich, unabhängig von der anderen traf und die sie einander mitteilten, ohne dass eine von ihnen sie aussprechen musste. Danach waren sie in Gretas Bett eingeschlafen. Arm in Arm.

Das heißt – Ariane hatte noch lange wach gelegen. Lange genug, um mitzubekommen, wie Greta sich irgendwann aus ihrem Arm rollte und ihr den Rücken zukehrte. Ariane wusste nicht, ob das im Schlafen oder im Wachen geschah. Aber sie wollte Greta nicht ansprechen.

Vielleicht, um ihnen beiden zu ersparen, dass Greta so tun musste, als schliefe sie, nur um des lieben Friedens willen.

»Hört sich für mich eher nach einem Scheinfrieden an«, stellte Larissa fest, als Ariane ihr davon erzählte. Die Freundinnen hatten sich zum Joggen getroffen, etwa eine Woche nach dem missglückten Versuch, Gretas Geschäft aufzumöbeln. Larissa hatte sich das Laufen schon vor Jahren in den USA angewöhnt und behauptete, es sei eine tolle Möglichkeit, den Kopf freizubekommen. Und außerdem setze Joggen Endorphine frei. Das sei gut für den Stressabbau, bekräftigte sie nun noch einmal, während sie nebeneinander durch die Alleen trabten und sich den Wind um die Nase wehen ließen.

»Ich habe keinen Stress«, protestierte Ariane.

»Das«, gab Larissa zurück, »hat sich vorhin aber ganz anders angehört. Immerhin sieht es so aus, als hättet ihr euren ersten Beziehungskrach, du und Greta.«

»Hmpf«, machte Ariane. »Dafür müsste man erst mal eine Beziehung haben.«

Daran war derzeit natürlich noch weniger zu denken als vorher schon. Im Gegenteil: Die Möglichkeit, ihre Freundschaft mit Extras noch weiter zu intensivieren, ja vielleicht sogar verbindlicher zu gestalten in einer Form, wie Ariane sich das wünschte, schien jetzt in weitere Ferne gerückt zu sein als jemals zuvor.

»Beziehungskrach« war also das absolut falsche Wort. In jederlei Hinsicht sogar. Denn streng genommen hatten sie noch nicht einmal richtigen Krach gehabt. Greta war derart lieb und harmoniesüchtig, dass es gänzlich unmöglich schien, sich mit ihr zu streiten. Während der Diskussion, ja, da war einmal kurz ein

Hauch von Ärger in ihren Augen aufgeblitzt. Doch rasch war er etwas viel Schlimmerem gewichen: Greta war traurig. Sie schmollte nicht, sie schrie nicht, sie litt einfach nur still und leise vor sich hin. Dadurch war die Atmosphäre zwischen ihnen vorsichtig geworden, reduziert, irgendwie gestört. Und das war unerträglich. Mit Vorwürfen hätte Ariane umgehen können, mit Wut oder Schimpftiraden auch. Dann hätte sie sich wenigstens wehren können.

Doch dieser traurige Schatten auf Gretas Gesicht quälte sie, beinahe körperlich.

Hatte sie sich denn tatsächlich so falsch verhalten? Sie hatte Greta doch wirklich nur helfen wollen. Okay, das war gründlich danebengegangen. Aber warum eigentlich genau?

Auch wenn Greta sich selbst vermutlich vor allem als Buchhändlerin definierte, so war sie letztendlich doch Unternehmerin, und zwar eine, die derzeit in den roten Zahlen stand oder zumindest kurz davor.

Ariane ihrerseits war Unternehmensberaterin, und, ohne unbescheiden sein zu wollen, obendrein eine verdammt gute. Was also lag da näher, als dass Ariane tat, was sie am besten konnte? Dass sie einfach mal überlegte, wie sich aus dem charmanten kleinen Buchladen ein bisschen mehr herausholen ließ?

Es entzog sich Arianes Verständnis, dass Greta sich dabei so unbelehrbar, ja, beinahe verbohrt zeigte. Das passte doch eigentlich gar nicht zu ihr. Wenn sie nur ein wenig offener für Arianes Vorschläge wäre, dann hätten sie beide etwas davon. Greta liebte ihren Laden, machte sich aber offensichtlich Sorgen um die Zukunft. Nüchtern betrachtet lag die Sache also folgendermaßen: Wenn die Quartalszahlen wieder in Ordnung kämen, dann wäre Greta wieder deutlich entspannter. Und Ariane wiederum wäre auch wesentlich glücklicher, wenn die Frau, die ihr so wichtig geworden war, sich um ihren Job keine Gedanken mehr machen müsste.

Denn eines war sicher: Sollte Greta tatsächlich eines Tages gezwungen sein, ihren Laden aufzugeben und in einem Großhandel zu arbeiten, dann war es vorbei mit der individuellen Beratung, vorbei mit dem guten Kundenkontakt, mit dem kleinen Paradies aus Literatur, das Greta für sich und ihre Kunden erschaffen hatte. In so einem Großhandel würde die zarte, verträumte Greta eingehen wie die sprichwörtliche Primel.

Und nur darum ging es doch: dass Ariane genau das verhindern wollte. Also wieso dann diese verhaltene, ja sogar ablehnende Reaktion von Greta?

Dennoch versicherte Ariane nun auf Larissas abwartenden Seitenblick hin: »Ja, und so richtig gestritten hab ich mich eigentlich auch nicht mit ihr.«

»Nein, offenbar nicht«, bestätigte Larissa – nur, um kurz darauf wie mit einem Hammer zuzuschlagen: »Du hast sie nur tierisch verletzt.«

Ariane geriet aus dem Laufrhythmus und wäre um ein Haar gestolpert. »Wie bitte?«

»Na ja, du bist ganz schön persönlich geworden«, erklärte Larissa.

Protestierend entgegnete Ariane: »Also, jetzt übertreibst du aber. Ich habe ein paar harte Fakten dargelegt, das stimmt schon, aber –«

»Ja«, fiel ihr Larissa ins Wort, »und damit hast du ihr um die Ohren geknallt, was sie angeblich alles falsch macht und nicht kann. Sag mir bitte, dass das nicht persönlich ist.«

Arianes Füße gerieten nun tatsächlich ins Stolpern. Genau wie ihr Herz. Plötzlich war sie aus der Puste, wurde langsamer und blieb stehen. Larissa bemerkte es erst ein paar Schritte später und hielt ebenfalls an, lief aber auf der Stelle weiter. »Okay«, meinte sie, während Ariane mit kleinen, langsamen Schritten zu ihr aufschloss. »Du wolltest Greta helfen, hm? Das glaube ich dir aufs Wort. Ich wette, das tut sie auch. Und ja: Möglicherweise hast du recht, was ihren Laden angeht. Ich betone: möglicherweise. Denn du kennst weder ihre genaue Situation noch ihren Businessplan, du weißt nicht, ob sie Schulden hat oder Rücklagen, ob sie einen Kredit abbezahlt oder vielleicht demnächst einen aufnehmen möchte, um irgendwelche Veränderungen vorzunehmen. Du weißt nicht, wie ihre Buchhaltung aussieht, weißt nicht, ob ihr das Gewerbeamt im Nacken sitzt oder ob ihr demnächst vielleicht eine hübsche Steuerrückzahlung ins Haus steht. Es sei denn, du hast in ihren Büchern geschnüffelt.«

Ariane keuchte. »Was? Nein! Ich würde nie –«

»Na, das hoffe ich aber auch für dich. Also, dann heißt das, du hast einfach nur drauflosspekuliert, ohne wirklich zu wissen, was Sache ist. Du, die sie gerade mal ein paar Wochen kennt, stellst dich hin und erklärst ihr, wie sie einen Laden zu führen hat, der seit Jahren zu funktionieren scheint.«

»Aber er könnte *besser* funktionieren«, beharrte Ariane. Das war ja großartig. Jetzt war nicht bloß Greta schwer von Begriff, sondern Larissa gleich dazu? Verstand denn hier niemand mehr, was sie sagte? Oder redete sie vielleicht chinesisch?

Schon fast verzweifelt versuchte sie es noch einmal: »Ich sage ja nicht, dass sie von heute auf morgen ihr ganzes Konzept umschmeißen soll. Ein paar Kleinigkeiten wären schon ein guter Anfang. Aber Greta ist einfach total stur. Ich meine, allein diese Sache mit dem Mittwochnachmittag –«

»Herrin im Himmel!« Larissa hob beide Arme zur Karikatur eines Stoßgebets. »Was hast du denn immerzu mit diesem Mittwochnachmittag? Dann hat sie da eben ihren Laden geschlossen. Na und?«

Ariane wusste selbst nicht, wieso sie ausgerechnet dieses Thema so beschäftigte. Im Grunde war es ja wirklich nur eine Nebensache. Einer von tausend Punkten auf ihrer Liste von Verbesserungsvorschlägen und mit Sicherheit nicht derjenige mit dem größten Gewicht. Also, warum hatte sie sich derart darauf eingeschossen? Vielleicht waren es die Nachwirkungen jenes Tages, als sie gemeinsam mit Larissa zum ersten Mal vor der verschlossenen Buchhandlung gestanden hatte? Weil sie sich damals ausgesperrt gefühlt hatte? Und weil sie seit damals, unbewusst vielleicht, glaubte, dass Greta sie von einem Teil ihres Lebens ausschloss ...?

»Findest du die Sache denn nicht auch merkwürdig? So gar kein bisschen?«, fragte sie Larissa trotzdem. Sie konnte es sich einfach nicht verkneifen.

»Ariane, also ehrlich.« Die Freundin schien langsam die Geduld zu verlieren. »Du steigerst dich da wirklich in etwas hinein.«

Dass Larissa die Sache nun so abtat, goss bei Ariane nur noch mehr Öl ins Feuer. Hitzig gab sie zurück: »Ach ja? Wieso weigert sich Greta dann, es mir zu erklären?«

»So, wie du ihr vorher gekommen bist?« Larissa schüttelte den Kopf. »Unter dem Deckmantel der guten Samariterin hast du sie ziemlich beschämt. Ist dir das denn gar nicht klar? Du hast ihr zu verstehen gegeben, dass du ihr nicht zutraust, die Sache selbst in den Griff zu kriegen. Und was jetzt? Erwartest du etwa, dass sie dir freudetrunken um den Hals fällt?« Theatralisch breitete sie die Arme aus. »Oh, Göttin im Himmel sei Dank, dass du mir diese wundervolle Unternehmensberaterin gesandt hast, auf dass sie mich rette! Auf dass sie für mich bewerkstellige, was ich allein nicht kann? Hervorragend, Ariane, wirklich. Ganz im Ernst: Das, was du da gemacht hast, war, im Fachjargon gesprochen, ziemlich kontraproduktiv. Oder, um es mal frei nach Schnauze auszudrücken: Es war total bescheuert! Und unter diesen Umständen wundert es mich gar nicht, dass Greta keine Lust mehr hatte, dir überhaupt irgendetwas zu erklären. Hätte ich, glaube ich, auch nicht gemacht. Selbst wenn mein Mittwochnachmittag aus etwas so Harmlosem bestünde wie Taubenfüttern im Stadtpark.«

Die letzten Worte ließen Ariane aufhorchen. »Aha? Dann glaubst du also auch, dass es eben *nicht* so harmlos ist wie Taubenfüttern im Park?«

»Oh, bitte«, stieß Larissa hervor. »Hörst du dich eigentlich reden? Merkst du nicht, dass du auf dem besten Wege bist, es dir mit der nettesten Frau zu verscherzen, die du seit Jahren an der Angel hast? Und alles, was dich interessiert, ist, was sie mit ihrem vermaledeiten Mittwochnachmittag macht?«

»Aber –«

»Herrje«, schnappte Larissa, deren Geduld jetzt allem Anschein nach tatsächlich überstrapaziert worden war. »Wenn es dich derart brennend interessiert, dann setz doch einen Privatdetektiv auf sie an! Und jetzt krieg dich bitte mal wieder ein, ja? Wenn du sogar beim Joggen noch über solche Sachen nachdenkst, dann hast du dich eindeutig noch nicht genug verausgabt. Aber dagegen werden wir jetzt etwas tun.« Sie stieß Ariane an. »Los, komm, drehen wir noch eine Runde.« Damit setzte sie sich energisch wieder in Bewegung und spurtete davon. Ariane zögerte kurz, doch dann folgte sie ihr.

»Kein Stress, hat sie gesagt«, hörte sie die Freundin vor sich hinmurmeln, als sie sie einholte. »Na, das wüsste ich aber.«

10

Vielleicht fütterte Greta ja wirklich bloß die Tauben im Park.

Zuzutrauen wäre es ihr jedenfalls, inklusive eines festen Termins, der die Sache zu einem kleinen Ritual machte. Der Mittwochnachmittag mochte für jeden anderen ein ungünstig gewählter Zeitpunkt sein – in Gretas besonderer kleiner, kunterbunt gefärbter Welt galten derartige Normen nicht.

Es wäre sogar ein recht hübsches Bild, dachte Ariane: Greta umgeben von einem Schwarm weißer Tauben, ganz still stehend inmitten der rauschenden Flügel und leise vor sich hinlachend, wenn einige der Tierchen ihr aus der Hand fraßen.

Nur dass die hiesigen Stadtpark-Tauben in Wahrheit gar nicht weiß waren, sondern schmutziggrau. Still und erhaben flattern taten sie auch nicht, sondern sie stritten sich frech um die hingeworfenen Krumen und konnten dabei ganz schön rabiat zur Sache gehen. Und wenn man ihnen die Hand hinhielt, musste man aufpassen, dass sie einem nicht in den Finger schnappten. Ganz zu schweigen davon, dass sie höchstwahrscheinlich alle möglichen Krankheiten übertrugen. Nicht mal bei Greta war ernsthaft anzunehmen, dass sie diese Biester romantisch fand.

Nun, wie auch immer. Wahrscheinlich war es das Beste, wenn Ariane sich an Larissas Tipps hielt: sich selbst ein bisschen herunterzuregulieren, anstatt das Gedankenkarussell heißlaufen zu lassen und sich richtig in die Sache hineinzusteigern. In der Zwischenzeit konnte sie sich schon mal überlegen, wie sie mit Greta am besten die Aussprache suchte. Wie sie sich für ihren Überfall mit dem Geschäftskonzept entschuldigen, ihre harsche Kritik zurücknehmen und Greta sagen würde, dass sie sich falsch verhalten hatte. Zu übergriffig, zu direkt, zu unsensibel. Und dass es nicht wieder vorkommen würde, es sei denn, Greta würde sie selbst darum bitten. Dann wäre sie selbstverständlich gern zur Hilfe bereit. Aber nur dann.

Ja, so würde sie es machen. Jetzt fehlte nur noch der richtige Zeitpunkt, um dieses Vorhaben in die Tat umzusetzen.

Am liebsten hätte Ariane – genauer gesagt: die Macherin in ihr – sofort zum Telefon gegriffen, Greta in ein gutes Restaurant eingeladen und ihr alles gesagt, was sie ihr gern sagen wollte. Doch während sie bereits den Hörer in der Hand hielt und ihr Finger über der Wahltaste schwebte, überlegte sie es sich anders. Vielleicht war das ja schon wieder zu vorschnell? Wäre es nicht doch besser, noch ein paar Tage zu warten? Um sich selbst noch mehr entspannen zu können? Und um auch Greta noch ein bisschen Freiraum zu geben? Zum Taubenfüttern, Lesen, Gassigehen oder was sie sonst so an niedlichen, seltsamen Hobbys hatte.

Ariane legte den Hörer weg und beschloss zu warten.

Doch die Warterei bekam ihr nicht. Vielleicht war es sogar gerade dieser für sie so ungewohnte Zustand des Nichtstuns, der zu ihrer Gesamtstimmung – eher mies – beitrug und der sie später auch bewog, genau das zu tun, was sie lieber hätte lassen sollen.

Den ersten Tag brachte Ariane irgendwie hinter sich, ohne alle fünf Minuten an Greta zu denken.

Sie tat es höchstens alle sieben Minuten.

Am zweiten Tag hatte sie die Buchhändlerin dann endlich anrufen wollen, hatte es sich sogar ganz fest vorgenommen. Doch ausgerechnet da kam sie einfach zu nichts. Stattdessen wurde sie durch eine Welle von Arbeit geradezu überrollt. Irgendwie schienen sämtliche Kunden, die wochenlang auf eine Reaktion hatten warten lassen, sich ausgerechnet diesen Tag ausgesucht zu haben, um sich der Unternehmensberaterin Ariane Baudach wieder ins Gedächtnis zu rufen. Und natürlich wollte jeder sein Anliegen mit allerhöchster Priorität behandelt wissen und es schnellstmöglich erledigt haben, am besten gestern noch.

Ariane war hin- und hergerissen zwischen ihrer pflichtorientierten Arbeitsmoral und dem Bedürfnis, sich bei Greta zu melden. Doch sie merkte, dass sie angesichts des immer höher wachsenden Berges an Aufgaben und all der nicht immer in nettem Ton gehaltenen E-Mails zunehmend gereizter wurde. Greta in dieser Stimmung anzurufen, wäre mit Sicherheit noch viel fataler, als sie gar nicht anzurufen. Kontraproduktiv, wie Larissa es ausdrücken würde.

Dann kam der dritte Tag. Es war ein Mittwoch.

Ariane erwachte bereits mit einem unguten Gefühl in der Magengegend, das sich auch nach einer Dusche, zwei Scheiben Toast sowie der zweiten Tasse Kaffee nicht legen wollte. Den Vormittag verbrachte sie mit dem Ordnen der Unterlagen für die neuen Projekte und dem Erstellen einer Präsentation, die gestern liegengeblieben war. Jedenfalls versuchte sie das. In Wahrheit starrte sie bloß auf den Bildschirm, ließ das Ende ihres Kugelschreibers gegen die Zähne klacken und zeichnete kleine Karomuster auf ihren Notizblock. Immer wieder ertappte sie sich dabei, wie sie nach der Uhr schielte.

Es wurde später Vormittag. Dann Mittag. Diesmal verzichtete Ariane darauf, etwas zu essen. Sie hatte keinen Appetit und würde sowieso nichts hinunterbekommen.

Es wurde früher Nachmittag.

Und schließlich rückte der Moment immer näher, in dem Greta die Ladentür abschließen und das Schild »Geschlossen« ins Fenster hängen würde.

Um dann zu ... nun ja. Um zu tun, was immer sie mittwochnachmittags eben tat.

Ariane fuhr sich durch die Haare und stöhnte. Dann sprang sie von ihrem Schreibtisch auf, schnappte sich die Autoschlüssel und verließ das Apartment.

Im Grunde war es ja gar nicht ihre Idee gewesen. Das redete sich Ariane ein ums andere Mal ein. Streng genommen hatte Larissa ihr diesen Floh ins Ohr gesetzt.

»Wenn es dir derart wichtig ist, dann setz eben einen Privatdetektiv auf sie an!«

Natürlich würde Ariane nie so weit gehen, der kleinen Bücherfee einen Schnüffler hinterherzuschicken. Stattdessen stand sie nun selbst mit ihrem Maserati in gebührendem Abstand am Straßenrand, günstig verdeckt durch einen großen Laster, aus dem gerade Waren für ein anderes Geschäft entladen wurden, und behielt Gretas vordere Haustür scharf im Blick.

Natürlich war es das genaue Gegenteil dessen, was sie sich eigentlich vorgenommen hatte: entspannen, keine Fragen mehr stellen, die Sache einfach auf sich beruhen lassen, am besten sogar vergessen.

Ariane war kein Dummkopf. Ihr war völlig klar, dass es, nüchtern betrachtet, absolut nicht in Ordnung war, was sie hier machte. Wenn sie noch einen letzten Funken Verstand besaß, würde sie diesen Unsinn jetzt abbrechen, bevor noch irgendetwas Unvorhergesehenes passierte.

Etwas Unvorhergesehenes ... was denn zum Beispiel? Etwa, dass sie etwas herausfand, was sie eigentlich gar nicht wissen wollte?

Die Digitalanzeige auf dem Armaturenbrett zeigte inzwischen drei Minuten nach vier. Um diese Zeit pflegte Greta ihren Laden zu schließen.

Vielleicht würde ja auch gar nichts passieren? Es war ja überhaupt nicht gesagt, dass Greta den Laden beziehungsweise die Wohnung verließ. Oder dass jemand zu ihr kam. Vielleicht saß sie in dieser Zeit wirklich bloß im Büro oder hing am Telefon. Oder sie gönnte sich einfach ein paar nette, private Lesestündchen auf dem Sofa. Das wäre aus geschäftlicher Sicht zwar unklug, aber noch lange nichts Verwerfliches.

Ariane drehte eine lange Locke um den Finger und ballte die andere Hand zur Faust.

Lass es sein, beschwor sie eine drängende innere Stimme. *Lass es einfach gut sein. Fahr weg! Na los, fahr!*

Es wurde viertel nach vier. Dann halb fünf.

Ariane rutschte auf dem Ledersitz hin und her.

Fahr weg, wiederholte die innere Stimme wie ein kleines, penetrantes Mantra. *Heute passiert da nichts mehr. Wahrscheinlich passiert da überhaupt nie etwas. Und es ist auch nie etwas passiert. Schon gar nichts, was dich beunruhigen müsste.*

Arianes Hand zuckte nach dem Autoschlüssel.

In diesem Moment öffnete sich die Haustür. Ariane erkannte Greta sofort, an der Statur, dem bunten Mantel und an der Pudelmütze, unter der sich ihre zauberhaften Ohren verbargen. Sie trug eine Tasche über der Schulter und ließ, nachdem sie vollständig auf die Straße getreten war, die Tür noch eine Sekunde länger offen als nötig. Zuerst verstand Ariane nicht, wieso, doch dann kam Watson herausgewatschelt und hechelte fröhlich hinter seinem Frauchen her.

Greta sah sich um, als sie die Straße überquerte, und Ariane duckte sich hastig hinter das Lenkrad. Dann linste sie sehr vorsichtig über das Armaturenbrett hinweg. Aber Greta sah nicht einmal in ihre Richtung. Stattdessen marschierte sie zielsicher los, auf die Bushaltestelle an der nächsten Straßenecke zu. Sie musste den Zeitpunkt genau abgepasst haben, denn nur knapp eine Minute später rollte bereits ein Bus heran. Greta stieg ein und bezahlte.

Ariane wippte mit dem Fuß, trommelte mit den Fingern aufs Lenkrad und bekam abwechselnd Hitzewallungen und Schüttelfrost.

Lass es sein, hauchte die Stimme. *Lass es sein, lass es sein, lass es sein, LASS ES SEIN!*

Der Bus setzte den Blinker und fuhr wieder los.

Ariane fluchte. Dann ließ auch sie den Motor an.

Es war gar nicht so einfach, einen fahrenden Wagen mitten durch die Innenstadt zu verfolgen, zumal sich die Straßen zusehends mit Berufsverkehr füllten. Zweimal hätte Ariane den Bus fast verloren, einmal an einer roten Ampel und dann, als sie zu spät die Spur wechselte. Ein Teil von ihr wünschte sogar, dass genau das passieren würde. Dann hätte dieses unglückselige Detektivspielchen wenigstens ein Ende.

Nur befürchtete sie, dass sich in diesem Fall das gleiche Drama nächste Woche wiederholen würde.

Ja, man konnte es durchaus als Drama bezeichnen. Mehr und mehr kam sich Ariane vor wie in einem Agentenfilm, und zwar einem von der Sorte, die sie sich freiwillig niemals ansehen würde. Eine eifersüchtige Frau, die ihrer Freundin nachspionierte – das war der Stoff, aus dem Schmierenkomödien gemacht waren oder schlechte Vorabendserien. Nicht einmal Greta, ihres Zeichens Hobbyprofilerin mit einer Schwäche für Rätselgeschichten, hätte daran Gefallen gefunden. Ariane hasste sich für das, was sie gerade tat. Doch jetzt, wo der Stein ins Rollen gekommen war, fühlte sie sich außerstande, die Aktion abzubrechen.

Dabei wäre es so einfach gewesen. Sie bräuchte nur den Blinker nach links zu setzen, wenn der Bus rechts blinkte. Zum Beispiel jetzt. Der Bus scherte aus dem Verkehr aus, steuerte eine Haltestelle an, öffnete die Türen und spie ein paar Fahrgäste aus.

Darunter auch Greta.

Fahr weiter, fahr weiter, schrie die drängende Stimme in Ariane.

Halt an, halt an, kommandierte eine andere, nicht minder drängend.

»Verdammt«, keuchte Ariane. Dann setzte sie den Blinker und hielt den Wagen an. Mitten im Parkverbot. Egal. Alles in ihr sträubte sich, ihr war fast körperlich übel. Trotzdem stieg sie aus, ließ den Wagen stehen, wo er war, und heftete sich an Gretas Fersen.

Noch könnte die ganze Sache sich immer noch als völlig harmlos herausstellen, dachte sie, geradezu zwanghaft bemüht, die Sache vor sich selbst herunterzuspielen. Wer weiß, vielleicht ging Greta ja mittwochnachmittags mit Watson zum Hundetraining? Zum Sport? Oder zu irgendeinem Wellnesstermin? Nein, Wellness bestand nach Gretas persönlicher Definition darin, auf dem Sofa zu liegen, Tee zu schlürfen und ein gutes Buch zu lesen. Und für alles Sportliche war ihre Tasche zu klein. Außerdem hätte sie dann ja wohl kaum ihren Hund mitgenommen.

Greta marschierte zuerst eine Weile die Hauptverkehrsstraße entlang, bog dann in eine Seitenstraße ein und passierte nochmals zwei Querstraßen.

Ariane schlich hinterher.

Sie befanden sich, wie Ariane feststellen konnte, in einem ziemlich edlen Wohngebiet. Es bestand aus einer Ansammlung alter Villen, die noch aus dem vorletzten Jahrhundert stammen mussten. Eine wirklich schöne Ecke, ruhig, aber zentral. In diesem Viertel hatte Ariane schon viele Kunden besucht, hier waren Werbeagenturen, Kanzleien und Arztpraxen angesiedelt. Und einige Privatpersonen mit einer Menge Geld.

Konnte es sein, dass Greta hier einen wöchentlichen Arzttermin wahrnahm? Der einfach deshalb zur Hauptgeschäftszeit stattfinden musste, weil der werte Herr Doktor seinerseits pünktlich Feierabend machte? Ging Greta hier zum Chiropraktiker ihres Vertrauens? Oder gar zu einem Therapeuten? Obwohl Greta ihr bislang eigentlich nicht wie eine Frau vorgekommen war, die einen Psychiater brauchte, um ihr Leben auf die Reihe zu kriegen. Dafür wäre vielmehr Ariane selbst eine geeignete Kandidatin, in Anbetracht dessen, was sie hier gerade veranstaltete. Diagnose: ein Symptomkomplex aus Eifersucht,

Paranoia und Kontrollwahn. Vielleicht hätte sie ihre Therapie damals nach der Trennung von Sandra nicht ganz so schnell wieder abbrechen sollen.

Jetzt blieb Greta an einer Pforte in einer niedrigen Mauer stehen und betätigte den Klingelknopf. Ariane presste sich dicht an die nächstbeste Hecke. Sie kroch sogar, ohne Rücksicht auf ihre Kleidung, ein wenig in das Gebüsch hinein, um nicht auf den letzten Metern doch noch entdeckt zu werden.

Angestrengt spähte sie um die Ecke, um genauer erkennen zu können, an was für einer Art Haus Greta geklingelt hatte. Es war ein dreistöckiges Gebäude aus Backstein, verwinkelt und mit einem Wintergarten, bewachsen von wildem Wein. Ein hübsches Anwesen, repräsentativ, aber nicht protzig. »Wildromantisch« wäre vermutlich das Wort, das Greta benutzt hätte. Irgendein offizielles Schild war jedoch nicht zu sehen. Demnach handelte es sich wohl um einen Privatwohnsitz.

Durch die Gegensprechanlage schien eine Antwort zu kommen, denn Greta wandte den Kopf zur Seite und sagte etwas. Dann gab die Pforte ein kurzes Summen von sich, und Greta trat hindurch.

Ariane hastete vorwärts, leise und geduckt.

Dumm, schalt sie sich. Das hier war dumm, paranoid und unnötig. Aber jetzt konnte sie nicht mehr zurück. Jetzt, wo sie schon so weit gekommen war, musste sie auch noch den letzten Schritt gehen, musste herausfinden, wo Greta hinwollte, sehen, wer ihr die Tür öffnete.

Sie erreichte die Pforte und linste darüber hinweg zur Haustür hin. Der Anblick ließ sie erstarren. Selbst ihr Herz setzte für einen langen Moment aus.

Sie kannte diese Person. Nicht persönlich zwar, aber sie waren einander durchaus schon einmal begegnet.

Es war jene junge Frau, die seinerzeit so lange auf Gretas Couch gehockt hatte, damals, bei Arianes drittem Besuch in der Buchhandlung, als sie zurückgekommen war, um das Buch zu bezahlen. Jenes hübsche und obendrein noch irgendwie sympathische Mädchen, dem Greta so viel Zeit gewidmet hatte, während Ariane daneben stand, zur bloßen Hintergrundfigur reduziert. Die Frau, der Watson so verzückt auf den Schoß gesprungen war, obwohl er Sekunden davor noch um Arianes Aufmerksamkeit gebuhlt hatte.

Genau diese Frau stand nun in der Haustür und lächelte Greta entgegen. Jetzt umarmten sie einander auch noch. Sehr herzlich. Sehr fest. Und sehr lange.

In Arianes Kopf machte sich ein schrilles Rauschen breit, das alles andere übertönte: die Straßengeräusche im Hintergrund und das Vogelgezwitscher in der Scheinidylle des Villenviertels. Mit ein wenig Konzentration hätte sie vielleicht hören können, was die beiden Frauen an der Tür miteinander sprachen. Doch so sah sie nur, wie ihre Münder sich bewegten, sah, wie sie sich anlächelten. Viel zu freundlich, viel zu vertraut.

Ariane wandte sich ab. Ihr war schlecht, ihre Knie waren ganz weich, und das Rauschen in ihren Ohren schwoll derart an, dass sie das Gefühl hatte, ihr würde gleich der Kopf platzen.

Mit hängenden Schultern schlurfte sie zu ihrem Wagen zurück. Das Villenviertel kam ihr mit einem Mal überhaupt nicht mehr hübsch vor.

Und das Knöllchen, das unter ihrem Scheibenwischer steckte und ihr zum zweiten Mal binnen weniger Wochen eine saftige Strafe wegen Falschparkens aufbrummte, war ihr völlig egal.

Eine ganze Weile war Ariane nur durch die Gegend gefahren. Hatte sich in den Verkehr eingefädelt und sich treiben lassen. Dann war sie auf die Autobahn abgebogen und hatte das Gaspedal einmal richtig durchgetreten. Das Dröhnen ihres Maserati hatte ganz allmählich das schrille Kreischen in ihrem Kopf überlagert. Der vertraute Geruch der Ledersitze hatte ihren Puls halbwegs normalisiert, und das sichere Fahrgefühl hatte zumindest die Illusion erzeugt, dass ihr Leben nicht von einem Moment auf den anderen aus den Fugen geraten war, sondern dass sie sich immer noch einigermaßen in der Spur halten konnte.

Ein Auto konnte sie vielleicht nicht umarmen. Aber seine Gegenwart war so konstant wie die eines alten Freundes. Außerdem war so ein Wagen berechenbar. Wenn man bestimmte Knöpfe, Pedale oder Hebel betätigte, geschah mit schöner Regelmäßigkeit das, was man erwartete. Technik, keine Emotion. Der Gedanke hatte etwas Tröstliches.

Nach einigen Minuten bei zweihundert Stundenkilometern auf der Überholspur hatte Ariane sich ein wenig beruhigt. Bei der nächsten Gelegenheit scherte sie nach rechts aus, fuhr auf einen Parkplatz, hielt den Wagen an, zog den Schlüssel und atmete einmal richtig tief durch.

Ihr erster Impuls bestand darin, Larissa anzurufen. Larissa wusste doch immer Rat. Sie bewahrte dort einen kühlen Kopf, wo Ariane sich zu sehr von Gefühlen leiten ließ, ermahnte sie zum Innehalten, während Ariane schon vorpreschen wollte. Allein der Klang ihrer Stimme, so quietschig er auch war, hatte bisweilen eine enorm besänftigende Wirkung.

Doch dann hätte Ariane der Freundin auch erklären müssen, warum sie so durch den Wind war. Dass sie nun wusste, was Greta am Mittwochnachmittag tat. Dafür wiederum hätte sie zugeben müssen, dass sie Greta nachspioniert hatte. Und was Larissa dazu zu sagen haben würde, das konnte Ariane sich lebhaft vorstellen. Es würde weder beruhigend noch tröstlich sein, wahrscheinlich noch nicht einmal freundlich. Larissas Reaktion würde vielmehr in einem verbalen Pendant zum Hinternversohlen bestehen, so viel war sicher. Und natürlich hätte sie damit vollkommen recht.

Vielleicht sollte Ariane erst mal allein versuchen, die Fakten für sich zu sortieren und dann zu überlegen, wie sie weiter vorgehen könnte. Es brachte ja nichts, sich im Selbstmitleid zu suhlen, zu heulen und eifersüchtig auf Madame XY zu sein, auf dieses ach so hübsche junge Ding mit ihrer ach so schicken Villa in der besten Gegend der Stadt, die –

An dieser Stelle bremste Ariane sich selbst. Ruhig bleiben! Tief atmen. Die Kontrolle behalten, sich nicht gehen lassen. So gern sie sich auch in Tiraden über die schöne Unbekannte ergangen hätte, so sehr sie es genossen hätte, ihre Rivalin auseinanderzunehmen, sie genau zu sezieren, jede noch so winzig kleine Schwäche, jeden Makel zutage zu fördern: Das alles führte zu gar nichts. Und außerdem hatte es keinen Stil.

Stattdessen sollte sie besser ihre eigene Lage analysieren. Ganz nüchtern. So, als beträfe das alles nicht sie persönlich, sondern ein Problem bei der Arbeit. Sie musste die Fakten betrachten, und zwar absolut wertfrei. Als ginge es hier nicht um Greta, die Frau, mit der sie sich bis vor gut einer halben Stunde noch eine Beziehung gewünscht hatte.

Woran sich – Tatsache Nummer eins – faktisch auch noch nichts geändert hatte. Zumindest nicht, was das Wunschdenken betraf.

Und damit zur Ermittlung von Tatsache Nummer zwei: Was hatte sie denn eigentlich gesehen?

Sie hatte gesehen, wie Greta ein fremdes Haus betrat, das für Greta so fremd allerdings nicht zu sein schien. Eine andere Frau hatte ihr die Tür geöffnet, eine Frau, mit der Greta sehr vertraut war und deren bloße Gegenwart Ariane nervös machte. Eine Frau, die sämtliche Alarmglocken bei Ariane schrillen ließ und dafür sorgte, dass ihr Magen sich zu einem harten Klumpen zusammenballte. Sie brauchte sich die Szene an der Tür nur von neuem ins Gedächtnis zu rufen, und schon spürte sie wieder den schmerzhaften Druck.

So weit, so gut. Das waren jetzt erst mal die harten Fakten. Doch die Bedeutung, die sie diesen Fakten beigemessen hatte, war zunächst nichts als bloße Spekulation, genährt von ihren eigenen Ängsten.

Daher zurück zu der Frage: Was genau hatte sie gesehen?

Vielleicht, dachte Ariane, wäre es das Beste, wenn sie Greta diese Frage selbst stellte? Zumindest wäre es fair. Und erheblich stilvoller, als die junge Brünette insgeheim ohne konkreten Anlass, nur aufgrund von Vermutungen in Grund und Boden zu verdammen.

Nur: Wie sollte sie das anstellen, ohne bei Greta Verdacht zu wecken? Ohne zu offenbaren, dass sie mehr wusste, als sie zugab?

Zögernd kramte Ariane ihr Smartphone heraus. Was, wenn sie Greta jetzt anrief, genau in diesem Augenblick? Ariane schielte auf die Zeitanzeige auf dem Display. Ihre kleine Spionageaktion lag inzwischen etwa zwei Stunden zurück. Wenn Greta irgendetwas Harmloses tat, würde ihr Anruf sie ja wohl kaum stören.

Und wenn nicht? Nun, dann würde Ariane sie wenigstens aus den Armen dieses hübschen brünetten Flittchens holen.

Das in Wahrheit vielleicht nur hübsch und brünett, aber gar kein Flittchen war – vielen Dank, liebes Unterbewusstsein, für die freundliche Erinnerung.

Arianes Finger schwebte über der Anwahltaste. Doch schon wieder zögerte sie. Sollte sie? Oder doch lieber nicht?

In diesem Moment schrillte der Apparat los.

Es war Greta.

11

»Heiliger Bimbam!« Vor lauter Schreck ließ Ariane das Smartphone fallen. Es polterte ihr zuerst auf den Schoß, dann auf die Fußmatte und verschwand schließlich unter dem Sitz. Mit einem gepressten »Das darf doch alles nicht wahr sein« tauchte Ariane hastig hinterher. Das Klingeln ging weiter – zumindest hatte der Sturzflug weder die Leitung unterbrochen noch den Apparat nennenswert beschädigt. Ariane tastete auf dem Boden herum, fand zuerst einen Haufen Kleingeld, dann das Etui ihrer Sonnenbrille, das sie schon seit Ewigkeiten gesucht hatte, und bekam endlich das Telefon zu fassen.

Unschlüssig hielt sie es in der Hand, starrte eine Weile nur auf die Nummer auf dem Display und das Bild, mit dem sie unterlegt war. Es war ein gelungener Schnappschuss von Greta, auf dem ihre Öhrchen besonders gut zur Geltung kamen und sie ihr unwiderstehlichstes Grinsen zeigte.

»Au Mann«, murmelte Ariane und strich sich das Haar zurück. Einen Moment lang erwog sie, den Anruf gar nicht erst anzunehmen. Doch damit wäre das Problem nur aufgeschoben, nicht aufgehoben. Also drückte sie doch auf die Taste.

»Hallo?«

Es hatte ungezwungen klingen sollen, hörte sich aber unsicher und schüchtern an. Und obendrein überhastet, weil sie befürchtete, Greta könnte schon wieder aufgelegt haben.

»Hi«, sagte Greta. Auch ihre Stimme war nicht ganz fest, aber sie klang auch nicht gekünstelt oder so, als hätte sie etwas zu verbergen.

Einen Moment schwiegen sie beide.

»Ist alles in Ordnung bei dir?«, fragte Greta dann. »Du atmest so schwer.«

»Oh.« Ariane schluckte. »Nein, nein, ich bin nur ... ich habe mein Telefon nicht gefunden.« Das war immerhin die Wahrheit, wenn auch in etwas abgespeckter Version.

»Das ist ja total untypisch für dich«, versetzte Greta. »Du bist doch sonst immer so ordentlich.«

»Tja«, meinte Ariane verkrampft, »da kannst du mal sehen.«

Erneutes Schweigen.

»Dieser ... neue Zustand an dir«, setzte Greta schließlich wieder an, »der hat aber nicht zufällig damit zu tun, dass es zwischen uns gerade, wie soll ich sagen ... ein bisschen komisch ist?«

Das kam nun doch sehr unerwartet.

»Ähm«, sagte Ariane.

»Ich meine ja nur«, setzte Greta hastig hinzu. »Denn weißt du, bei mir ...« Zögern. »Bei mir ist das nämlich so.«

»Ähm«, wiederholte Ariane. Und brachte dann, mit Müh und Not, noch ein »Ach ja?« zustande.

Na super. Da versuchte Greta ganz offensichtlich, ihr entgegenzukommen, und sie selbst bekam bloß eine schnöde Gegenfrage hin, die im Grunde nichts aussagte und nur die Aufforderung enthielt, Greta möge weitersprechen. Unterkühlt und unfreundlich wirkte das.

Andererseits: In Anbetracht dessen, was Ariane heute beobachtet hatte, spiegelte es ihre Gefühle ziemlich genau wider. Ob sie berechtigt waren, das stand auf einem anderen Blatt. Aber sie konnte sie nicht einfach abschalten. Sie war schließlich keine Maschine.

»Oder empfinde nur ich das so?«, fragte Greta zurück. »Ich meine, seit unserem letzten Treffen ist da doch ... irgendwie etwas in eine Schieflage geraten, oder?«

»Hm«, machte Ariane. »Ja. Stimmt schon.«

»Mir geht es jedenfalls ziemlich schlecht damit«, sagte Greta.

Ariane umfasste den Hörer fester. Ja, dachte sie. Mir auch.

»Und deshalb denke ich«, fuhr Greta fort, »wir sollten das klären.«

Klären. Nicht »wieder gerade biegen«. Nicht »die Sache in Ordnung bringen«. Einfach nur klären. Aber warum jetzt? Wieso ausgerechnet heute? Bestand da etwa ein Zusammenhang mit einer gewissen Frau in einer gewissen Villa?

Noch angestrengter als zuvor brachte Ariane ein »Okay« hervor.

»Gut.« Greta zögerte. Nur um dann umso schneller nach vorn zu preschen: »Wie sieht es aus, hast du vielleicht Zeit, heute Abend vorbeizukommen?«

»Heu-« Ariane räusperte sich. »Heute?«

»Ich weiß, es ist ein wenig kurzfristig«, ruderte Greta sofort wieder zurück. »Ich dachte ja nur ... aber wenn dir ein anderer Termin besser passt, dann –«

»Nein, nein«, versicherte Ariane schnell. »Heute ist perfekt.«

»Also, dann um acht?«

»Okay«, meinte Ariane mit schwerer Zunge. »Bis nachher.«

Gern hätte sie noch hinzugefügt: *Ich freue mich auf dich.* Aber angesichts der Umstände war sie nicht sicher, ob das so passend war. Und ob sie wirklich einen Grund zur Freude hatte.

»Hey«, sagte Greta, als sie die Tür öffnete.

»Hallo«, entgegnete Ariane.

Einen Moment lang lächelten sie sich an, verkrampft und unbehaglich, so wie es Menschen tun, die spüren, dass etwas zwischen ihnen steht. Trotzdem registrierte Ariane, wenn auch nur am Rande, dass Greta wieder einmal ganz bezaubernd aussah. Zu dem üblichen knallbunten Rock trug sie heute einen schwarzen Feinstrickpullover mit Wasserfallkragen, was dem Outfit einen Hauch von Eleganz verlieh. Ob sie das Ensemble nur für Ariane zusammengestellt hatte? Und wenn ja – war das ein gutes oder ein schlechtes Zeichen? Immerhin kannte Ariane das von sich selbst: Gerade wenn sie schlechte Neuigkeiten überbrachte, wollte sie so attraktiv wie möglich aussehen. Bloß keine Angriffsfläche bieten, hieß die Devise. Wenigstens optisch nicht. Und auch heute hatte Ariane für sich dieselbe Taktik erarbeitet: Sie hatte ziemlich lange vor dem Kleiderschrank gestanden und ihre Haare viel intensiver gebürstet als sonst. Mit dem Ergebnis, dass sich ihre blonde Lockenmähne, statt sich in schimmernden Wellen um ihr Gesicht zu legen, statisch aufgeladen hatte und in alle Richtungen abstand.

»Wir sollten das klären«, hatte Greta gesagt. Und ein nicht unerheblicher Teil von Arianes Verstand befürchtete, dass das nichts Gutes bedeutete. Dass Greta ihr heute sagen würde, dass es vorbei war.

Tut mir leid, Ariane, aber so kann es nicht weitergehen. Es war eine echt gute Zeit mit dir. Aber selbst das schönste Buch hat einmal ein Ende. Ach, warum, willst du wissen? Na ja, weißt du, da ist dieses süße Mädchen, ich glaube, ihr beiden kennt euch sogar …

»Ariane? Hey, Ariane!«

Ariane schreckte auf. »Was …?«, fragte sie und blinzelte ein wenig desorientiert.

Greta musterte sie mit einem Anflug von Verwirrung. »Ich hab gesagt, du sollst reinkommen. Hier auf dem Flur ist es so ungemütlich.« Sie führte Ariane direkt in die Küche, wo die obligatorische Kanne Tee auf dem Tisch stand. Es roch nach Himbeerblättern, Süßholz und Koriander.

Und nach Muskat. Auf dem Herd stand ein Topf, und der Tisch war gedeckt. Außerdem standen zwei Weißweingläser bereit.

»Ich hab mir gedacht, ich koche uns was Schönes«, erklärte Greta, die Arianes Blicken offenbar gefolgt war. »Fischstäbchen und mein berühmter Kartoffelbrei. Nicht gerade Haute Cuisine, aber –«

»Es klingt großartig«, sagte Ariane hastig. Und fragte sich, ob sie in ihrer derzeitigen Verfassung auch nur einen Bissen hinunterbekommen würde.

Greta rührte prüfend in dem duftenden Brei herum, dann holte sie eine Packung Fischstäbchen aus dem Gefrierfach, verteilte sie auf einem Blech, das sie bereits mit Backpapier ausgelegt hatte, und schob es in den Ofen. Ariane war in der Tür stehen geblieben und sah ihr gedankenverloren zu. Selbst bei diesen simplen Hausarbeiten strahlte Greta eine natürliche Anmut aus. Und eigentlich war es sehr lieb von ihr, Ariane zu bekochen.

Allerdings nur, wenn das Ganze kein Ablenkungsmanöver darstellte. Eine Geste des Entgegenkommens, um den Schock zu mildern. Mit einem vollen Magen verkraftete man schlechte Nachrichten besser.

»So«, meinte Greta in diesem Moment und schob schwungvoll die Ofentür zu. »In zehn Minuten wäre das hier so weit. Und bis dahin«, sie angelte nach der Weinflasche und schenkte in beide Gläser ein, »könnten wir uns die Wartezeit ein bisschen versüßen. Ich habe nämlich eine Überraschung für dich.« Bei den letzten Worten hatte sie die Stimme gesenkt und grinste verheißungsvoll.

»Ein Überraschung?«, fragte Ariane verblüfft.

Greta nickte. »Eigentlich wollte ich damit bis nach dem Essen warten. Aber mein Timing ist wieder mal grauenhaft. Wäre ja auch ein Wunder, wenn das mal so klappen würde, wie ich es mir vorstelle.« Sie hob die Schultern. Diese Geste, kombiniert mit dem halben Lächeln und ihren bezaubernden Öhrchen, war ein absolut unwiderstehlicher Anblick.

»Wahrscheinlich«, meinte sie, »hast du in einem Punkt recht gehabt: Organisatorisch bin ich eine komplette Niete. Aber was soll's.« Sie nickte zur Küchentür hin. »Schnapp dir deinen Wein und komm mit.« Damit nahm sie Ariane bei der Hand. Ihre kleinen Finger waren warm und weich, zugleich aber auch kräftig und energisch.

Ariane hatte gerade noch Zeit, ihr Glas zu greifen, ohne dass es überschwappte, dann waren sie auch schon auf dem Weg. Im Flur befürchtete Ariane einen absurden Moment lang, Greta wolle sie ins Schlafzimmer führen. Für Sekunden packte sie richtige Angst. Zu Intimitäten war sie jetzt absolut unfähig, wollte sie nicht, glaubte nicht, dass sie sie verdient hätte.

Und in Anbetracht von Gretas noch immer ungeklärtem Mittwochnachmittagshobby war sie auch nicht sicher, ob Greta sie verdient hatte.

Doch zu ihrer Erleichterung führte der Weg nicht ins Schlafzimmer, sondern in die Wohnstube. Dorthin, wo sie sich dutzende Male auf Sessel und Schemel eng aneinandergekuschelt und Filme angeschaut hatten.

Ariane sah sich im Zimmer um. Irgendetwas war anders als sonst, doch sie konnte nicht gleich sagen, was genau.

Dann erkannte sie es. Die Möbel waren verrückt worden. Die Sitzecke war kompakter, der kleine Fernseher auf seinem Tischchen stand näher an der Wand. Dafür befand sich jetzt drüben in der Ecke ein kleiner Schreibtisch. Es war ein altmodischer Sekretär nebst Stuhl und Leselampe.

Greta trat neben das Möbelstück. »Den hab ich oben auf dem Speicher gefunden.« Sie sah plötzlich nicht weniger nervös aus als Ariane selbst. »Ist noch von meinem Vater. Ein uraltes Stück, aber ich halte es in Ehren.«

»Okay«, sagte Ariane und hob am Ende des Wortes ein wenig die Stimme, so dass man es auch als Frage interpretieren konnte.

Die Greta umgehend beantwortete: »Der ist für dich.« Etwas zu schnell, etwas zu hastig, als sei sie froh, dass es nun endlich heraus war.

»Für mich?«, wiederholte Ariane.

»Na ja, weißt du ...« Greta begann mit dem Fuß zu scharren. »Ich dachte mir, wenn du eine eigene Arbeitsecke hier bei mir hättest, dann könntest du vielleicht ein paarmal öfter über Nacht bleiben und müsstest nicht immer zwischen beiden Wohnungen hin und her hetzen. Ich weiß, es ist kein Büro und vermutlich immer noch etwas unpraktisch auf die Dauer. Aber so als kleine Zwischenlösung ist es vielleicht ...«, ihre Stimme geriet ins Stocken, »na ja, gar nicht *so* schlecht. Oder was meinst du?«

Ariane schluckte trocken. Sie spürte, wie es hinter ihren Augenlidern zu brennen begann.

Greta musterte sie von der Seite. »Was ist denn«, fragte sie unbehaglich, »gefällt er dir nicht?«

Doch, wollte Ariane sagen. Doch, er gefällt mir. Er ist wunderschön! Und du, du bist auch so wunderschön. Und die Idee ist so unglaublich rührend.

Aber wieso jetzt? Warum ausgerechnet heute? Diese Frage quälte sie jetzt sogar noch mehr als vor ein paar Stunden, als Greta ihr Bedürfnis nach Klärung angemeldet hatte.

Erneut schluckte sie hart. »Greta, ich –«

»Du musst jetzt nichts sagen«, fiel ihr Greta ins Wort. »Und du musst diesen Schreibtisch auch nicht benutzen, okay? Es war nur so eine spontane Idee von mir. Versteh es einfach als Angebot. Vielleicht sogar als eine Art ...«, sie zögerte, »... Friedensangebot.«

»Frieden?«, echote Ariane.

Greta nickte ernst. »Es tut mir leid, Ariane. Wegen neulich. Als wir über meinen Laden geredet haben. Da habe ich mich wirklich blöd verhalten. Du wolltest mir helfen, du hast dir meinetwegen eine Menge Arbeit gemacht, und zum Dank dafür wirst du nur angemault. Du hast mich damals einfach kalt erwischt, weißt du? Meine Laune war sowieso schon im Keller. Weil du ... nämlich in manchen Dingen recht gehabt hast. Der Laden läuft derzeit wirklich eher schleppend, und – ach, ist jetzt ja auch egal.« Sie winkte ab. »Aber Ariane: Ist die Sache es denn wirklich wert, dass wir beide deswegen Stress miteinander kriegen?«

Ariane schüttelte dumpf den Kopf. »Nein ... nein, ich denke nicht.«

Greta musterte sie von der Seite. Rechnete offenbar damit, dass Ariane noch mehr sagte oder tat.

Aber was erwartete sie denn jetzt? Dass Ariane ihr um den Hals fiel? Dass sie sich überschwänglich bedankte? Etwas wie »Danke, Greta, das ist so süß von dir«?

Vielleicht hätte Ariane sogar genau so reagiert. Wenn da nicht immer noch so viel zwischen ihnen gestanden hätte. Angefangen damit, dass Greta, indem sie sich als Erste entschuldigte, Ariane die Möglichkeit genommen hatte, es selbst zu tun. Immerhin war Ariane diejenige, die zuerst Mist gebaut hatte, zumindest soweit es die Sache mit Gretas Geschäftspolitik betraf. Also hätte sie auch den Anfang machen müssen bei dem Versuch, die Sache wieder aus der Welt zu schaffen.

Und dann war da ja immer noch –

»Das ist übrigens noch nicht alles«, sagte Greta in diesem Moment wie aufs Stichwort.

Ariane drehte den Kopf, aus dem Konzept gebracht. »Was ...?«

»Die Sache mit dem Mittwochnachmittag«, erklärte Greta.

Ariane fuhr zusammen. Doch Greta schien das nicht zu bemerken.

»Du hast mich doch letztens danach gefragt«, erinnerte sie. »Und ich habe gesagt, es ginge dich nichts an. Weißt du noch?«

Oh ja. Und wie Ariane das noch wusste.

»Das war im Grunde die kindischste Aktion überhaupt«, stellte Greta klar. »Ich war einfach nur bockig, deswegen habe ich so reagiert. Mein Gott, man könnte meinen, ich wäre ein kleines, trotziges Gör.« Ihr Lächeln war schief und entwaffnend. »Also ...« Sie hielt kurz inne und sah Ariane an. »Willst du immer noch wissen, warum ich den Laden am Mittwoch dichtmache?«

Ariane nickte. Heftiger, als sie beabsichtigt hatte. So, wie Greta sich gerade verhielt, musste es eine logische Erklärung geben. Und vor allem eine, die weitaus harmloser war als das, was sich Ariane in ihrer paranoiden Eifersucht ausgemalt hatte. Greta würde ihr wohl kaum das halbe Wohnzimmer freiräumen, um ihr dann ganz offen zu sagen: Ich hab eine andere.

»Mittwochnachmittags«, begann Greta, »besuche ich eine Freundin.«

Ariane umklammerte vor Aufregung den Stiel ihres Weinglases. So weit, so gut. Eine Freundin also. Und Greta gestand das sehr freimütig ein. Keine Verlegenheit war ihrer Stimme zu entnehmen, keine Falschheit, kein Zögern. Plötzlich war Ariane eher neugierig als beunruhigt. Welche Art von Freundschaft verband zwei Frauen, zwischen denen ein Altersunterschied von locker zehn Jahren lag? Alte Schulkameradinnen waren sie ja wohl kaum.

»Du kennst sie nicht«, erklärte Greta.

Doch! Um ein Haar wäre Ariane laut damit herausgeplatzt. *Doch, natürlich kenne ich sie, und das weißt du genau!*

»Es ist eine alte Dame«, fügte Greta hinzu. Sie sagte das ganz sachlich, so als sei es die selbstverständlichste Sache der Welt. Dennoch trafen ihre Worte Ariane wie ein Fausthieb in die Magengrube.

»Eine ... eine alte Dame?«, fragte sie. Ihre Stimme war ein heiseres Krächzen und hätte ihr beinahe völlig versagt. »Was denn für eine alte Dame?« Nun war sie auf die Antwort aber wirklich gespannt. Falls Greta nicht gerade eine Mittzwanzigerin als »alt« bezeichnete, von welcher Frau in aller Welt redete sie dann?

Oder – bei dieser Erkenntnis wurde Ariane erst heiß, dann eisig kalt – was für eine Frau *erfand* sie da?

»Frau von Weber heißt sie«, erklärte Greta. »Klingt ziemlich adelig, ist aber eine wirklich nette Person. Eine uralte Freundin der Familie, weißt du? Na ja, uralt ist relativ, aber sie geht inzwischen auf die achtzig zu. War schon Kundin bei uns im Laden, als Papa noch der Chef war.«

»Kundin«, wiederholte Ariane dumpf.

»Genau. Eine Lady der ersten Stunde sozusagen.« Greta hob die Schultern. »Für mich sogar eine Art Ersatzoma. Sie hat keine eigenen Enkel, ist aber völlig vernarrt in mich, schon immer gewesen. Hat mir als Kind andauernd Schokolade geschenkt. Natürlich durfte mein Papa das nicht mitkriegen. Unser kleines Geheimnis nannte sie das.«

Aha. Geheimnis also. Vor Arianes Augen begann es zu flimmern.

»Aber inzwischen«, fuhr Greta fort, die ihre Fassungslosigkeit gar nicht zu bemerken schien, »ist sie beinahe blind. Grüner Star, glaube ich. Oder der graue, ich weiß es nicht genau. Sie erzählt es mir jedes Mal, wenn ich bei ihr bin, aber ich kriege die beiden immer durcheinander.«

Grüner oder grauer Star, hm? Warum denn nicht gleich ein rotgelb-gestreifter mit weißen Punkten? Der würde doch ganz hervorragend in das Szenario hineinpassen. Immerhin wäre er genauso ausgedacht wie diese ganze vermaledeite Geschichte!

»Sie trägt es mit Fassung«, meinte Greta. »Aber natürlich kann sie deswegen keine Bücher mehr lesen. Und hier komme ich ins Spiel. Ich schaue nämlich einmal pro Woche bei ihr vorbei.«

»Um was genau zu tun?«, fragte Ariane, die nun regelrecht gespannt war, wie absurd diese Geschichte wohl noch werden würde.

Gretas Augen blitzten belustigt. »Ich dachte, das könntest du dir selbst denken. Ich lese ihr natürlich vor. Liebesromane, wenn du's genau wissen willst. Sie liebt Liebesromane, bevorzugt vor historischer Kulisse.«

»Liebes. . .romane?« Damit hatte Ariane nun als Allerletztes gerechnet. In was für einer abgedrehten Farce war sie hier um

Himmels willen gelandet? Sie hätte beinahe laut gelacht. Oder geweint. Oder beides.

»Genau«, antwortete Greta, »Liebesromane. Tja.« Sie klatschte kurz und abschließend in die Hände. »Das also ist es, was ich mittwochs nachmittags mache. Keine Ahnung, warum ich mich so damit angestellt habe, es dir zu sagen. Vielleicht«, sie lächelte schief, »weil ich Angst hatte, dass du mich als Erstes fragen könntest, ob Frau von Weber mich wenigstens anständig bezahlt, und ich dich in diesem Punkt leider schon wieder enttäuschen muss: Ich will kein Geld von ihr. Keine Chance. Das Ganze ist ein Freundschaftsdienst, und das soll es auch bleiben.«

»Ah«, sagte Ariane. »So, so.«

»Also dann«, meinte Greta und klatschte erneut in die Hände. »Das wäre es soweit. Jetzt weißt du's. Und?« Sie stieß Ariane den Ellbogen in die Rippen. »Bist du jetzt endlich zufrieden, du süßer kleiner Kontrollfreak?«

Ariane wurde schwindlig. Wie konnte Greta das sagen? Wie konnte sie Ariane eine solche Story auftischen und dabei einen so herzlichen, neckischen, ja sogar liebevollen Ton anschlagen? Ariane starrte sie an, starrte auf das kurze Haar, den hübschen Rock und die wunderschönen Öhrchen, die noch nicht einmal einen Anflug von Schamesröte zeigten.

Wie konnte sie derart eiskalt so etwas behaupten?

Wie konnte sie nur ...?

»Ähm ... Ariane?« Greta musterte sie verwirrt. »Ist alles in Ordnung? Du bist plötzlich ganz blass.«

»Ja«, murmelte Ariane. »Ich meine, nein ...« Sie räusperte sich trocken. »Du, Greta, mir ... fällt gerade ein, dass ich ... also ... ich muss jetzt gehen.«

»Was?«, stieß Greta hervor. »Aber du bist doch eben erst gekommen.«

Ariane nickte fahrig. »Tut mir leid, ich ... kann dir das jetzt nicht erklären. Ich muss einfach ...« Sie blickte sich gehetzt um, erkannte, dass sie immer noch das Weinglas festhielt, und drückte es Greta in die Hand. »Hier.«

Greta nahm es, ganz automatisch. Da stand sie nun, in jeder Hand ein volles Glas, und blickte Ariane völlig verdattert an. »Aber das Essen –«

»Tut mir leid«, wiederholte Ariane, ohne genau zu wissen, was sie da eigentlich sagte, und marschierte zielsicher in Richtung Tür.

Greta eilte ihr nach. »Liegt es an mir, Ariane? Ich meine, habe ich irgendwas falsch gemacht?«

Ariane gab keine Antwort. Nicht, um Greta damit in irgendeiner Form zu bestrafen. Ihr wäre dabei nur die Stimme gebrochen.

»Ist es wegen des Schreibtisches?«, fragte Greta weiter. »Geht dir das zu schnell?« Mit verzweifeltem Blick sah sie Ariane an und gab sich dann selbst die Antwort: »Es *geht* dir zu schnell, oder? Ich bin mal wieder zu sehr vorgeprescht.« Sie schüttelte heftig den Kopf. »Oh Gott, wie ich das hasse! Entweder traue ich mich nicht, jemandem zu zeigen, wie sehr ich ihn mag, oder ich mache alles zu schnell. Ich habe einfach kein Gespür für solche Dinge ... Ariane, bitte, jetzt warte doch. Lass uns darüber reden!«

»Nicht jetzt. Ich ... rufe dich an, okay?«, presste Ariane heraus. Dann fiel die Tür hinter ihr ins Schloss.

12

Wie konnte sie nur? Diese Frage hatte Ariane sich wieder und wieder gestellt. Wie konnte Greta ihr nur so etwas antun?

Streng genommen müsste die Frage sogar heißen: Wie *kann* sie nur? Gegenwart, nicht Vergangenheit.

Und Zukunft, vermutlich.

Greta hatte nicht nur eine andere Frau getroffen, sondern sie tat es nach wie vor. Und sie würde es wieder tun. Allerspätestens kommenden Mittwoch.

Ariane hatte versucht zu weinen, und als sie im Ledersitz ihres Wagens versank, hatte sie tatsächlich ein paar kleine Tränchen hervorpressen können. Doch als sie den Maserati anließ und mit quietschenden Reifen davonfuhr, hauptsächlich weil sie befürchtete, Greta könnte ihr nachlaufen, waren ihre Augen bereits wieder trocken gewesen. Zu Hause angekommen, hatte sie dann versucht, echte Trauer zu empfinden: jene Art von Trauer, bei der man Rotz und Wasser heulte und bei der mindestens ein Objekt aus dem häuslichen Küchenschrank in Scherben ging. Aber es war ihr nicht gelungen. Sie hatte in sich hineingehorcht und festgestellt, dass es ihr im Grunde nicht einmal möglich war, wütend auf Greta zu sein.

Alles, was sie fühlte, war ein seltsamer Zustand der Betäubung.

Und . . . Zweifel.

Wieder und wieder hatte sie versucht, die Fakten zu sortieren. Sogar eine Liste hatte sie erstellt, auf der sie notierte, was sie gesehen hatte, was sie zu wissen geglaubt hatte und was Greta dazu gesagt hatte. Stundenlang hatte sie darüber gebrütet, hatte sich wieder und wieder den Kopf zermartert. Vielleicht war der Besuch in der Villa ja doch offiziell und nicht persönlicher Natur gewesen, vielleicht war die junge Frau eine Art Wellness-Therapeutin und hatte bloß noch nicht das entsprechende Schild an der Tür, vielleicht –

An dieser Stelle brach Ariane den Gedankengang jedes Mal ab. Die hübsche Brünette konnte Therapeutin, Masseuse, Akupunkteurin oder auch das teuerste Edel-Callgirl der Stadt sein. Es spielte keine Rolle. Entscheidend war, was sie eben *nicht* war: die alte Dame, von der Greta die ganze Zeit gequasselt hatte. »Gequasselt« war übrigens die absolut richtige Beschreibung. Greta hatte, als sie von ihr sprach, wirklich ziemlich viel und ziemlich schnell geredet. Und hatte sie nicht selbst gesagt, dass sie zu viel redete, wenn sie nervös war?

Ariane wollte ja gern glauben, dass diese Nervosität in Gretas Sorge begründet lag, ob eine Versöhnung, die sie sich angeblich so sehr wünschte, zwischen ihnen beiden wirklich zustande kommen würde. Aber wenn sie tatsächlich so besorgt war, wieso erfand sie dann eine Geschichte, die hinten und vorn nicht zusammenpasste?

Denn genau da lag der Hase im Pfeffer: Es passte nicht. Nicht nur, was die Inhalte von Gretas Erklärung betraf, sondern ihr ganzes Verhalten – vollkommen unabhängig davon, was Ariane zu wissen glaubte. Greta hatte zwar schnell und viel vor sich hin gehaspelt, dabei aber trotz der offensichtlichen Nervosität vollkommen aufrichtig gewirkt. Und Ariane war dank eines entsprechenden Seminars – Thema: Körpersprache und Mimik deuten – normalerweise ziemlich gut darin, Lügner und Aufschneider zu entlarven. Hätte sie also nicht irgendwelche Anzeichen erkennen müssen, dass Greta sie belog? Wenn schon keine roten Öhrchen, dann wenigstens einen gezwungenen Tonfall oder ausweichende Blicke?

Nun, möglicherweise hatte Greta dasselbe Seminar besucht. Und einen Schauspielkurs gleich dazu.

Sogar Gretas Verwirrung, als Ariane so plötzlich und überhastet gegangen war, hatte ehrlich gewirkt. Die Art, wie sie dagestanden hatte, die beiden Weingläser in der Hand, die Augen weit geöffnet, die Schuld gleich bei sich selbst suchend – all das war, scheinbar, so durch und durch echt gewesen.

Es gab genau zwei mögliche Erklärungen: Entweder es war tatsächlich echt und ehrlich. Oder Greta war eine ganz heiße Kandidatin für die nächste Oscarverleihung.

Eigentlich, dachte Ariane ein wenig erstaunt, hätte diese ganze Geschichte ihr Bild von Greta zerstören müssen. Es in kleine Stücke zerspringen lassen müssen. Doch seltsamerweise war das nicht der Fall. Für Ariane war Greta immer noch dieselbe. Nicht einmal ihre eigenen Gefühle hatten sich verändert. Sie waren, wenn überhaupt, lediglich ein wenig überschattet.

Das machte die Sache natürlich keineswegs leichter, im Gegenteil. Bei Sandra hatte Ariane damals wenigstens noch zu ein paar Abwehrstrategien greifen können. Sie hatte sich wieder und wieder gesagt, was Sandra doch für eine blöde Kuh war. Nicht gerade die hohe Kunst der kognitiven Verhaltenstherapie – ihre Therapeutin hätte sicherlich die Hände über dem Kopf zusammengeschlagen, wenn sie davon gewusst hätte. Aber es hatte funktioniert: Nachdem Ariane Sandra lange genug in Gedanken heruntergemacht und sich eingeredet hatte, dass ihre Ex ein echtes Miststück war, hatten sich auch ihre Gefühle davon überzeugen lassen. Zumindest so weit, dass sich der Alltag wieder ganz normal bewältigen ließ.

Bei Greta jedoch wollte diese Strategie nicht greifen. Sie war doch immer noch die Bücherfee, Hundeliebhaberin und Teetrinkerin. Die wundervolle Frau mit dem warmen Lächeln und den süßesten Öhrchen der Welt.

Wie konnte man so jemanden nicht lieben? Wie stellte man es an, sich so jemanden aus dem Kopf zu schlagen?

Auch Larissa erklärte sich in diesem Punkt überfragt. »Du solltest dir«, so lautete ihr einziger Ratschlag in dieser Sache, »alle weiteren Schritte auf jeden Fall sehr genau überlegen.«

»Ach was«, schnappte Ariane. »Na, du bist mir ja echt eine große Hilfe.«

Nachdem das Krisengespräch mit ihrer besten Freundin also keine Patentlösung bot, tat Ariane zunächst einmal das, was sie am besten konnte und wofür sie sich auch nicht sonderlich anstrengen musste: Sie stürzte sich in die Arbeit. Sie packte sich den Terminkalender noch voller als sonst, handelte ein Kundengespräch nach dem anderen ab – was mitunter sogar dazu führte, dass sie an manchen Tagen zweimal hintereinander ein geschäftliches Mittagessen zu sich nahm –, nur um anschließend zurück an den Schreibtisch zu hasten und am Nachmittag dann noch drei weitere Kunden zu treffen. Sie trank zu viel Kaffee und schlief zu wenig. Entspannung? Fehlanzeige. Lesen? Ein Ding der Unmöglichkeit. Es rief zu viele Erinnerungen wach. Und apropos Erinnerung: Ein paarmal spielte Ariane sogar mit dem Gedanken, sich wieder einmal ins Nachtleben und ein paar belanglose Flirts zu stürzen. Doch sie bremste sich gerade noch rechtzeitig. Greta absichtlich wehzutun, und nichts anderes wäre das Ziel eines solch blinden Aktionismus gewesen, das kam überhaupt nicht in Frage. Ganz abgesehen davon, dass Ariane sich seinerzeit mit dieser Mischung aus Arbeitswut und Freizeitstress nur selbst an den Rand der Erschöpfung getrieben hatte.

Nur hatte es damals Monate gedauert, bis Ariane das aufgegangen war.

Diesmal jedoch ging sie, obwohl sie nach Feierabend brav zu Hause blieb, bereits nach wenigen Tagen komplett auf dem Zahnfleisch. Sie hatte keine Energie, keine Motivation, noch nicht einmal mehr Lust, sich mit Larissa zum Joggen oder auf einen Kaffee zu treffen.

»Nicht gut«, meinte diese, als Ariane sich wieder einmal unter dem Vorwand von zu viel Arbeit aus der Affäre zog. »Gar nicht gut. Wie lange, glaubst du, wirst du das wohl durchhalten?«

»Hm«, murmelte Ariane bloß.

»Sowas nennt man Verdrängung, weißt du?«, bemerkte Larissa. »Du bist ja nicht einmal bereit, dich mit deinen Gefühlen auseinanderzusetzen. Und soll ich dir sagen warum? Weil du nämlich Angst hast, vielleicht einen Schlussstrich ziehen zu müssen.«

»Danke, Frau Doktor«, giftete Ariane zurück. »Warum schulst du nicht auf Psychiater um, wenn du schon so gut darin bist, den Leuten zu sagen, was sie zu denken und zu fühlen haben.«

In Wirklichkeit hatte Larissa natürlich recht. Dass Ariane Greta zumindest irgendwann sagen musste, was Sache war, lag auf der Hand. Und ein sauberer Schlussstrich wäre immer noch besser, als die Geschichte wortlos im Sande verlaufen zu lassen. So viel Ehrlichkeit hatte Greta verdient.

Allerdings, stichelte eine bösartige kleine Stimme in Arianes Kopf, war ausgerechnet Ehrlichkeit allem Anschein nach ja nicht gerade die Eigenschaft, mit der Greta selbst geglänzt hatte, oder?

Also schob Ariane es Tag für Tag vor sich her. Wenn sie Gretas Nummer auf dem Display sah, ignorierte sie den Anruf. Wenn sie sie nicht sah und in der allgemeinen Alltagshektik dennoch ans Telefon ging, suchte sie Ausreden. Zu viel zu tun, zu viel Arbeit, zu viele Termine, na ja, Greta wisse schon.

Ja, sagte Greta mit von Mal zu Mal belegterer Stimme. Sie wisse schon.

Wenigstens, dachte Ariane, log sie Greta nicht an. Weil sie nämlich wirklich in Terminen erstickte. Diese Tatsache erfüllte sie beinahe mit trotzigem Stolz.

Ein paar Tage nach dem hässlichen Erlebnis kehrte Ariane im Coffeeshop ein. Eigentlich nur, weil sie zwischen zwei Terminen eine kleine Stärkung brauchte und zur Abwechslung diesmal gar keine Mittagsmahlzeit zu sich genommen hatte.

Sie stand am Tresen und wartete auf ihre Bestellung. Heute hatte sie sich ausnahmsweise eine heiße Schokolade gegönnt, die größte Portion, die es gab, und mit extra Schlagsahne. Irgendwie mussten die entfallenen Kalorien ja wieder reinkommen. Außerdem konnte es nicht schaden, in Sachen Koffein ab und zu mal ein bisschen kürzer zu treten. In den letzten Tagen hatte sie so viel Kaffee getrunken, dass sie zeitweise Herzrasen, Anfälle von Unruhe und Konzentrationsstörungen bekam. Wahrscheinlich hatte Larissa recht: Ewig konnte sie nicht so weitermachen. Irgendwann musste sie den Tatsachen wieder ins Auge sehen – und damit auch Greta.

Aber nicht jetzt, beschloss Ariane. Nicht heute.

Während sie noch ihren Gedanken nachhing, wurde sie unversehens von der Seite angerempelt.

»Hoppla«, sagte eine Stimme, die ihr eigenartig bekannt vorkam. »'tschuldigung. Hab Sie gar nicht gesehen.«

Ariane setzte bereits zu einer Antwort an. Kein Problem, wollte sie sagen. Ist ja nichts passiert.

Dann sah sie auf. Und erstarrte. Vor ihr stand – sie! Die junge, hübsche Frau aus der schicken Villa. Gretas Mittwochsbekanntschaft. Und sie lächelte Ariane an, als könne sie kein Wässerchen trüben.

Sofort fuhr Ariane innerlich die Krallen aus. »Nicht gesehen?«, bemerkte sie spitz. »Eigenartig. Ich stand doch genau hier.«

»Ja, allerdings.« Die Brünette lachte ein wenig verlegen. »Und eigentlich sind Sie ja auch nicht zu übersehen. Immerhin bilden Sie eine recht eindrucksvolle Trefferfläche, will ich damit sagen.« Sie unterbrach sich und nagte an ihrer Unterlippe. »Das, ähm ... sollte übrigens ein Kompliment sein. Wegen Ihres schicken Kostüms und ... Kam irgendwie nicht so rüber. Sorry.«

Ariane sog scharf die Luft ein. Bei jeder anderen hätte sie dieses ungestüme Geplapper amüsant gefunden, doch bei dieser Frau regte es sie nur auf. Versuchte die Kleine etwa, sie anzubaggern? Dreister ging es ja wohl kaum noch. Vielleicht sollte sie Greta mal darauf hinweisen, was sie sich da an Land gezogen hatte?

Ruhig, mahnte die Stimme der Vernunft in ihrem Kopf. *Das ist nicht deine Sache. Lass dich bloß auf nichts ein.*

»Schon gut«, erklärte sie, so höflich wie nötig und so kühl wie möglich. Damit, hoffte sie, hatte sie der jungen Frau wohl deutlich genug gemacht, dass sie an einer Unterhaltung nicht interessiert war.

Doch offensichtlich hatte diese die Botschaft nicht verstanden. Stattdessen musterte sie Ariane nun mit wachsendem Interesse. »He«, meinte sie dann. »Ich kenne Sie doch, oder?«

Ariane seufzte. *Ruhig bleiben*, ermahnte sie sich erneut. »Ich wüsste nicht, woher.«

Doch die andere ließ nicht locker. »Ich bin mir ganz sicher, dass ich Sie schon mal gesehen hab.« Sie legte einen Moment den Kopf schief, und erneut fiel Ariane auf, wie apart sie war, trotz ihrer lässigen Kleidung. Sie trug eine Pudelmütze mit einem dicken Bommel an der Spitze, eine Windjacke und ausgetretene Sneakers. Ihr hübsches Gesicht war ungeschminkt, ihre Zähne so blendend weiß wie aus der Zahnpastawerbung, und unter ihrer Mütze schaute ein ganzer Wust dicker, ungebändigter Haare hervor. Eine natürliche Schönheit, ganz außer Frage.

Und obendrein wirklich nicht unsympathisch. Ariane hätte sie mögen können, wenn nicht ... nun ja, wenn diese Frau nicht diejenige gewesen wäre, die sie nun einmal war. In dieser Konstellation war es schwierig bis unmöglich, jemanden positiv zu betrachten.

»Mensch, klar!«, rief ihr Gegenüber in diesem Moment aus. »Jetzt weiß ich, woher ich Sie kenne. Aus Gretas Buchhandlung. Richtig?«

Verdammt. Jung, hübsch und auch noch mit einem guten Gedächtnis ausgestattet. Ariane stöhnte unhörbar.

»Tut mir leid«, log sie. »Kann mich nicht erinnern.« Verflixt, wieso dauerte das denn heute so lange mit ihrem Kakao?

»Na ja, wahrscheinlich bin ich Ihnen gar nicht aufgefallen«, plapperte die andere. »Sie dagegen habe ich mir ganz genau gemerkt.«

Und was war das jetzt? Eine Drohung?

»Sie heißen Ariane, richtig?« Unvermittelt schüttelte die vollkommen perplexe Ariane eine warme Hand. »Ich bin übrigens Sophie.«

Ariane knurrte: »Ist mir ein Vergnügen, Sophie.« *Ein überaus zweifelhaftes allerdings, wenn ich ganz ehrlich bin. Ich hätte nicht übel Lust, dir meinen Kakao über dein hübsches Mützchen zu schütten. Wenn er bloß schon da wäre ...!*

»Sie«, stellte die Frau namens Sophie fest, »sind also die Bücherdiebin.«

Ariane schnappte nach Luft. »Wie bitte?«

»Na, die Frau, die ein Buch mitgenommen hat, ohne es zu bezahlen.« Sophie knuffte ihr leicht in die Seite. Eine Geste, die entschieden zu vertraulich für Arianes Geschmack war. Mit verschwörerisch gesenkter Stimme fügte Sophie dann hinzu: »Ich weiß natürlich, dass das alles ein bisschen komplizierter war. Ich kenne die ganze Geschichte.« Sie grinste Ariane an.

Ach ja? Das wurde ja immer schöner. Und was in aller Welt machte dieser Mensch hinter der Theke denn da so lange? Es sollte doch wohl nicht so schwer sein, eine simple Schokolade zuzubereiten!

Sophie ließ sich durch Arianes abweisende Haltung nicht daran hindern, weiterzuplaudern. »Ich sollte Ihnen das vielleicht nicht sagen. Aber Greta spricht in den höchsten Tönen von Ihnen.« Sie hielt inne, als sich in Arianes Gesicht neben Verblüffung nun auch zunehmende Gereiztheit abzeichnete. »Tut mir leid«, lenkte sie ein, »Sie müssen mich für total aufdringlich halten. Es ist nur so: Greta schwärmt dermaßen von Ihnen, dass ich schon fast das Gefühl habe, Sie ewig zu kennen.«

Jetzt platzte Ariane der Kragen. »Was mich viel mehr stört«, blaffte sie die junge Frau an, ehe ihre Vernunft sich einschalten konnte, »ist die Tatsache, dass Sie sich hier hinstellen und einen auf beste Freundin machen, während Sie sich in Wirklichkeit selbst mit Greta treffen!«

Es war heraus. Und nur eine Sekunde später bereute Ariane ihre Worte. Zum einen, weil ihr Ausbruch ungewollte Aufmerksamkeit erregt hatte, zum anderen, weil sie jetzt gezwungen war, sich mit der Sache auseinanderzusetzen.

Es ausgesprochen zu haben, schien das Ganze so fürchterlich wahr zu machen.

Und zugleich schrie eine Stimme in ihr: *Nein! Nein, so ist das doch gar nicht. Greta geht nicht fremd! Greta würde niemals fremdgehen!*

Natürlich ließ Sophie die Sache nicht auf sich sitzen. »Entschuldigen Sie mal. Ich tue *was?*«

»Oh, bitte!« Ariane stöhnte verzweifelt. »Stellen Sie sich jetzt nicht auch noch dumm. Damit beleidigen Sie mich nur.«

»Ich stelle mich keineswegs dumm«, entgegnete Sophie. »Und über die Frage, wer hier wen beleidigt, sollten Sie vielleicht noch einmal ganz sorgfältig nachdenken.« Ihre funkelnden Augen bohrten sich in Arianes. »Normalerweise würde ich in so einer Situation sagen: Sie müssen mich verwechseln. Anschließend würde ich Sie stehen lassen und mit hoch erhobenem Haupt an Ihnen vorbeirauschen.«

»Und warum«, fragte Ariane müde, »tun Sie es dann nicht einfach?«

»Weil es hier um Greta geht, die ich wirklich sehr gern mag und sehr schätze.« Sophie sah immer noch wütend aus, aber auch rechtschaffen empört. »Hören Sie, Lady, ich weiß nicht, was Sie sich da einbilden. Aber Greta ist der liebste und ehrlichste Mensch, den ich kenne. Und ich weiß ja nicht, was für eine komische Art von Beziehung Sie beide führen, aber soweit ich das beurteilen kann, ist Greta *ziemlich* angetan von Ihnen.«

Ariane schnaubte. »Nett, dass Sie das sagen.«

»Das ist nicht nett. Es ist schlicht und ergreifend die Wahrheit.«

»So?« Ariane seufzte, allmählich am Ende mit ihren Nerven und ihrer Geduld. »Apropos Wahrheit: Wieso erzählt Greta mir dann irgendwelche Storys von einer älteren Dame? Können Sie mir das erklären?«

»Eine alte Dame?« Sophies eben noch Blitze schleudernde Augen nahmen plötzlich einen belustigten Ausdruck an. »Sie meinen jetzt aber nicht zufällig Frau von Weber, oder?«

Ariane erstarrte. Von Weber? Irgendetwas löste dieser Name bei ihr aus. Kam ihr ziemlich bekannt vor. Wo hatte sie denn nur ...?

Sophie grinste wissend. Dann nahm sie Ariane am Arm. »Mitkommen!«

Entrüstet versuchte Ariane ihr ihren Arm zu entreißen. Doch es gelang ihr nicht. Ihr Puls raste, und sie fühlte sich mit einem Mal ganz schwach. Dennoch protestierte sie: »Ich werde mit Ihnen ganz bestimmt nirgendwo hingehen.«

»Oh doch«, sagte Sophie sehr entschieden. »Ich finde, es wird langsam mal Zeit, dass Sie und Frau von Weber sich kennenlernen.«

Eigentlich, hatte Ariane gedacht, als Sophie ihren Wagen vor dem Haus anhielt, hätte sie es besser wissen müssen. Natürlich war es dasselbe Haus, zu dem sie Greta gefolgt war. Natürlich war es derselbe Eingang, nur dass sie diesmal nicht klingeln mussten, weil Sophie einen eigenen Schlüssel besaß. Und natürlich wohnte die hübsche, junge Sophie nicht allein in einem derart riesigen, kostspieligen Anwesen. Natürlich gab es da noch jemanden: eine gealterte Büchernärrin, Kundin der ersten Stunde in der Buchhandlung *Seitenweise.* Gretas Ersatzoma. Ausgestattet mit einer Schwäche für Liebesromane, bevorzugt vor historischer Kulisse. Die aber nun besagte historischen Liebesromane aufgrund einer unheilbaren Augenerkrankung nicht mehr lesen konnte. Und die deshalb einmal die Woche Besuch von Greta erhielt, um dieses Defizit auszugleichen.

Es stimmte alles. Jedes Wort.

Wie in aller Welt hatte Ariane ihrer Greta nur so misstrauen, ihr jemals derartige Hinterhältigkeit zutrauen können?

Weil sie, das erkannte Ariane plötzlich ganz deutlich, sich bei der ganzen Sache selbst im Weg gestanden hatte, und zwar von Anfang an. Sie hatte vom ersten Moment an das Haar in der Suppe gesucht.

Greta war zu lieb, zu verträumt, zu niedlich. Allesamt Attribute, die für einen durch und durch guten Charakter standen – nur nicht in der Welt von Ariane Baudach. In dieser Welt liefen die Dinge einfach nicht so glatt, zumindest nicht, was den zwischenmenschlichen Umgang betraf. Hinter einem einnehmenden Lächeln verbarg sich oftmals ein Hintergedanke, und selten war jemand ohne guten Grund nett und freundlich. In Arianes Welt bekam man heute von jemanden, den man für integer gehalten hatte, einen festen Händedruck und die Aussage, man freue sich auf die Zusammenarbeit – und am nächsten Tag unterschrieb derselbe Mensch einen Vertrag bei der Konkurrenz, weil die ihm ein besseres Angebot machte.

Heute hatte Ariane eine satte Provision in Sicht, und morgen – zack! – bekam sie jemand anders.

Heute hatte Ariane noch eine Sandra, und morgen – zack! – war Sandra einfach weg, auf der Suche nach jemandem, der ihren Vorstellungen mehr entsprach.

War es das? Konnte es wirklich so weit mit ihr gekommen sein? Hatte sie die ganze Zeit insgeheim damit gerechnet, dass jemand Greta ein ... *besseres Angebot* machen würde? Dass plötzlich jemand daherkam und sie, Ariane, ausstach? Jemand, der hübscher war, jünger, gescheiter, freundlicher, erfolgreicher? Oder jemand, der einfach nur besser zu Greta passte?

Ja, es musste wohl so sein. Sie hatte von Anfang an damit gerechnet, dass die Sache mit Greta schiefgehen würde, eben *weil* Greta so furchtbar süß war, so nett, so bezaubernd. Oder, anders ausgedrückt: Es war zu schön, um wahr zu sein. Damit es dann nicht zu sehr wehtat, wenn es vorbei war, hatte Ariane ihre Beziehung oder das, was sich als eine solche anbahnte, unbewusst die ganze Zeit unter diesem Gesichtspunkt betrachtet. Und letztendlich waren ihre Bedenken zu einer sich selbst erfüllenden Prophezeiung geworden.

Ein freier Nachmittag zu einer unmöglichen Zeit und eine hübsche, junge, fremde Frau, die dabei irgendwie eine Rolle spielte: Es hatte alles so scheußlich gut zusammengepasst, so sehr nach einem *besseren Angebot* für Greta gerochen.

Nur einen Punkt hatte Ariane dabei nicht bedacht: dass Greta eben nicht zu den Menschen gehörte, die heute Hände schüttelten und morgen bei der Konkurrenz unterschrieben. Greta war die Anständigkeit in Person. Bei ihr gab es keine Hintergedanken, keine Falschheit, keine Ausrichtung auf Optimierung der Verhältnisse. Greta brauchte keinen preisgekrönten Zuchtpudel, solange sie ihren Watson hatte, sie brauchte kein Fünf-Gänge-Gourmet-Menü, wenn sie mit einer Pizza vom Bringdienst und einem Rotwein aus dem Discounter in ihrer Leseecke sitzen konnte. Und wenn sie etwas sagte, dann gab es keine versteckte Bedeutung dahinter, keine Täuschung.

Wenn Greta sagte, sie besuche am Mittwochnachmittag eine alte Dame, dann besuchte sie auch eine alte Dame und keine heimliche Zweitfreundin.

Greta war nicht zu gut, um wahr zu sein. Sie war wahrhaftig gut – ach was, sie war großartig. Ariane hingegen war es nicht. Sie war nur eine misstrauische Zicke, die mit ihrem Argwohn drauf und dran war, alles kaputtzumachen. Wenn sie nicht sogar schon alles kaputtgemacht hatte.

Oh Gott, Greta, flüsterte sie in Gedanken. *Es tut mir so leid.*

Am liebsten hätte sie umgehend die Flucht ergriffen, um sich an irgendeinem geheimen Ort erst mal in Ruhe in Grund und Boden zu schämen. Und sich anschließend zu überlegen, ob und vor allem wie die Sache mit Greta noch zu retten war.

Doch fürs Erste kam sie um den Besuch bei Frau von Weber nicht herum. Als sie hinter Sophie über die Schwelle trat, stellte Ariane für sich selbst klar: Sie hatte keineswegs die Absicht, die ganze Geschichte nun auch noch bis ins letzte Detail zu prüfen. Es war mehr so etwas wie ein Anstandsbesuch. Vielleicht auch eine Art, zu Kreuze zu kriechen, wenn auch in erster Linie vor sich selbst und ihrem eigenen schlechten Gewissen.

Und eigenartigerweise war ihre Neugier geweckt: Neugier auf diese Frau von Weber, die Greta offenbar so viel bedeutete, und darauf, einen Einblick in einen wichtigen Teil von Gretas Leben zu erhalten, der ihr bisher verborgen geblieben war. Und sogar auf Sophie und deren Rolle in der ganzen Geschichte, obwohl sie der jungen Frau noch vor wenigen Minuten am liebsten die Augen ausgekratzt hätte. Ein gänzlich ungewohntes Gefühl für Ariane. Das musste Gretas guter Einfluss sein.

Sophie hatte übrigens ganz richtig prophezeit. Frau von Weber, eine rüstige Gesellin mit zerfurchtem Gesicht und unordentlichem Haarknoten, freute sich in der Tat aufrichtig, Ariane kennenzulernen. Sie hatte Sophie unverzüglich in die Küche zum Teekochen geschickt und Ariane derweil völlig mit Beschlag belegt. Jetzt saßen sie im Wintergarten und tranken einen aromatischen Schwarztee.

»Ceylon«, erklärte Frau von Weber. »Etwas kräftiger im Geschmack und eindeutig nicht jedermanns Sache. Ich hoffe, er schmeckt Ihnen trotzdem.«

Ariane versicherte, der Tee sei köstlich. Doch in diesem Moment hätte sie vermutlich sogar den Sud von Schwarzwurzeln auf Eis – geschüttelt, nicht gerührt – köstlich gefunden. Nichts schmeckte süßer als die Erleichterung, nichts klang glockenheller als das Poltern des Steins, der Ariane vom Herzen fiel.

»Ich habe ja schon so viel von Ihnen gehört, Ariane. Ich darf doch Ariane zu Ihnen sagen?«, fragte Frau von Weber. »Herrje, ich wünschte nur, ich könnte Sie auch etwas besser erkennen. Alles, was ich sehe, ist ein unglaublicher Haufen Locken. Woraus ich jetzt mal schließe, dass Sie hübsch sind. Wie sieht es aus, Sophie? Sie ist doch hübsch, richtig?«

»Sehr«, bestätigte Sophie mit klimpernden Wimpern und nippte an ihrem Tee.

Ariane wurde rot.

»Verzeihen Sie meine Direktheit, Kind«, sagte Frau von Weber, jetzt wieder an Ariane gewandt. »Aber in meinem Alter weiß man nicht, wie viel Zeit einem noch bleibt, da hält man sich nicht mehr mit unnötiger Höflichkeit auf. So, so ...« Damit klopfte sie unvermittelt mit ihrer knotigen Hand auf Arianes Oberschenkel. »Ein hübsches Ding sind Sie also, hm? Na, weniger als das hat mein kleiner Greta-Goldschatz auch nicht verdient.«

Ob Greta erwähnt habe, dass sie sie früher »Oma« genannt habe? Als sie klein war, habe ihr Vater, der damalige Chef von *Seitenweise*, das noch durchgehen lassen. Doch irgendwann sei er auf die Idee gekommen, dass Greta jetzt alt genug wäre, um die Form zu wahren. Seither hatte er darauf bestanden, dass Greta sie mit »Frau von Weber« und obendrein noch mit »Sie« ansprechen musste. Sie selbst habe ihm diesen Unfug natürlich ausreden wollen, doch Greta, ganz das liebe, brave Töchterlein, habe das Ganze sofort verinnerlicht.

Und nun war sie selbst Eigentümerin der Buchhandlung, vergaß aber trotzdem ihre alte Nenn-Oma nicht, auch wenn diese inzwischen klapprig und halbblind war. Jedenfalls viel zu blind, um ihrem liebsten Hobby, der Literatur, noch zu frönen, es sei eine Schande.

Natürlich gäbe es Hörbücher, räumte sie ein. Doch das sei einfach nicht dasselbe. Oh, sie besitze durchaus ein paar. Sie sei nicht unmodern, auch wenn sie fast alt genug sei, um eine Zeitgenossin von Leo Tolstoi gewesen zu sein. Aber sie mochte dieses neue Medium trotzdem nicht. Das sei wie der endlose Monolog eines Selbstdarstellers, bei dem man zum Zuhören gezwungen sei.

Wirklich vorlesen, und zwar auf eine Weise, bei der man nicht das Gefühl hatte, einem Schauspieler bei seinem gekünstelten Geschwafel zuzuhören, das konnte nur eine: Greta. Nur sie besaß ein Gespür für den geeigneten Vortrag, sie versuchte nicht, den verschiedenen Charakteren auf künstliche Weise unterschiedliche Stimmen zu verleihen. Sie traf einfach immer den richtigen Ton. So einfach war das.

Natürlich verlange sie das nicht von Greta, erklärte Frau von Weber sehr entschieden. Sie wisse sehr gut, dass diese eine Menge anderer Dinge zu tun hatte. Aber die Kleine ließ es sich nicht nehmen, einmal pro Woche bei ihr vorstellig zu werden und ihr vorzulesen. Und wenn Frau von Weber einmal ganz ehrlich war und ganz eigennützig in sich hineinhörte, dann war sie über Gretas Sturheit sogar sehr, sehr froh. Sie freute sich jede Woche auf den Mittwoch, hatte immer Gretas Lieblingskuchen und auch den Lieblingstee bereitgestellt. Irgendeine merkwürdige Kräutermischung, vertraute die alte Dame Ariane an. Ein Gebräu, das sie selbst nicht ausstehen könne, aber sei's drum. Greta liebte dieses ayurvedische Zeugs, und nur das zählte.

Übrigens: Sie hatte Greta schon mehrfach angeboten, sie für die Vorlesestunden zu bezahlen, hatte ihr sogar einen fürstlichen Stundenlohn in Aussicht gestellt. Immerhin könne sie es sich leisten. Doch Greta habe jedes Mal abgewinkt und sei sogar regelrecht beleidigt, wenn Frau von Weber wieder mit dem Thema anfing.

»Ja«, murmelte Ariane. »Das hört sich ganz nach Greta an.«

Jetzt blieb eigentlich nur noch eine Frage zu klären. Ariane drehte sich zu Sophie um.

»Und wer ist dann sie?«, fragte sie, an Frau von Weber gewandt: »Die *richtige* Enkelin?«

»Nein«, rief Frau von Weber aus. »Gott bewahre! Auf diesen Quatsch mit dem Heiraten hab ich mich nie eingelassen. Und Kinder habe ich auch keine, was ich bis heute nicht wirklich bereue. Enkelkinder dagegen ...«, sie neigte den Kopf, »tja, wenn ich mir die kleine Greta so ansehe, dann denke ich manchmal, ich hätte schon gern welche gehabt. Jemanden zum Verwöhnen, den man mit Süßigkeiten vollstopfen kann, und ganz ohne Erziehungsauftrag.« Sie lächelte versonnen und schien ganz vergessen zu haben, dass Ariane ihr eine Frage gestellt hatte.

So erklärte Sophie an Frau von Webers Stelle: »Ich bin ihre Untermieterin.«

»Sie studiert«, erklärte Frau von Weber, nicht ohne einen gewissen Stolz, der fast doch wieder etwas Großmütterliches an sich hatte.

»Ja«, sagte Sophie, »ich studiere. Germanistik.«

»Richtig«, meinte Frau von Weber und nickte Ariane zu. »Fraglos ein interessantes Fach. Aber brotloses Zeug, wenn Sie mich fragen. Ich rede immer wieder auf sie ein, dass sie etwas Ordentliches lernen soll. Aber hört sie auf mich? Nein. Und überhaupt ...«

In diesem Ton ging es noch eine ganze Weile weiter, doch keine der beiden jüngeren Frauen hörte mehr richtig zu. Sophie nicht, weil sie diesen Vortrag vermutlich schon gefühlte hundert Mal gehört hatte.

Und Ariane nicht, weil sie mit ihren Gedanken ganz woanders war.

Frau von Weber. Die alte Dame.

Sophie. Ihre Untermieterin. Die ab und zu die Tür öffnete, wenn die alte Dame Besuch bekam. Was wahrscheinlich bedeutete, dass sie es jedes Mal tat, zumindest, wenn sie zu Hause war. So fit, wie Frau von Weber im Kopf sein mochte, so wackelig war sie auf den Beinen. Sie bewegte sich nur am Stock oder mit Hilfe eines Gehwagens vorwärts.

So jedenfalls hatten Ersatzenkelin Greta und Untermieterin Sophie sich kennengelernt und sich sogar sehr gut angefreundet. Doch diese Freundschaft war völlig harmlos, rein platonisch und eigentlich nur ein Nebeneffekt von Gretas Beziehung zu Frau von Weber.

Tja, da hatte Ariane es nun. Es war alles wahr. Jedes einzelne Wort von Gretas Geschichte war wahr.

»Hören Sie«, sagte Frau von Weber gerade, und ihre Finger, die immer noch auf Arianes Oberschenkel lagen, krallten sich mit überraschender Kraft in das Fleisch. »Meine Greta ist wirklich ein furchtbar schüchternes kleines Ding. Schrecklich empfindsam und immer darauf bedacht, es allen recht zu machen. Also, seien Sie ja immer nett zu ihr. Sonst kriegen Sie es mit mir zu tun, klar? Übrigens, wo wir gerade dabei sind –« Ihre halbblinden Augen verengten sich plötzlich zu schmalen Schlitzen, und sie bedachte erst Ariane, dann Sophie mit scharfen Blicken. »Was genau hat Sie eigentlich zu mir geführt? Das haben Sie mir noch gar nicht erzählt.«

»Ähm –«, sagte Ariane.

»Oh, oh«, ging Sophie dazwischen und sprang auf. Ihr Stuhl scharrte hörbar über den Boden. »Schon so spät! Du liebe Güte, wir müssen los. Tut mir echt leid, Ariane, die Zeit ist um. Austrinken und wegtreten!«

Ariane hatte gerade noch Zeit, Frau von Weber einen Abschiedsgruß zuzurufen und sich für den Tee zu bedanken. Dann fühlte sie sich auch schon von Sophie am Arm gepackt und hinter sich hergezerrt. Zum zweiten Mal an diesem Tag. Aber gerade noch rechtzeitig.

»Uff«, machte Sophie, als sie außer Hörweite waren. »Das war knapp. Wenn der alte Drachen herausgekriegt hätte, dass Sie Greta nachspioniert haben, dann –« Sie hielt inne und stutzte. »Hey, was haben Sie denn? Sie heulen doch wohl nicht etwa?«

»Nein«, schniefte Ariane und zog hörbar die Nase hoch. »Gar nicht.«

»Och nö!« Sophie stöhnte und gab ihr ein Taschentuch. »Auch das noch.«

»Ich war so blöd«, murmelte Ariane.

»Ja«, antwortete Sophie.

»So absolut dämlich und blöd.«

»Hm-hm«, machte Sophie und klang inzwischen dezent genervt. »Immer noch genauso blöd wie vor zwei Minuten. Und zwei Minuten davor.«

Ariane saß auf dem Beifahrersitz von Sophies Wagen, sah den Verkehr an sich vorbeiziehen, starrte vor sich hin und wiederholte in regelmäßigen Abständen die Bewertung ihres Verhaltens. Nur die Adjektive variierten ab und zu: blöd, dumm, eifersüchtig, kleinkariert. Sophie widersprach nicht. Sie sagte nicht, dass so etwas jedem hätte passieren können, dass Gretas Aussagen schon etwas kryptisch gewesen seien und Arianes Reaktion darauf deswegen durchaus verständlich. Sie machte keinen Versuch, die andere Frau zu trösten. Und irgendwann ignorierte sie Arianes Selbstzerfleischung einfach.

»Eine Frage habe ich aber noch«, bemerkte Ariane irgendwann.

»Oh«, meinte Sophie, »feinste Columbo-Manier. Gretas Vorliebe für Hobbyschnüffler scheint mehr und mehr auf dich abzufärben.«

Ariane wusste nicht mehr, wer zuerst ins vertrauliche »Du« abgeglitten war. Es war einfach so passiert, und da keine von ihnen etwas dagegen zu haben schien, waren sie dabei geblieben. Und irgendwie erschien es Ariane auch angemessen. Sie wusste immer noch nicht recht, ob sie und Sophie wirklich Freundinnen werden konnten. Doch immerhin waren sie beide Menschen, die Greta sehr gern mochten. Das Potential war auf jeden Fall da.

»Also?«, meinte Sophie nun. »Was willst du wissen?«

»Als wir uns zum ersten Mal begegnet sind«, sagte Ariane, »und du mir, nebenbei bemerkt, übrigens sehr wohl aufgefallen bist, da hast du bei Greta in der Buchhandlung gesessen.«

»Ja«, sagte Sophie.

»Euer Gespräch hat ziemlich lange gedauert.«

»Und?«

»Verrätst du mir, worum es da ging?«, hakte Ariane nach. »Nicht um Bücher, so viel hab ich inzwischen begriffen.«

Sophie antwortete eine ganze Weile nicht. Sie wechselte die Spur und griff dafür etwas aggressiv in die Schaltung. »Ob du es glaubst oder nicht«, meinte sie schließlich, »doch.«

»Ach ja?«

Sophie holte tief Atem. »Okay, ich erzähl's dir. Aber du musst schwören, dass du Frau von Weber nichts davon verrätst.«

Ariane hob drei Finger zum Schwur. »Indianerehrenwort.«

Sophies Kinnbacken mahlten. Dann gab sie sich einen sichtbaren Ruck. »Ich hab da vor einiger Zeit selbst etwas geschrieben.«

Ariane lachte auf. »Du bist Schriftstellerin? Ach du heiliger Bimbam! Kein Wunder, dass Greta dich mag. Ganz ehrlich: Hätte ich das schon früher gewusst, dann hätte ich endgültig geglaubt, keine Chance mehr bei ihr zu haben.«

»Jetzt übertreib mal nicht«, knurrte Sophie etwas gereizt. »Erstens hab ich kein Interesse an Greta, zumindest kein sexuelles, und zweitens bin ich keine Schriftstellerin, klar? Ich schreibe einfach nur gern. Und das, was ich geschrieben habe, hat einen Anfang, einen Mittelteil und einen Schluss. So viel hat es immerhin schon mit einem Buch gemeinsam.«

Jetzt hörte Ariane wirklich interessiert zu. »Und?«

»Ich hab es Greta zum Lesen gegeben«, brummte Sophie. »Wenn jemand etwas von guten Geschichten versteht, dann ja wohl sie.«

»Und?«, hakte Ariane penetrant nach.

»Nichts und.« Jetzt klang Sophie wirklich unwirsch. »An besagtem Tag, nach dem du fragst, hat sie die Sache mit mir durchgesprochen. Hat mir ein paar Tipps gegeben und so. Einige Kritikpunkte aufgezählt.«

»Oh«, meinte Ariane. »Deshalb hat es so lange gedauert.«

»*So* viel Kritik«, knurrte Sophie, »war es dann auch wieder nicht!«

Den Rest der Fahrt legten sie schweigend zurück. Schließlich brachte Sophie den Wagen zum Stehen.

Irritiert sagte Ariane: »Ich dachte, du bringst mich zu meinem Auto zurück.«

»Hab's mir anders überlegt«, erklärte Sophie.

Ariane sah sich um. Und erkannte plötzlich, wo sie sich befanden. Man musste nur einmal um die Ecke gehen, dann stand man vor Gretas Buchhandlung.

»Ich glaube«, meinte Sophie, »du weißt, was du zu tun hast.«

Ariane schluckte. »Aber –«

»Kein Aber«, zischte Sophie. »Du gehst jetzt da rauf und bringst die Sache in Ordnung. Sonst kriegst du gewaltigen Ärger mit mir. Und«, damit machte sie die Drohung perfekt, »ich sag's Frau von Weber!«

Ariane schluckte erneut. Dann sagte sie: »Okay. Du hast ja recht.« Sie stieß die Autotür auf und stieg aus. Doch dann drehte sie sich noch einmal zu Sophie um. »Du sagst ihr doch nichts, oder? Greta, meine ich.«

»Versteht sich ja wohl von selbst«, schnaubte Sophie. »Das ist nicht mein Job.«

Ariane nickte. Dann erkundigte sie sich, weil es ihr gerade einfiel: »Wie fand sie es eigentlich?«

»Wer?«, fragte Sophie. »Und was?«

»Na, Greta. Wie fand sie deine Geschichte?«

»Hmpf«, machte Sophie und brauste ohne ein weiteres Wort davon.

»Ariane?« Greta, die gerade hinter dem Verkaufstresen herumgeräumt hatte, legte ein Stück Papier aus der Hand und sah auf. Beunruhigung malte sich auf ihrem Gesicht, als sie bemerkte:

»Herrje. Du siehst ja furchtbar aus.«

Zögernd, mit steifen, beinahe hölzernen Schritten war Ariane unter der Türglocke hindurchmarschiert. Nun öffnete sie den Mund.

Und schloss ihn sogleich wieder.

Sie wollte Greta so viel sagen, wollte ihr so viel erklären, wollte sich entschuldigen. Am liebsten hätte sie alles gleichzeitig gesagt – und bekam doch keinen Ton heraus. Dabei zerfloss sie förmlich vor Gewissensbissen, weil sie von der süßen, kleinen Greta, die eindeutig das Beste war, was ihr seit langem passiert war, so schlecht hatte denken können. Schon fühlte sie die Hitze hinter ihren Lidern. Sie wollte es zurückhalten, wollte nicht hier vor Greta weinen, es reichte ja schon, dass sie Sophie etwas vorgeheult hatte ...

Greta war mit einer Behändigkeit bei ihr, wie sie nur jemand an den Tag legen konnte, der so klein, schlank und wendig war wie sie. Jetzt stand sie vor Ariane und musterte sie mit ihren Rehaugen.

»War wohl eine harte Woche, was?«

Ariane schniefte und lächelte durch einen Schleier hindurch. »Oh ja«, gab sie zurück. »Eine verdammt harte Woche.« Sie biss sich auf die Lippen. »Greta, ich –«

»Schsch«, machte Greta und legte ihr sanft die Finger auf die Lippen. Dann umarmte sie Ariane. Sehr sanft, aber zugleich sehr fest. Zum ersten Mal fiel Ariane auf, dass die kleine Buchhändlerin sich dabei auf die Zehenspitzen stellen musste. »Schsch«, wiederholte Greta, ganz dicht an Arianes Ohr. »Ist schon gut. Jetzt bist du ja da.«

Ariane schmiegte sich an sie und nickte. »Ja. Jetzt bin ich da.«

Einen Moment lang hielten sie sich eng umschlungen.

»Wie sieht es aus?«, fragte Greta schließlich. »Hast du Hunger? Ich habe rein zufällig noch etwas Kartoffelbrei auf dem Herd stehen. Man könnte fast meinen, ich hätte mit deinem Besuch gerechnet, was?« Sie grinste und kratzte sich etwas verlegen am Kopf. »Na ja, um ehrlich zu sein: Ich hab in letzter Zeit andauernd Brei gekocht. Und ich hab immer etwas übriggelassen. Nur für den Fall ...«

Ariane musste lachen, obwohl ihre Augen immer noch feucht waren. »Das passt perfekt. Ich hab einen Bärenhunger.«

»Na, dann komm!« Greta strahlte. Dann ging sie an Ariane vorbei zur Ladentür. Langsam, fast behutsam brachte sie dort das Schild mit der Aufschrift »Geschlossen« an.

13

Eigentlich, sagte Ariane sich wieder und wieder, war doch alles gut.

Mehr oder weniger. Aber eindeutig eher mehr als weniger.

Den schicksalhaften Mittwochnachmittag, ihre kleine Spionageaktion und alles, was damit zusammenhing, hatte sie nicht noch einmal zur Sprache gebracht. Immer, wenn sie davon anfangen wollte, war etwas dazwischengekommen, und irgendwann hatte es sich dann gar nicht mehr ergeben. Mittlerweile war sie auch nicht mehr so überzeugt davon, dass es überhaupt nötig war, es anzusprechen. Ein kleiner Teil von ihr, tief drinnen, glaubte sogar zu wissen, dass Greta mehr von der Wahrheit ahnte als sie zugab. Doch sie stellte keine Fragen. Vielleicht, sagte sich Ariane, wollte sie es ja gar nicht so genau wissen.

Böse Zungen hätten ihr natürlich den Vorwurf der Unaufrichtigkeit machen können. Greta hätte doch zumindest das Recht zu wissen, mit wem sie es zu tun hatte, für wen genau sie einen Teil ihres Wohnzimmers freigeräumt und einen Arbeitstisch eingerichtet hatte.

Gestatten: Ariane Baudach. Freiberufliche Unternehmensberaterin und Gelegenheitsschnüfflerin. Bevorzugtes Observationsobjekt: niemand Geringeres als die Frau, in die sie verliebt ist. Motiv: totaler Eigennutz.

Aber ganz so schlimm, redete Ariane sich ein, war es ja nun auch wieder nicht. Sie war einfach gestresst gewesen, hatte überreagiert und dann einen Haufen falscher Schlüsse gezogen. Die sich am Ende allesamt als völlig grundlos herausgestellt hatten.

Also, wozu Greta damit behelligen?

»Lass es«, bestätigte auch Larissa Arianes Überlegungen. »Eigentlich bin ich ja für Offenheit. Aber in diesem Fall glaube ich kaum, dass ihr beide irgendetwas davon habt. Danach fühlst du dich vielleicht erleichtert. Aber Greta muss damit klarkommen, was für eine misstrauische, kontrollsüchtige Ziege du manchmal sein kannst. Apropos Kontrollsucht: Daran solltest du dringend arbeiten.«

»Ja, Frau Doktor«, antwortete Ariane gehorsam.

Wenn sie jedoch ganz ehrlich war, fand sie Larissas Argumentationskette zwar nachvollziehbar, aber nicht besonders fair. Denn vielleicht würde sich eines Tages ja doch noch eine Gelegenheit ergeben, vollkommen offen zu Greta zu sein. Bis dahin würde sie einfach genießen, was sie beide hatten.

Ariane hatte es mittlerweile aufgegeben, dem Konzept, das sie und Greta lebten, einen Namen geben zu wollen. Es war ja bereits eine Art von Beziehung. Auch wenn sie es nicht so nannten, auch wenn es keinen Jahrestag gab, an dem sie gemeinsam essen gehen und einander kitschige kleine Geschenke machen würden. Aber das kam vielleicht noch.

Alles zu seiner Zeit, so lautete die Devise ihres Zusammenseins. Und vor allem: nichts überstürzen. Greta durfte man nicht bedrängen, das hatte Ariane inzwischen ein für allemal begriffen. Und ihr war klargeworden, dass sie ganz groß darin gewesen war, Greta die Pistole auf die Brust zu setzen. Alles immer hübsch verbindlich, alles schön optimiert, genau wie in ihrem Beruf – aber so funktionierte das bei Greta nun einmal nicht. Greta war kein Projekt, aus dem man das Beste herausholen konnte, und kein Mensch, den man unter Druck setzen sollte, um irgendeine Verbesserung zu erreichen. Selbst wenn es noch so gut gemeint sein mochte.

Greta machte einfach ihr Ding, und so, wie sie es machte, war es eigentlich ziemlich gut. Ariane würde also den Teufel tun, etwas, das so wundervoll war wie das Gesamtkunstwerk Greta, noch einmal ins Handwerk pfuschen zu wollen.

Ja, im Grunde war alles gut.

Sie und Greta verbrachten ihre Zeit nun wieder in bewährter Manier: Sie gingen spazieren, sie schauten Filme, sie tranken Tee, und sie liebten sich. Manchmal saßen sie auch einfach nur da, in Gretas Leseecke oder auf Arianes Ledercouch, jede mit einem Buch in der Hand, jede für sich in ihrer eigenen kleinen Welt versunken. Nur ab und zu hob eine von beiden den Blick. Und als ob die andere es spürte, sah sie ebenfalls auf. Dann lächelten sie sich über ihre Buchrücken hinweg zu, noch nicht ganz in der Realität angekommen, aber auch nicht mehr ganz in der Fantasiewelt verhaftet.

Zum ersten Mal seit langem wachte Ariane nicht bloß auf, um ihren Job zu erledigen. Sie wachte auf, dachte als Erstes an Greta und freute sich wie ein Honigkuchenpferd auf den Tag. Mit dem Gedanken an Gretas bezaubernde Öhrchen, ihr Lächeln und ihren muskatlastigen Kartoffelbrei waren sogar rote Ampeln, Verkehrschaos in der Rushhour und anstrengende Meetings im Stundentakt nicht bloß erträglich, sondern sogar irgendwie romantisch.

Alles war gut.

So lange, bis Ariane unerwartet ein schicksalhaftes Jobangebot ins Haus flatterte.

»*Madrid?*«, fragte Larissa. »Du hast einen Job in Madrid angeboten bekommen?«

»So sieht es aus«, antwortete Ariane.

»Wow.« Mehr brachte Larissa nicht heraus.

»Ja«, erklärte Ariane, »genau das habe ich auch gesagt.«

Sie hatte es zunächst gar nicht glauben können. Eines Tages hatte sich ein alter Kunde bei ihr gemeldet, ein Mann namens

Christian Stamer, und sie ganz unverbindlich zum Mittagessen eingeladen. Natürlich war Ariane davon ausgegangen, dass es um einen Job ging. Allerdings hätte sie sich nicht im Traum vorstellen können, um was für eine Art Job es sich handelte.

Stamer war ein ziemlich hohes Tier bei einem Textilunternehmen namens *Exit Moda*, das Ariane vor einigen Jahren dabei beraten hatte, ein deutschlandweites Konzept aufzuziehen. Ihr Plan war aufgegangen: Seitdem hatte die Firma einen hohen Bekanntheitsgrad erworben, besaß in so ziemlich jeder Stadt, deren Einwohnerzahl die Hunderttausend überstieg, eine Filiale und war auf dem besten Wege, sich zu einem echten Trendsetter zu entwickeln. Ein bisschen alternativer Chic, kombiniert mit klassischen Elementen und knallbunten Farbkombinationen – eine zunehmend beliebte Subkulturmode, vor allem bei Jugendlichen und Studenten. Höchste Zeit, fanden Stamer und seine Kollegen, mit dieser Idee auch die große, weite Welt zu erobern. Oder, wenn schon nicht die Welt, dann doch zumindest die größeren Metropolen Europas als Etappenziel.

Von alldem erzählte er Ariane zwischen Hummersuppe und pochiertem Seebarsch.

»Gute Idee«, befand Ariane. »Und ein gut gewählter Zeitpunkt. Ich würde es genauso machen.«

»Habe ich mir gedacht«, meinte Stamer. »Deswegen will ich Sie ja auch dabei haben.«

Zu diesem Zeitpunkt hatte Ariane noch nicht begriffen, worauf die Sache hinauslief. »Sie meinen, ich soll Ihnen dabei helfen, Ihr Produkt europaweit zu vermarkten? Sicher. Ich bin dabei.«

Stamer hatte gelächelt. »Ich fürchte, ich habe mich nicht deutlich genug ausgedrückt. Ich möchte nicht bloß, dass Sie die Kampagne unterstützen. Ich möchte Sie vor Ort haben.«

Daraufhin hatte er ausgesprochen deutliche Worte gefunden: In der Zusammenarbeit mit Ariane sei er zu dem Schluss gekommen, dass sie genau die Richtige für diesen Job sei. Sie besaß alle Eigenschaften, die man dafür brauchte – Führungsqualitäten, Durchsetzungsvermögen, Kreativität, die unschätzbare Fähigkeit, auch mal über den sprichwörtlichen Tellerrand hinauszudenken, und nicht zuletzt, sofern sie ihm die Bemerkung gestatte, auch eine gewisse Parkettsicherheit. Und »vor Ort«, hatte er weiter erklärt, heiße im Klartext: Madrid.

»*Madrid?*«, hatte Ariane ausgerufen und hätte um ein Haar ihren Seebarsch quer über den Tisch gespuckt.

Ja, hatte Stamer bestätigt. Für London gebe es bereits jemanden, und alternativ stünden noch Den Haag oder Rom zur Wahl. Aber eigentlich sei sie explizit für Madrid vorgesehen. Sie spreche doch Spanisch?

Anschließend hatte er ihr eine Zahl genannt, die Ariane erst nach mehrfachem Durchatmen als das ihr in Aussicht gestellte Jahresgehalt identifizierte. Angesichts dieser für ihre Begriffe astronomischen Summe verspie sie zwar keinen Seebarsch, aber ihr Stuhl fühlte sich plötzlich an, als säße sie auf weichem Kaugummi.

»Für den Anfang«, hatte Stamer noch ergänzt und jovial gelächelt. »Zuzüglich Spesen, versteht sich.«

Ariane hatte im Stillen von zehn an heruntergezählt, um sich wieder zu sammeln.

»Das ist wirklich ein sehr verlockendes Angebot«, hatte sie anschließend gesagt und es in diesem Moment absolut ernst gemeint.

Stamer hatte ihr versichert: »Sie müssen das selbstverständlich nicht sofort entscheiden. Wir wissen, was es für einen Aufwand bedeutet, in ein anderes Land überzusiedeln, nicht nur rein logistisch. Gewisse Umstellungen bringt das natürlich mit sich.«

Umstellungen? Übersiedeln? Nach Madrid?

Ja, natürlich. Man konnte schließlich schlecht eine Firma über Video-Liveschaltung aufbauen. Mit diesem Wahnsinnsangebot war also ein Umzug verbunden. Nach Madrid.

»Wie gesagt«, hatte Stamer gemeint, als er sich nach dem Aufstehen das Jackett zuknöpfte und ihr die Hand reichte, »das ist eine Entscheidung, die man nicht leichtfertig treffen sollte. Überlegen Sie es sich. Aber«, hier hob er den Zeigefinger, »nicht zu lange.«

Vermutlich rechnete er damit, bereits eine halbe Stunde nach dem Essen einen Anruf von Ariane zu erhalten, die ihn, völlig aus dem Häuschen vor Begeisterung, um den Job förmlich anbettelte. Und in der Tat: Für ebendiese halbe Stunde hatte Ariane vor lauter Euphorie kaum noch aus oder ein gewusst. Sie konnte gar nicht aufhören zu grinsen und klopfte sich gedanklich immer wieder auf die Schulter, weil sie ein so tolles Angebot an Land gezogen hatte. Ein Teil von ihr wollte am liebsten gleich anfangen zu planen, zu organisieren, die große Veränderung in die Wege zu leiten.

Doch ein anderer Teil fühlte sich wie zu Eis erstarrt.

Greta, sagte dieser Teil. Immer nur dieses eine Wort. Greta. Greta.

Greta!

Also hatte sie als Erstes Larissa angerufen und ihr die Lage geschildert. Es war schließlich ein Notfall.

»Du hast doch«, fragte sie die Freundin, »auch schon mal in einem anderen Land gearbeitet. Denkst du, man könnte vielleicht eine Fernbeziehung –«

»Nein!«, antwortete Larissa sofort, noch bevor Ariane den Satz ganz vollendet hatte. »Über ein paar Landesgrenzen hinweg? Vergiss es.«

Doch so schnell gab Ariane nicht auf. Sie wäre wohl kaum Stamers Favoritin für den Job, wenn es ihre Art gewesen wäre, beim kleinsten Problem gleich die Flinte ins Korn zu werfen. »Ich will ja nicht ewig in Madrid bleiben«, stellte sie klar. »Vielleicht ein, zwei Jahre.«

»Und was dann?«, gab Larissa zu bedenken. »Kommst du dann nach Deutschland zurück? Oder braucht die Firma dich dann für ein weiteres Start-up irgendwo anders? Diesmal vielleicht in Rio, New York oder Hongkong? Und wenn ja – denkst du, du würdest das ablehnen? Wenn du schon mal dabei bist, den Duft der großen, weiten Welt zu schnuppern?«

Ariane knetete ihre Finger. »Wer weiß? Vielleicht habe ich nach ein paar Jahren ja keine Lust mehr.«

»Und bis dahin soll deine Greta also hier hocken und auf dich warten? Darauf, dass du dich am Ende *vielleicht* doch wieder umentscheidest?«

Das saß. Und es war nicht von der Hand zu weisen.

»Aber es sind nur drei Flugstunden bis Madrid«, versuchte Ariane es mit einem anderen Ansatz. »Das sollte doch machbar sein.«

»Ja, das denkst du«, widersprach Larissa mit einem ironischen Lachen. »Ich hatte mir seinerzeit auch vorgenommen, öfter nach Deutschland zu fliegen. Und was war? Am Ende bin ich in drei Jahren ganze zwei Mal zu Hause gewesen. Einmal, als mein Vater so krank wurde. Und dann zu seiner Beerdigung.«

»Ja«, meinte Ariane unbehaglich, »ich erinnere mich.« Damals war sie es gewesen, die ihrer Freundin mit Rat und Tat und jeder Menge Taschentücher zur Seite gestanden hatte. Larissa hatte lange gebraucht, um über ihre Schuldgefühle hinwegzukommen, auch wenn sie ihrer Familie gegenüber immer die starke Frau gespielt hatte.

Nun erklärte Larissa: »Dann sage ich dir jetzt mal, wie die Sache laufen wird. Du wirst dir vornehmen, Greta regelmäßig zu besuchen. Die ersten zwei Male wirst du das auch noch gut gelaunt tun. Beim dritten Mal fängt es an, dich zu stressen. Beim vierten Mal sagst du dir, dass *sie* ja zur Abwechslung auch einmal *dich* besuchen könnte. Und spätestens beim fünften Mal kriegt ihr Streit miteinander.«

Ariane schüttelte ungläubig den Kopf. »Wieso sollten wir denn streiten?«

»Weil«, sagte Larissa, »eure Treffen so selten und deshalb ach so kostbar sind und ihr beide viel zu hohe Erwartungen in die Sache setzt. Und bevor du dich zum sechsten Mal in den Flieger setzt, merkst du plötzlich, dass du gar keine rechte Lust mehr hast. Beim siebten Mal fängst du an, Ausreden zu suchen, und –«

»Danke! Danke«, rief Ariane aus und griff sich an den Kopf. »Ich hab's verstanden. Botschaft ist angekommen. Meine Güte ...« Sie rieb sich die Nasenwurzel. »Du machst einem ja richtig Mut.«

Larissa schwieg einen Moment lang. Als sie wieder sprach, klang ihre Stimme sanft. »Es geht nicht darum, was ich denke, was ich für möglich oder für realistisch halte, Ariane. Es geht einzig und allein darum, was *du* willst. Alles, was du dir überlegen musst, ist folgende Frage: Willst du diesen Job?«

»Ja«, rief Ariane. »Ja. Ich will ihn.«

»Und willst du Greta?«

»Ja!« Diesmal schrie Ariane fast. »Ja, ja, ja, ja, ich will sie! Ich – oh.« Sie unterbrach sich und sank ernüchtert in sich zusammen. »Sowas nennt man dann wohl eine Zwickmühle, was?«

Larissa seufzte. »Und zwar eine von allererster Güte.«

»Verdammt.« Ariane ballte die Faust. »Was soll ich denn jetzt bloß machen? Was soll ich Greta sagen? Wie soll ich es ihr beibringen, wie –«

Larissa unterbrach ihren Redeschwall. »Wie wär's«, fragte sie mit einem Unterton, der einen unerwarteten Optimismus verriet, »wenn du dir erst einmal anhörst, was sie zu der Sache zu sagen hat?«

14

Madrid also?«, fragte Greta.

»Ja«, antwortete Ariane.

»Wow«, sagte Greta, genau wie Larissa.

»Na ja«, antwortete Ariane.

Sie hatte zunächst eine Weile mit sich gerungen, doch dann hatte sie beschlossen, die Sache nicht weiter vor sich herzuschieben. Also hatte sie Greta um ein Gespräch gebeten, bei dem sie ihr ganz ehrlich und ganz genau sagte, wie die Lage aussah. Larissa hatte ihr noch den Tipp mit auf den Weg gegeben, besagte Unterhaltung weder in Gretas Wohnung noch in Arianes Apartment zu führen. Beides waren Orte, an denen bestimmte Assoziationsketten in Gang gesetzt und zu viele Erinnerungen wachgerufen würden. Neutraler Boden, hatte Larissa gemeint, wäre das geeignetere Terrain. Das sah Ariane auch so. Also hatte sie nach einiger Überlegung eine kleine Tapas-Bar in der Innenstadt ausgesucht. Das Ambiente war, soweit man der Website glauben konnte, sogar einigermaßen authentisch. Gemütlich, anheimelnd, aber nicht zu gehoben. In schicken Nobelrestaurants fühlte sich Greta ja ohnehin nicht wohl.

Jetzt saßen sie am Tisch, einander gegenüber und jeweils mit einen Teller Antipasti vor sich. Die Bar war wirklich nett, gar keine Frage. Die Tapas waren lecker. Der Wein süffig und vollmundig. Trotzdem wollte es Ariane nicht schmecken. Sie hatte das Gefühl, auf zähem Plastik herumzukauen und aus ihrem Glas eine geschmacklose, allenfalls etwas säuerliche Plörre zu schlürfen. Also schob sie ihr Essen unschlüssig auf dem Teller hin und her, nahm nur ab und zu einen Bissen und tat so, als genieße sie es in vollen Zügen.

»Und?«, fragte sie schließlich. »Schmeckt es dir?«

Greta nickte ein wenig zu eifrig und lächelte mit vollem Mund. Sie bekam dabei richtige Hamsterpausbäckchen. Normalerweise hätte Ariane das absolut hinreißend gefunden. Doch jetzt fehlte in Gretas Blick die übliche Herzlichkeit. Das Lächeln wirkte zu tapfer und aufgesetzt, es erreichte ihre Augen nicht. Und die Pausbäckchen, dieser Verdacht keimte in Ariane auf, waren wohl vor allem ein Indiz dafür, dass es Greta genauso wenig schmeckte wie ihr selbst. Nur dass man weder dem Restaurant noch dem Küchenchef die Schuld dafür geben konnte.

»Wie sind deine Meeresfrüchte?«, fragte Ariane weiter, verzweifelt darum bemüht, den Dialog irgendwie am Laufen zu halten und zugleich heiklere Inhalte zu vermeiden.

»Hm-hm«, machte Greta und kaute immer noch. Zu angestrengt und zu lange.

»Und die Artischocken?«

»Hm-hm.«

»Sag mal, sind das da Anchovis? Also, ich liebe Anchovis. Du auch?«

»Hm-hm.«

Ariane legte seufzend die Gabel hin und nahm nun doch einen Schluck sauer schmeckenden Wein, nur um ihre Hände irgendwie zu beschäftigen. Allerdings hatte sich inzwischen ein ausgewachsener Kloß irgendwo auf Höhe ihrer Kehle gebildet. Wenn sie auch nur einen einzigen weiteren Happen zu sich nähme, dann würde er ihr garantiert im Hals stecken bleiben. Buchstäblich. Sie würde dasitzen mit einer Beule in Form einer Anchovis im Hals, wie in einem Bugs-Bunny-Comic.

»Weißt du«, begann sie schließlich, »wie das in echten, also, in traditionellen spanischen Tapas-Bars abläuft?«

Greta kämpfte immer noch mit demselben Bissen und schüttelte den Kopf. Sie sah auch nicht aus, als ob es sie besonders interessierte. Trotzdem sprach Ariane weiter.

»Da geht man einfach an die Bar und bestellt ein Getränk. Nur ein Getränk, verstehst du? Nichts weiter. Anschließend gibt's noch einen Teller dazu, auf dem alle möglichen Antipasti zusammengemischt sind. Und bezahlen musst du auch nur die Getränke. Das Essen ist sozusagen eine kleine Beigabe. Natürlich im Preis inbegriffen, ich meine, die sind ja nicht blöd, die Spanier.« Ariane merkte, dass sie ins Plappern geraten war, dass sie redete und redete, ohne so richtig zu wissen, worüber eigentlich. Die Worte sprudelten einfach aus ihr heraus, ohne wirklich Sinn zu ergeben. »In den Bars gibt es kaum Sitzplätze«, haspelte sie weiter. »Außerdem haben sie keine Papierkörbe. Jeder wirft seinen Dreck, seine Servietten oder seine Zahnstocher einfach so auf die Erde. Ab und zu geht dann jemand mit einem riesigen Schrubber durch die Räume und beseitigt zumindest den größten Müll. Es ist laut, es ist ein bisschen miefig, und man versteht kaum sein eigenes Wort. Klingt scheußlich, ist es aber überhaupt nicht.« Ariane spürte, wie sich ein Lächeln auf ihrem Gesicht ausbreitete. »Es ist total schön. Eigentlich.«

Zum ersten Mal seit Beginn ihres Monologs sah Greta mit echtem Interesse zu Ariane auf. »Woher weißt du das alles?«, erkundigte sie sich. »Warst du schon mal da?«

Ariane nickte. »Ja, zu Studienzeiten. Auslandssemester.«

»Dann kennst du die Stadt also schon? Es scheint dir dort zu gefallen.«

Ariane hob die Schultern. Dann nickte sie.

»Demnach kannst du dir also durchaus vorstellen, in Madrid zu leben?«

Diesmal nickte Ariane etwas eifriger. »Vielleicht nicht bis in alle Ewigkeit«, schränkte sie ein. »Aber davon ist ja auch nicht die Rede. Ein paar Jahre, ja, das fände ich gar nicht mal schlecht.«

War das jetzt zu schnell gewesen? Zu viel? Zu deutlich?

»Ein paar Jahre ...«, echote Greta und stocherte in ihrem Essen herum.

Eine Weile sagte keine von ihnen etwas, dann hob Greta wieder zu sprechen an. »Du möchtest wirklich gern gehen, oder?«

Ariane schluckte. Jetzt wurde es ernst. Sie nahm einen weiteren Schluck Wein, um Zeit zu gewinnen und sich genau zu überlegen, was sie sagen sollte. Dabei hatte sie die Sache schon tausendmal in Gedanken durchgespielt, sich Argumente zurechtgelegt, das Für und Wider innerlich sauber ausformuliert.

»Es wäre schon eine Riesenchance für mich«, begann sie. »Genau genommen ...«, sie zögerte, »... zu groß, um sie nicht zu ergreifen.«

Greta nickte. »Ein tolles Angebot, Mitbestimmungsrechte in der Firmenpolitik, Aufstiegschancen«, zählte sie mit einem Lächeln auf. »Und wenn du die Sache nicht vollkommen vermasselst, kannst du hinterher, mit dieser Geschichte im Lebenslauf, alles tun, was du willst. Du kannst überall arbeiten, egal wo, egal was.«

Ariane nickte langsam. So in etwa hatte ihre eigene Argumentationskette auch ausgesehen. Kaum zu glauben, wie gut Greta und sie sich bereits verstanden.

»Und dann auch noch in einer Stadt, die dir ohnehin so gut gefällt«, lächelte Greta weiter. »Das klingt wirklich toll, Ariane. Ganz im Ernst.«

Ariane schluckte ein weiteres Mal, hart und trocken. Sie setzte das Weinglas erneut an die Lippen und stellte zu ihrem Erstaunen fest, dass es bereits leer war. Fahrig winkte sie die Bedienung heran und bedeutete ihr, ein neues Glas zu bringen. Als das Gewünschte gekommen war und Ariane sich die Lippen benetzt hatte, räusperte sie sich zweimal, beim zweiten Mal nur mehr zur Sicherheit, und sah Greta in die Augen.

»Ich glaube«, sagte sie, »dir könnte es dort auch gefallen.«

Greta, die gerade gedankenverloren die Gabel zum Mund geführt hatte, hielt mitten in der Bewegung inne und sah Ariane verblüfft an. »Mir?«

Ariane versuchte zu lächeln, doch es gerann zu einer schiefen Grimasse. »Na ja, also ... ich dachte ...« Verflixt. Sie hatte diesen Satz doch so oft in Gedanken aufgesagt, hatte ihn sogar vor dem Spiegel geübt. »Du könntest mich ... vielleicht begleiten.«

So. Es war heraus. Viel zu schnell, viel zu hastig. Dahin war alle Eloquenz, alle Überlegung war für die Katz gewesen. Und das Allerschlimmste war: Es hörte sich noch nicht einmal ansatzweise verlockend an. Weder inhaltlich noch was die Art betraf, wie sie den Vorschlag ausgespuckt hatte. Ariane war nicht einmal sicher, ob die Botschaft bei Greta angekommen war, ob diese verstanden hatte, was genau sie ihr eigentlich hatte sagen wollen.

»Begleiten?«, fragte Greta jetzt auch entsprechend verunsichert. »Was meinst du denn mit begleiten?«

»Ich hatte gehofft, du ... also ... vielleicht hast du ja Lust, mit mir mitzukommen.«

»Mitkommen? Du meinst, auf Besuch?«

»Nein.« Herrje, war das denn wirklich so schwer zu begreifen? »Für immer.«

Jetzt hatte sie es tatsächlich gesagt.

Rasch setzte sie hinzu: »Also ... ich meine natürlich nicht für immer. Sondern nur so lange ... na ja, wie es eben dauert.«

Jetzt war Greta dran.

Die drehte die leere Gabel in der Hand. »Mitkommen?«, fragte sie noch einmal, leise.

»Ja«, sagte Ariane.

»Nach Madrid?«

»Ja.«

Greta seufzte lange und schwer. »Das«, sagte sie dann, »ist wirklich ein sehr netter Vorschlag –«

Das unweigerliche »aber« hing bereits wie ein Damoklesschwert über ihnen in der Luft. Ariane wollte dem zuvorkommen, schnell, ehe es ausgesprochen und damit zu spät war.

»Es soll nicht nett sein«, sagte sie hastig, merkte im selben Moment, wie seltsam und widersprüchlich das klang, und versuchte zu retten, was noch zu retten war. »Es ist mein voller Ernst.«

Greta nickte. »Ich weiß. Und ich hab's auch ernst gemeint. Ich weiß das wirklich zu schätzen, Ariane.«

Und wieder war es da, das unausgesprochene »aber«. Dieses Mal sah Ariane keine Möglichkeit, es aufzuhalten.

»Versteh mich nicht falsch«, fuhr Greta fort. »Madrid ist bestimmt wunderschön. Die Tapas-Bars, von denen du erzählt hast. Die Kunstgalerien ...«

»Nicht zu vergessen die vielen alten Kirchen«, ergänzte Ariane, von einem plötzlichen, spontanen Begeisterungssturm gepackt angesichts von Gretas zaghaftem Interesse. »Der Prado. Der ägyptische Tempel.«

»Die Sagrada Familia.«

»Ähm ...«, meinte Ariane, »... nein. Die steht in Barcelona.«

»Ups.« Greta kicherte. Doch es war ein schales, unbehagliches Geräusch. »Mein Fehler.«

Ariane griff über den Tisch hinweg nach Gretas Hand. »Ich würde dir all das so gern zeigen.«

»Und ich würde es gern sehen.«

»Du würdest es lieben.«

»Ja. Vermutlich.«

Ariane bebte. Vielleicht lief das Gespräch ja doch nicht komplett in die falsche Richtung? Vielleicht hatte sie sich umsonst Sorgen gemacht ... »Also?«, fragte sie, während eine wilde Hoffnung in ihr aufstieg. »Kommst du?«

Greta ließ Arianes Hand nicht los. Doch ihr Blick war traurig. »Und dann? Was mache ich, wenn wir in Madrid sind?«

Ariane stutzte, und die Welle der Zuversicht fiel unvermittelt in sich zusammen. »Wie, was machst du dann? Na ja, wir schlendern durch die Straßen, essen Tapas, trinken Wein –«

»Ja«, sagte Greta. »Aber was *mache* ich dort? Ich meine, wenn du bei der Arbeit bist. Und so, wie deine Stellenausschreibung sich anhört, wirst du ziemlich viel Zeit mit Arbeiten verbringen.«

Ariane spürte, wie Gretas Finger ihr zu entgleiten drohten. Genau wie das Gespräch, die Kontrolle über die gesamte Situation. »Also ...«, meinte sie schließlich und hörte selbst, wie wenig überzeugend es klang. »Du wirst da schon ... irgendetwas finden.«

Doch damit ließ Greta sich nicht abspeisen. »Was denn, zum Beispiel?«

Ariane grübelte mit hämmerndem Herzen. Verflixt, diesen Punkt hatte sie überhaupt nicht bedacht. Sandra hätte ihr eine solche Frage seinerzeit niemals gestellt, so viel war sicher. Die Aussicht, mit Arianes Kreditkarte bewaffnet die Einkaufsstraßen Madrids unsicher zu machen, während Ariane selbst die entsprechenden Euros verdiente, hätte ihre Exfreundin derart in Entzücken versetzt, dass sie über die Entscheidung für Madrid nicht zweimal hätte nachdenken müssen. Zumindest sofern sie nicht irgendwann auf die Idee gekommen wäre, dass Ariane mit dem Geldverdienen zu viel Zeit zubrachte und zu wenig mit ihr. Aber sich zu fragen, wie sie ihren Tagesablauf gestalten könnte, was für einer Arbeit sie womöglich nachgehen könnte – das wäre Sandra nie in den Sinn gekommen angesichts einer solchen Verlockung.

»Du kannst ... alles Mögliche machen«, begann Ariane zögernd. Hm. Nicht wirklich hilfreich. Mit festerer Stimme fügte sie hinzu: »Und streng genommen müsstest du auch überhaupt nicht arbeiten. Mein Geld wird locker für uns beide reichen.« Das, dachte sie zynisch, wäre bei Sandra das ausschlaggebende Argument gewesen. Spätestens jetzt wäre ihre Exfreundin ihr mit fliegenden Fahnen gefolgt.

Greta setzte zu einer Antwort an, doch Ariane kam ihr zuvor.

»Nein, ganz im Ernst«, sagte sie sehr entschieden. »Was ich verdiene, genügt für zwei – und sogar noch deutlich darüber hinaus.«

»Ich weiß, aber –«

»Ich würde uns ein schönes Apartment mieten.«

»Ariane –«

»Mit toller Aussicht, in der besten Gegend der Stadt. Oder vielleicht auch in einem Künstlerviertel, wenn dir das lieber ist, oder –«

»Ariane!« Diesmal hatte Greta fast gerufen. Einige Leute an den Nachbartischen drehten sich zu ihnen um. Allmählich begann sich Ariane zu fragen, ob die Sache mit dem neutralen Terrain wirklich so eine gute Idee gewesen war.

Ernst sagte Greta: »Ich brauche keine Aussicht. Ich brauche kein tolles Apartment und auch nicht die beste Gegend der Stadt, egal ob nun Künstlerviertel oder sonstwo. Was ich wirklich brauche, ist eine Aufgabe. Ich weiß, dass ich nicht arbeiten müsste. Ich hab dein Jahresgehalt schon zur Kenntnis genommen. Und mir ist klar, dass ich von heute auf morgen meinen Buchladen dichtmachen könnte und trotzdem allein mit deinem Geld vermutlich mehr zur Verfügung hätte, als ich in meinem ganzen Leben je angespart habe. Ich weiß auch, dass du das gern für mich tun würdest, dass es dir Spaß machen würde, mit mir zu teilen. Es ist nur ...«, sie zögerte kurz, schluckte, »ich liebe meine Arbeit. Ich liebe meinen Laden, ich liebe es, jeden Morgen in die Buchhandlung zu kommen, die Kataloge zu durchforsten und mit den Leuten zu arbeiten.« Sie nagte an ihrer Unterlippe. »Was soll denn aus meinen Kunden werden? Wer liest Frau von Weber vor, wenn ich nicht mehr da bin?«

Na ja, dachte Ariane grimmig. Sie hat ja immer noch Sophie.

Doch Greta war mit ihren Gedanken längst einen Schritt wieder. »Und dann wäre da immer noch die Sache mit Watson. Die Quarantänebestimmungen sind bestimmt fürchterlich ... Das wäre ein Riesenhaufen Papierkram, und er verschwindet für ein halbes Jahr in einem Zwinger zur Beobachtung.«

»Großer Gott ...« Ariane rieb sich die Schläfen. Watson hatte sie ganz vergessen. Aber wollte Greta ihr wirklich zu verstehen geben, dass der Hund ihr wichtiger war als alles andere? Insbesondere wichtiger als sie, Ariane? Mühsam beherrscht bat sie: »Sag mir jetzt bitte nicht, dass die Sache an Watson scheitert.«

»Nein«, sagte Greta traurig. »Sie scheitert nicht an Watson. Auch nicht an Frau von Weber. Sie scheitert daran, dass ich ein Leben habe, Ariane. Ein Leben und eine Arbeit. Und deswegen muss ich hier sein. Nicht in Madrid. Verstehst du denn nicht? Mein Laden ist mehr als ein Job für mich, mehr als bloßes Geldverdienen. Ich betrachte das alles kaum als Arbeit, sondern vielmehr als eine Aufgabe. Eine Lebensaufgabe sogar. Und ich kann mir nicht vorstellen, sie aufzugeben. Schon gar nicht«, plötzlich trat ein eigenartiges Funkeln in ihre Augen, und ihre Stimme hob sich ein ganz kleines bisschen, »für ein Dasein als dein kleines, madrilenisches Luxushausfrauchen, eingesperrt in den goldenen Käfig, irgendwo hoch über den Dächern der Stadt!«

Kaum hatte sie diese Worte ausgesprochen, zuckte sie zusammen und schlug sich die Hand vor den Mund. »Entschuldige«, flüsterte sie. »Tut mir leid. Ich hab es nicht so gemeint, ehrlich.«

Oh doch, dachte Ariane ernüchtert. Das hast du.

Sie ließ Gretas Hand los.

»Dein Leben, hm?«, sagte sie. »Eigentlich hatte ich gehofft, ich würde auch zu diesem Leben gehören.«

Gretas Augen wurden rot. Leise sagte sie: »Ja. Ich auch.«

Ariane horchte auf. Gab es vielleicht doch noch eine Chance? Sie merkte, wie ihr Puls sich beschleunigte. Doch warum sprach Greta so, als läge diese Chance bereits in der Vergangenheit, sei nicht mehr als eine verstrichene und damit verpasste Gelegenheit?

»Weißt du«, sagte Ariane, und ihre Stimme klang trocken und rau, »ich muss nicht gehen.«

Greta blickte auf. »Was?«

»Ich könnte hierbleiben«, erklärte Ariane. »Die finden auch jemand anderen, um ihre Firma aufzubauen.« Sie sah Greta in die Augen, hoffnungsvoll. Vor allem versuchte sie, denselben Hoffnungsschimmer auch in Gretas Miene zu erkennen. Doch deren Gesichtsausdruck war unmöglich zu deuten. Also setzte sie noch einmal nach: »Niemand kann mich zwingen, nach Madrid zu gehen, wenn ich nicht will.«

»Aber genau darum geht es doch«, sagte Greta, und ihre Stimme war genauso rau wie Arianes. »Du willst.«

Ariane starrte sie an. Was wollte Greta denn jetzt auf einmal andeuten?

»Du hast es vorhin doch selbst gesagt«, fuhr Greta fort. »Es ist eine Riesenchance für dich. Zu gut, um sie nicht zu nutzen.«

Verzweifelt zog Ariane ihren letzten Trumpf: »Ein Wort von dir. Nur ein Wort von dir, Greta, und ich bleibe. Sag mir, dass ich bleiben soll, und ich tue es. Du brauchst es wirklich nur zu sagen!«

»Und dir damit diese Chance versauen?«

»Ach was«, winkte Ariane ab. »Chancen ergeben sich immer. Ich suche mir einfach etwas anderes. Oder ich mache so weiter wie bisher. Ist ja auch nicht schlecht, oder?«

Greta lächelte traurig. »Ach, Ariane. Wer bin ich denn, dir vorzuschreiben, was du zu tun oder zu lassen hast? Wie kannst du von mir erwarten, dass ich dich bitte, um meinetwillen hierzubleiben? Wie kannst du von mir erwarten, diese Verantwortung zu tragen? Nein.« Sie schüttelte heftig den Kopf. »Das wäre egoistisch und falsch. Du darfst nicht meinetwegen auf etwas verzichten, was du in Wirklichkeit so gern möchtest.«

»Aber ich –«

Greta hob die Hand. »Versteh doch!« Sie schluckte heftig. Einmal, dann noch einmal. Man konnte den Kloß in ihrer Kehle förmlich sehen. Dann hob sie den Kopf und blickte Ariane direkt in die Augen. »Ich ... würde dir wirklich gern etwas anderes sagen. Aber ich kann nicht.«

Ariane war plötzlich nicht mehr imstande, Gretas Blick zu erwidern. Sie senkte die Lider und starrte die Tischplatte an. Auf einmal fühlte sie sich zerschlagen und niedergeschmettert, so als sei sie aus großer Höhe hinabgestürzt. Der Aufprall hatte ihr sämtliche Luft aus den Lungen gepresst und ihren Körper gelähmt. Sie konnte nicht einmal mehr Atem holen.

Es fühlte sich wie eine Ewigkeit an, obwohl es in Wahrheit vermutlich nur wenige Sekunden waren.

»Und jetzt?«, fragte sie, als sie endlich wieder dazu in der Lage war. »Ich meine ... war es das jetzt?«

Greta hob verzagt die Schultern. »Tut mir leid. Tut mir so leid.«

Ariane nickte dumpf. »Ja. Mir auch.« Etwas Sinnvolleres fiel ihr nicht ein. »Glaub mir, Greta. Mir auch.«

15

So, hatte Ariane gedacht, nachdem sie die Tapas-Bar verlassen hatte. Das war's dann wohl.

Genau genommen hatte sie nicht ernsthaft damit gerechnet, dass Greta sie nach Madrid begleiten würde. Sie hatte darauf gehofft, zweifelsohne, doch es war eine verträumte, realitätsferne Hoffnung gewesen. Und sie verstand Gretas Gründe, sehr gut sogar. Da war der Laden und alles, was damit zu tun hatte. Greta hatte es selbst gesagt: Sie ging auf in ihrem Job – und es war mehr als einfach nur ein Job. Wenn Ariane ganz ehrlich war, dann wäre ein Teil von ihr sogar enttäuscht gewesen, wenn Greta für Madrid zu haben gewesen wäre. Denn genau das machte Greta schließlich aus: Sie war die Seele ihres Ladens, die zauberhafte Bücherfee inmitten all der Literatur, die sie so liebte. Auf du und du mit den Klassikern, angefangen bei Goethe und Schiller, bis hin zu Bestsellern, Dauerbrennern und allem, was der Buchmarkt sonst zu bieten hatte. In ihrer eigenen kleinen Welt, die sie selbst auf ihre ganz besondere Weise immer wieder neu erschuf. Greta war einfach nicht der Typ, der alles stehen- und liegenließ und sich ins Abenteuer stürzte.

Oh, sie liebte Abenteuer, durchaus. Aber vor allem dann, wenn diese hübsch verpackt waren, idealerweise zwischen zwei Buchdeckeln.

Nun, wie auch immer: Greta hatte ihre Entscheidung getroffen. Nicht direkt gegen Ariane, das konnte man nicht behaupten. Aber auch nicht für sie.

Was im Endeffekt wohl auf dasselbe hinauslief.

Immerhin: Ariane hatte getan, was sie konnte. Sie hatte nach bestem Wissen und Gewissen gehandelt, hatte Greta eine goldene Brücke nach der anderen gebaut. Doch Greta hatte sämtliche Möglichkeiten der Annäherung ausgeschlagen, auf ihre zarte, liebevolle, unnachahmliche Art. Erstaunlich, dachte Ariane. Sogar wenn sie eine Abfuhr erteilte, verlor Greta nicht ihren feenhaften Charme. Was das Ganze natürlich nur doppelt schwer machte. Es war einfach unmöglich, Greta irgendetwas übelzunehmen, selbst jetzt noch. Und wer weiß, vielleicht hatte sie ja sogar recht gehabt? Vielleicht hatte sie instinktiv gewusst, dass es einfach nicht Arianes Charakter entspräche, den Job in Madrid auszuschlagen? Kannte sie Ariane inzwischen sogar besser als diese sich selbst?

Doch vermutlich war es viel einfacher. Wahrscheinlich, diese Schlussfolgerung zog Ariane schon auf dem Heimweg von der

Tapas-Bar, hatten sich ihre alten Befürchtungen am Ende doch bewahrheitet: Greta hatte lediglich eine Gelegenheit genutzt, sich aus ihrer Beziehung zurückzuziehen. Hatte sich ganz bewusst aus einer Situation herausgewunden, die ihr allmählich zu eng, zu verbindlich wurde, zu schnell ging oder was auch immer.

Weil Ariane leider doch nicht das war, was sie sich wünschte. Oder nicht sein konnte, was man für Greta sein müsste. Weil sie einfach zu normal war und keine dramatische Romanfigur, nicht Madame Bovary, nicht Effi Briest, nicht Emilia Galotti und wie sie alle hießen, die großen tragischen Frauenfiguren der Literatur. Sie war eben bloß – Ariane. Unternehmensberaterin. Und als solche mit beiden Beinen im Leben stehend.

Auch wenn es sich im Moment so anfühlte, als hätte ihr jemand den Boden unter den Füßen weggezogen.

Ariane hatte zwar zu Greta gesagt, sie sei bereit, in Deutschland zu bleiben. Doch da dies nicht zum erhofften Ergebnis geführt hatte, sah sie nun auch keinen Grund mehr, nicht nach Madrid zu gehen. Es wurde Zeit, aus der Traumwelt in die Realität zurückzukehren. Das bedeutete zwar nicht, den heimlichen Traum von Greta komplett aufzugeben; das würde nicht funktionieren, schon gar nicht sofort und auf Kommando. Aber sie musste irgendwie weitermachen. Etwas anderes blieb ihr ja nicht übrig.

Ariane versuchte sich mit dem Gedanken zu trösten, dass es ihr in ein paar Wochen wieder gut gehen würde – oder zumindest nicht mehr ganz so schlecht. Und die Zeit dazwischen? Nun ja. Augen zu und durch!

Sie gestand es niemandem ein, nicht einmal Larissa und eigentlich noch nicht einmal sich selbst, wie schwer ihr das in Wahrheit fiel. Am liebsten hätte sie sich im Bett verkrochen, sich die Decke über den Kopf gezogen und nichts und niemanden mehr gehört und gesehen. Und zwar genau so lange, bis die besagten paar Wochen vorüber waren und der scharfe Schmerz sich höchstens noch als gelegentlicher dumpfer Trübsinn bemerkbar machte.

Aber natürlich kam das überhaupt nicht in Frage. Ariane war eine Macherin. Sie war tough. Sie nahm die Dinge in die Hand. Sie war ein aktiver Typ. Nur musste sie sich selbst in dieser Phase eben ein bisschen häufiger als sonst daran erinnern. Und weil sie nun einmal ein Arbeitstier und Arbeit ihrer Erfahrung nach überhaupt das Allerbeste gegen Liebeskummer oder unwillkommenes Gedankenchaos war, tat Ariane einfach das, was sie am besten konnte: Sie legte los.

Zunächst traf sie sich noch ein paarmal mit Herrn Stamer, um die Details ihres Vertrages zu verhandeln – und natürlich für sich selbst die besten Konditionen herauszuholen. Sie pokerte beim Jahresgehalt und schlug noch ein paar hübsche Bonuszahlungen für sich heraus. Dann setzte sie ihre Tätigkeit vorerst auf zwei Jahre mit Option auf Verlängerung fest und sicherte sich obendrein das volle Honorar für diese Zeit, auch falls der Firmenaufbau in einer Pleite enden sollte.

Anschließend sichtete Ariane ihre eigene Arbeitslage und prüfte, welche ihrer laufenden Aufträge zeitnah abgearbeitet werden mussten und welche sie gegebenenfalls nach Madrid mitnehmen konnte. Der Idealfall sah natürlich so aus, dass sie ohne Altlasten in ihren neuen Job durchstarten würde.

Diese Altlasten schlossen auch ihr Apartment ein. Sie brauchte nicht lange, um den Entschluss zu fassen, es zu verkaufen. Natürlich hätte sie es auch vermieten können, doch wozu? Um dann in zwei Jahren wieder Eigenbedarf anzumelden? So etwas war ziemlich aufwendig. Und außerdem hatte Larissa recht: Wer sagte denn, dass sie in zwei Jahren wieder zurückkehrte? Vor allem jetzt, wo es nichts mehr gab, das sie hier halten konnte? Ein Apartment in Deutschland zu behalten, das fühlte sich an wie ein Sicherheitsanker, eine Art Notnagel. Dabei brauchte sie doch eigentlich gar keinen. Sie wollte frei sein, ein neues Leben beginnen und die Vergangenheit hinter sich lassen.

Also beauftragte Ariane eine Maklerin, und binnen kürzester Zeit fand sich auch tatsächlich ein Käufer. Ein bisschen Verlust musste Ariane hinnehmen, aber das hatte sie einkalkuliert, und es machte ihr wenig aus. So hatte sie wenigstens schon mal ein wenig Kapital für Madrid. Dort würde sie erst einmal etwas mieten und dann weitersehen.

Doch zu ihrem eigenen Erstaunen stellte sie fest, dass sie gar keine rechte Lust hatte, das Internet nach hübschen Wohnungen zu durchforsten. Sie spürte keine Aufregung, keine Vorfreude, nicht einmal die geringste Motivation, ihren neuen Lebensabschnitt aktiv zu gestalten. Also suchte sie sich wiederum einen Makler, diesmal einen madrilenischen, und gab ihm den Auftrag, ihr etwas Ordentliches zu besorgen.

Erst im Nachhinein fiel ihr auf, dass sie von »etwas Ordentlichem« gesprochen hatte. Nicht von etwas Tollem, Gemütlichem oder zentral Gelegenem. Nicht einmal eine bestimmte Gegend der Stadt hatte sie ihm als Präferenz genannt. Hätte sie gemeinsam mit Greta gesucht, dann hätte der Fall wohl anders gelegen. Sie hätte alle Hebel in Bewegung gesetzt, um Greta das Beste, das Schönste zu Füßen zu legen, was Madrid zu bieten hatte: eine Traumwohnung in bester Lage. Natürlich hundegerecht, denn man durfte den vierbeinigen Mitbewohner ja nicht vergessen.

Doch ohne Greta war das alles vollkommen sinnlos. Da genügte Ariane etwas Funktionales, rein Zweckmäßiges: Dach, Wände, Dusche, Toilette. Vielleicht noch eine Badewanne, doch selbst auf die konnte sie verzichten. Hübsche Aussicht, Balkon – das war alles kein Muss. Sie würde ja ohnehin kaum zu Hause sein. Und wenn doch, dann würde sie auf die Annehmlichkeiten einer Luxuswohnung keinen Wert legen. Sie wären reine Äußerlichkeiten. Nichts, was dazu geeignet wäre, die Leere in ihrem Inneren zu füllen.

Der Makler aus Madrid präsentierte ihr schließlich eine Auswahl inklusive Exposés und legte ihr ein Objekt ganz besonders ans Herz. Hübsche Gegend, beteuerte er, nett eingerichtet, Badewanne, Balkon und Aussicht, alles dabei, und außerdem –

»Okay«, unterbrach Ariane. »Alles bestens.« Dann verlangte sie den Vertrag. Der verblüffte Makler sandte ihn ihr per E-Mail zu.

Ariane überflog ihn nur. Und unterschrieb.

»Wow«, meinte Larissa, als sie bei einem ihrer seltenen Treffen davon erfuhr. »Du gehst die Sache jetzt richtig an, was?«

Ariane lächelte schief. »Tja. Sieht ganz so aus.«

»Oh Mann«, maulte Larissa und zog eine Schnute wie ein kleines Schulmädchen. »Jetzt bin ich aus den USA zurück, und dann haust du nach Madrid ab. Was sagt man dazu?«

»Schlechtes Timing sage ich dazu.« Ariane musste lachen. »Aber du kommst mich doch mal besuchen, oder?«

»Klar«, versprach Larissa. »Und du schaust in der alten Heimat vorbei!«

»Aber sicher doch«, erklärte Ariane.

Doch gleichzeitig dachten sie beide daran, was Larissa über Fernbeziehungen gesagt hatte. Für Freundschaften galt das vermutlich genauso. Sie würden sich hunderte Male vornehmen, einander zu besuchen, und es dann doch nur selten durchziehen.

Dennoch – schon allein um ihrer Eltern willen wollte Ariane wenigstens ab und zu mal einen Heimatbesuch einlegen. Ihre Mutter heulte wie ein Schlosshund, als sie erfuhr, dass ihre Tochter auf einmal so weit weg sein würde. Und auch ihr Vater verdrückte heimlich ein paar Tränchen, während er hartnäckig behauptete, das liege nur an dem aggressiven Unkrautvernichter, mit dem er gerade gearbeitet hatte. Aber trotzdem platzten beide vor Stolz.

»Unser kleines Mädchen zieht in die weite Welt hinaus«, sagte die Mutter.

Ariane lächelte sanft und verzichtete darauf, die Eltern daran zu erinnern, dass sie schon lange nicht mehr so klein und Madrid gar nicht so furchtbar weit weg war. Für die Eltern blieb man eben immer ein Kind, egal, ob man sechs oder sechsunddreißig Jahre alt war. Und insbesondere für ihre Eltern, die sich nur ab und zu einen Urlaub an der Nordsee oder im Spreewald leisten konnten, würde alles, was darüber hinausging, immer »die große, weite Welt« bleiben. Ariane nahm sich fest vor, zu

Weihnachten Flugtickets zu besorgen, damit die Eltern sie schon bald besuchen konnten. Oder spätestens zu Ostern.

So flüchtete sie sich fast rund um die Uhr in Vorbereitungen, Abschiedsbesuche und Planung. Nur selten kam sie dazu, an Greta zu denken. Oder besser gesagt: Es gelang ihr, den Gedanken zu verdrängen – mehr oder weniger. Seit dem Debakel in der Tapas-Bar hatten sie einander nicht noch einmal gesehen. Greta hatte sich nicht mehr bei Ariane gemeldet, und auch Ariane selbst hatte den Kontakt weder hergestellt noch gesucht, sondern vielmehr gezielt alles vermieden, was sie an Greta erinnern könnte. Das funktionierte auch einigermaßen.

Mit einer Ausnahme. Eines Nachmittags fand sie sich in der Stadt, als sie auf dem Weg zu ihrem Auto an einer Fußgängerampel wartete, plötzlich neben Sophie wieder. Ihr erster Impuls war, ihr aus dem Weg zu gehen. Doch das hätte in dieser Situation ziemlich lächerlich gewirkt und wäre obendrein unhöflich gewesen. Also nickte sie einen knappen Gruß.

»Na?«, fragte Sophie mit einem Zwinkern. »Heute gar nicht auf Spionagetour?«

Ariane lachte gezwungen und schüttelte den Kopf.

»Und? Läuft alles gut bei dir?«

»Bestens«, antwortete Ariane. Das stimmte ja auch. Irgendwie. Sie suchte in Sophies Augen nach einem Aufblitzen, einem Erkennen, irgendeinem Anzeichen dafür, dass Sophie die Lüge durchschaute. Aber da war nichts. Das Mädchen schaute sie mit einem offenen Lächeln an, in dem keinerlei Verdacht durchschimmerte.

Vielleicht wusste Sophie gar nichts davon, dass es zwischen Greta und Ariane alles andere als gut gelaufen war? Beim wöchentlichen Termin bei Frau von Weber hatte Greta dann wohl nichts erzählt. Umso besser.

»Und selbst?«, erkundigte sich Ariane rasch, vor allem um zu verhindern, dass Sophie doch noch die richtigen Fragen zum falschen Zeitpunkt stellte. »Immer noch fleißig am Studieren?«

»Hm«, machte Sophie unbestimmt.

»Und immer noch fleißig am Schreiben?«

»Hm-hm!« Das klang entschieden begeisterter.

In diesem Moment sprang die Ampel auf Grün.

»Na dann ...« Ariane lächelte, nickte noch einmal und setzte sich energischen Schrittes in Bewegung. Sie müsse weiter, behauptete sie hastig, müsse noch arbeiten. Doch bevor sie zu ihrem Maserati eilte, rief sie Sophie noch schnell ein »Viel Glück!« zu.

Das meinte sie sogar vollkommen ernst. Und zwar in jederlei Hinsicht. Wer weiß, dachte sie mit einem traurigen Lächeln, vielleicht wurde aus Sophie und Greta ja doch noch etwas. Nach einer angemessenen Zeit, versteht sich. Vielleicht entdeckten die beiden ja, dass sie noch mehr verband als nur die Liebe zur Literatur und eine gute gemeinsame Chemie ... Eine verträumte Buchhändlerin und eine ambitionierte Jungautorin, das passte doch wie die Faust aufs Auge.

16

Dann kam der Tag, an dem Ariane den Vertrag unterschreiben sollte. Diese Unterschrift war ihr einziger Termin und auf den frühen Nachmittag angesetzt. Trotzdem war Ariane noch vor dem Klingeln des Weckers erwacht und konnte nicht mehr einschlafen. Also war sie gemütlich aus den Federn gekrabbelt und unter die Dusche geschlüpft. Jetzt saß sie im Morgenmantel auf ihrem weißen Ledersofa und genoss den ersten Kaffee des Tages. Es fühlte sich gut an, einfach einmal Zeit zu haben und nicht mit einem Bein noch in der Dusche und mit dem anderen bereits beim ersten Termin zu sein. Da Ariane sämtliche Aufträge tatsächlich zum Abschluss gebracht hatte, konnte sie sich nun den seltenen Luxus erlauben, einfach dazusitzen und den Kaffee zu schlürfen – ohne alle paar Sekunden hektische Blicke auf die Uhr zu werfen. Heute goss sie sich sogar ganz in Ruhe eine weitere Tasse ein und ging damit auf den Balkon hinaus. Da stand sie gemütlich gegen die Brüstung gelehnt, beobachtete den Verkehr unter sich und ließ ihre Gedanken schweifen.

Sie schweiften in der Tat, anstatt mehr oder weniger sinnlos um irgendeinen Punkt zu kreisen. Denn es gab nichts, worüber sie noch hätte nachdenken müssen. Ihre Arbeit war erledigt. Sie hatte alle Formalitäten geklärt, ihre Papiere in Ordnung gebracht und ihren Reisepass verlängert. Die neue Wohnung, möbliert, in Innenstadtnähe und mit allem nötigen Komfort ausgestattet, war bezugsfähig. Sogar ihr Ticket war schon gebucht. Einfacher Flug nach Madrid. Rückflug? Nein, danke, nicht nötig.

Ariane nahm einen weiteren Schluck und fragte sich, ob sie etwas vermissen würde.

Nein, entschied sie. Nichts.

Vielleicht jemanden.

Ihre Eltern zum Beispiel.

Larissa.

Ein paar nette Kolleginnen und Kollegen.

Und vielleicht eine weitere Person, die –

Ariane verbot sich den Gedanken, ehe sie ihn zu Ende denken konnte.

Watson, dachte sie dann. Das gestattete sie sich. Ja, der übergewichtige Hund mit der asthmatischen Schnappatmung und dem scheußlichen Mundgeruch, der würde ihr in der Tat abgehen.

Nicht zu vergessen der Kartoffelbrei mit Muskat. Den würde sie ebenfalls vermissen. Aber den konnte sie sich zur Not selbst kochen.

Und Bücher. Bücher ...

Unsinn, sagte sich Ariane energisch. Im Zweifelsfalle konnte sie sich eben spanische Bücher kaufen oder sich E-Books auf ihr iPad herunterladen. Und überhaupt, höchstwahrscheinlich würde sie ohnehin keine Zeit zum Lesen haben.

Ja, dachte Ariane, während sie einen letzten Blick über das Balkongeländer warf und dann wieder hineinging. Sie war bereit. Es konnte losgehen. Nächste Station Madrid. Spanien, ich komme!

Hallo, Madrid, hier bin ich!

Mit diesem Gedanken hatte sich Ariane mit ihrem Maserati durch den Verkehr geschlängelt. Von ihm beflügelt hatte sie das Bürogebäude betreten, in dem Stamer, ein paar seiner Kollegen und, vor allem, der Vertrag auf sie warteten. Sie war beschwingt durchs Foyer marschiert, in den Fahrstuhl gestiegen und hatte sich in den dreizehnten Stock hinaufbringen lassen. Mit diesem Gedanken hatte sie dankend den Kaffee angenommen, der ihr angeboten wurde, kurz bevor es ans Eingemachte ging. Guter deutscher Filterkaffee, dachte sie, eine der wenigen verbleibenden Gelegenheiten, einen solchen zu genießen.

Nun saß Ariane vor einem großen, ovalen Tisch aus edlem Holz. Um den Tisch gruppierten sich Stamer und sein Team. Und auf der Tischplatte lagen der Vertrag und ein Kugelschreiber neben der halbleeren Tasse Kaffee.

Stamer ging mit ihr noch einmal die Details durch. Nur kurz und pro forma, denn sie hatten alle Einzelheiten im Vorfeld bereits ausführlich diskutiert.

Doch während Stamer redete, verblasste seine Stimme plötzlich zu einem nichtssagenden Hintergrundrauschen. Das ganze Zimmer wirkte, als schaue Ariane durch einen Schleier aus Wasser. Alles schien aufzuweichen, sich aufzulösen wie in einem Dalí-Gemälde.

Ariane blinzelte. Blinzelte verblüfft Herrn Stamer an, der ihr nun lächelnd den Kugelschreiber hinhielt. Seine Lippen bewegten sich, doch sie hörte die Worte nicht.

»Wie bitte …?«, fragte sie.

Stamers Lächeln war unverändert. »Ich sagte, nun müssen Sie nur noch unterschreiben.« Er tippte ein paarmal an verschiedenen Stellen auf das Papier: »Hier, hier und dann noch hier. Jeweils bitte auf der gestrichelten Linie.«

Ariane nahm den angebotenen Stift. Zögernder und nicht halb so dynamisch, wie man es in einer solchen Situation vermutlich von ihr erwartete. Die Bewegung war beinahe ein bisschen ungelenk.

Sie klickte mehrmals auf den Druckknopf des Kugelschreibers, ließ die Mine hinein- und wieder herausspringen. Ein, aus. Ein. Und wieder aus.

Was sollte sie nochmal tun? Wo war sie hier überhaupt?

Sie blinzelte erneut, riss sich zusammen und versuchte, den Blick auf den Vertrag zu fokussieren. Ihre Augen suchten nach den gestrichelten Linien. Doch alles verschwamm. Da waren gar keine Linien, sondern nur ein unstetes Wabern und Fließen.

»Frau Baudach?« Stamer blickte sie fragend an.

Ariane gab sich einen Ruck. »Ja«, sagte sie eilig. »Alles bestens. Ich bin dabei ...« Sie senkte den Stift auf das Papier. Setzte ihn an, direkt an der gestrichelten Linie. Versuchte zu schreiben. »Der«, sagte sie langsam, »funktioniert nicht.«

»Oh.« Stamer lächelte jovial, zog einen anderen Kugelschreiber aus seiner vorderen Hemdtasche und reichte ihn Ariane mit einem galanten Lächeln. »Dann nehmen Sie diesen hier.«

Ariane probierte es erneut. »Der ... schreibt auch nicht.«

»Wie bitte?« Stamer hob die Brauen. »Merkwürdig, vorhin hat er noch einwandfrei funktioniert.« Er nahm ihr den Stift aus der Hand und griff nach einem Notizblock.

Ariane hockte auf dem Stuhl und starrte Vertrag und Tischplatte an. Ganz klar, ihr Verhalten war alles andere als professionell. Sie nahm einen Schluck Kaffee, um ihre Nerven zu beruhigen – und hätte ihn um ein Haar wieder ausgespuckt. Der Kaffee, dieser gute deutsche Filterkaffee, schmeckte plötzlich ganz grauenhaft.

»Ich weiß nicht, was Sie meinen«, erklärte Stamer in diesem Augenblick. Vor ihm auf dem Notizblock hatte der Kugelschreiber eine tadellose Linie produziert, und zwar gleich beim ersten

Versuch. Er reichte ihr den Stift erneut herüber. »Versuchen Sie es einfach nochmal. Vielleicht war es ja nur eine kleine Ladehemmung.« Das war zwar nicht besonders witzig, trotzdem lachten alle Anwesenden pflichtschuldig.

Außer Ariane.

»Nein«, murmelte diese. »Nein, war es nicht.« Sie blickte auf und sah Stamer direkt ins Gesicht. Allmählich wurden dessen Konturen wieder fest und so, wie sie sein sollten. Leise setzte sie hinzu: »Es geht nicht um den Stift. Der Stift ist vollkommen in Ordnung.«

Er runzelte die Stirn. Nun klang er fast ein wenig besorgt: »Frau Baudach ...? So langsam muss ich mich fragen, ob mit *Ihnen* alles in Ordnung ist.«

Ariane wandte den Blick von Herrn Stamer zum Vertrag. Dem Stift. Der dunklen Pfütze am Boden der Kaffeetasse.

»Ja«, sagte sie und spürte, wie von ganz tief unten ein erleichtertes Lachen in ihr aufstieg. »Ja, es geht mir gut, danke. Es ... könnte mir gar nicht besser gehen.« Damit legte sie den Stift beiseite, schob den Stuhl zurück und stand auf.

»Moment mal«, sagte Stamer verdattert und richtete sich ebenfalls auf. »Wo wollen Sie denn hin? Sie können doch jetzt nicht einfach gehen.«

»Und ob ich kann.« Ariane lächelte noch immer.

»Frau Baudach, ich muss doch sehr bitten. Wir sind hier noch nicht fertig.«

»Doch.« Ariane gluckste, sie konnte das Lachen kaum noch unterdrücken. »Doch, sind wir. Es tut mir ... wirklich leid.« Sie winkte mit der einen Hand ab, während sie sich die andere vors Gesicht hielt, um wenigstens teilweise das breite Grinsen zu verbergen, das sich ganz von selbst darauf ausbreitete. »Aber ich kann das hier nicht. Ich kann's einfach nicht. Sie müssen sich jemand anderen für den Job suchen. Tut mir leid.« Sie meinte das durchaus ernst, obwohl ihre Miene die Worte wohl Lügen strafte und sie sich inzwischen nur noch mühsam daran hindern konnte, einfach loszukichern wie ein kleines Mädchen. »Das alles«, wiederholte sie noch einmal, »tut mir wirklich ganz furchtbar leid.« Damit taumelte sie aus dem Raum, den Flur hinaus und zum Fahrstuhl hin.

Noch bevor sich die Türen hinter ihr schlossen, lachte sie laut los.

17

Du?!« Gretas Augen wurden riesengroß, als sie Ariane die Tür öffnete.

Was wohl hauptsächlich darin begründet lag, dass es nicht ihre eigene Tür war. Sie befanden sich weder in der Buchhandlung noch in Gretas Wohnung, sondern an der Tür zu Frau von Webers Villa.

Greta kniff die Augen zu und zwinkerte dann mehrmals, als sei sie nicht sicher, ob Ariane nicht vielleicht ein Trugbild war. »Aber ... wie kommst du denn hierher?« Sie unterbrach sich und presste noch einmal die Lider zusammen. Ariane fragte sich unwillkürlich, ob Greta sie wegblinzeln wollte oder eher Angst hatte, sie wäre wirklich verschwunden, sobald sie die Augen wieder öffnete.

Schließlich fand Greta ihre Sprache wieder. »Was in aller Welt machst du hier?«

»Na«, ertönte plötzlich eine Stimme hinter ihnen, gerade als Ariane antworten wollte, »seht mal, wer hier ist!«

Frau von Weber war unbemerkt in den Flur getreten und hatte hinter Greta Position bezogen. Greta wandte verwirrt den Kopf, und Ariane zog ihren instinktiv ein – in plötzlicher Angst, dass der Gehstock der alten Frau, der auf den Fliesen klackte, im nächsten Moment zweckentfremdet werden könnte. Als Rohrstock oder Ähnliches. Zielobjekt: Arianes Hinterteil.

Die alte Dame ließ ihren Blick von einer zu anderen wandern.

Ihre Augen mochten nicht mehr richtig funktionieren, dennoch funkelten sie amüsiert, so als habe sie die Situation längst durchschaut – oder vielleicht sogar vorhergesehen. Dann legte sie ihre knorrige Hand auf Gretas Schulter. »Was sie hier macht, fragst du? Ach, Greta-Schätzchen, hast du es etwa immer noch nicht begriffen? Und Sie ...« Damit richtete sie ihren Gehstock tatsächlich auf Ariane, die dem Impuls widerstehen musste, sich zu ducken. »Sie haben sich ja ganz schön Zeit gelassen, meine Liebe! – So, Kinder«, erklärte sie dann sehr entschieden, »und jetzt entscheidet euch bitte mal. Klärt, was immer ihr zu klären habt, drinnen oder draußen, aber macht gefälligst die Tür zu. Es zieht.« Damit wandte sie sich ab und entfernte sich grußlos. Das Klicken ihres Gehstocks wurde leiser und verklang schließlich am Ende des Flurs.

Greta und Ariane sahen einander an.

»Hallo, du«, sagte Ariane.

»Selbst hallo«, antwortete Greta, augenscheinlich unentschlossen, wie sie sich verhalten sollte. Immerhin schlug sie Ariane nicht die Tür vor der Nase zu.

»Lässt du mich rein?«, fragte Ariane.

»Von mir aus ...« Greta trat beiseite. »Ist ja interessant«, murmelte sie dabei. »Offensichtlich bin ich wirklich die Letzte, die begreift, was hier eigentlich los ist.«

Ariane blieb unmittelbar neben der Tür stehen, während Greta diese schloss, und trat nervös von einem Fuß auf den anderen. »Na ja ... Heute ist doch Mittwoch, nicht?«

Gretas rechte Augenbraue hob sich, wenn auch nur um ein Weniges. »Genau. Heute ist Mittwoch.« Einen Moment stand sie ganz still da und schien zu überlegen. Schließlich sagte sie: »Komm, wir gehen in den Wintergarten. Soll ich vorgehen? Oder –«, hier musterte sie Ariane prüfend, und ihre Braue hob sich noch ein bisschen mehr, »findest du den Weg auch allein?«

Die Tatsache, dass heute Mittwoch war, hätte Arianes Euphorie um ein Haar wieder völlig zunichtegemacht. Weil sie nämlich einfach vergessen hatte, was dieser Termin bedeutete.

Nachdem sie die Vertragsunterzeichnung so Hals über Kopf verlassen hatte, gab es nur noch ein einziges Ziel: Greta. Im Grunde hatten bereits vorher all ihre inneren Kompassnadeln auf Greta gezeigt. Nur war sie lange Zeit zu blind gewesen, um das zu sehen, und zu taub, um auf die Stimme ihres Herzens zu hören.

Vermutlich standen Stamer und seine Kollegen immer noch da, glotzten auf den leeren Stuhl, auf dem Ariane bis vor kurzem gesessen hatte, und auf den nun doch nicht unterschriebenen Vertrag und fragten sich, was plötzlich in Frau Baudach gefahren war.

»Was ist denn mit der los?«, hörte sie einen der Schlipsträger in ihrem Kopf sagen. »Hat sie den Verstand verloren?«

Nein, hätte Ariane nur zu gern geantwortet. Sie hatte mitnichten ihren Verstand verloren. Ganz im Gegenteil: Sie hatte ihn soeben wiedergefunden. Und was mit ihr los war? Na, sie war verliebt. Das war los. Und wenn diese Anzugträger neben ihren hohen Posten und fetten Gehaltsschecks auch nur einen Funken Menschenkenntnis besäßen, dann hätte ihnen das eigentlich selbst klarwerden müssen. Doch so weit dachten sie vermutlich gar nicht. In ihrer scheinbar so großen Welt war für derart banale Dinge überhaupt kein Platz.

Ariane wusste ja selbst nicht genau, was dazu geführt hatte, dass es ihr plötzlich wie Schuppen von den Augen gefallen war. In spirituellen Kreisen wäre diese spektakuläre Eingebung wohl als Erleuchtung gehandelt worden. Doch es spielte keine Rolle, woher es kam – Ariane hatte einfach gewusst, dass sie nicht in der Lage war, diesen Vertrag zu unterschreiben. So großartig das Angebot auch sein mochte, so schön Madrid auch war, so willkommen die berufliche Herausforderung, von all den damit verbundenen Privilegien einmal ganz abgesehen: All das war keinen Pfifferling wert, wenn Greta nicht bei ihr war.

Also: Zur Hölle mit dem Job.

Gepfiffen auf Madrid.

Gepfiffen auf einen Haufen Geld, auf den Karriereschub, auf den Hochglanzeintrag im Lebenslauf, gepfiffen auf Stamer und seine Kohorte von Schlipsträgern.

Vielen Dank für das verlockende Angebot. Ganz ehrlich: Danke.

Aber: Nein, danke.

Greta.

Greta, Greta und immer wieder Greta ...

Mit diesem Gedanken, der in ihrem Kopf eine Art Dauerschleife fuhr, hatte Ariane sich durch den Verkehr gekämpft. Sie ahnte dunkel, dass sie sich dabei nicht so ganz an die Geschwindigkeitsbegrenzungen gehalten hatte, wie es das Gesetz vorschrieb. Es konnte auch sein, dass sie eine Ampel genau in jener Sekunde noch überfahren hatte, als diese bereits von Orange auf Rot sprang. Aber wieso schlichen die Leute auch alle so fürchterlich langsam durch die Straßen? Warum war jede Kreuzung total verstopft? Und wieso kroch jeder Fußgänger so lahm über den Zebrastreifen, dass selbst eine altersschwache Schnecke sich daneben wie ein Rennpferd ausnahm? Wieso waren sämtliche Parkplätze in der Nähe von Gretas Laden belegt?

Und: Warum war das Licht im Laden aus?

Ariane hatte völlig perplex vor den dunklen Schaufenstern gestanden. Sie hatte mehrmals die Klinke gedrückt, hatte das »Geschlossen«-Schild gelesen und doch nicht begriffen, was da geschrieben stand. Das Hochgefühl, das sie bis eben noch von Kopf bis Fuß erfüllt und ihre Adern wie flüssiges Adrenalin durchströmt hatte, ebbte jäh ab.

Wo steckte Greta denn nur? Wieso war mitten am Tag der Laden zu? Was war passiert?

Doch dann begriff sie plötzlich. Heute war ein Mittwoch. Und wo sie Greta an einem Mittwochnachmittag finden würde, das wusste sie ganz genau.

Ariane sprang wieder ins Auto, ließ den Motor an und brauste los.

Und nun war sie also hier.

Natürlich hätte Ariane den Weg in den Wintergarten auch allein gefunden. Sie ließ Greta aber trotzdem vorgehen. Irgendwie kam ihr das richtiger vor. Sofern man in einer Situation wie dieser überhaupt von »richtig« sprechen konnte. Inzwischen war Ariane nämlich schon gar nicht mehr so überzeugt davon, dass es eine gute Idee gewesen war, hierherzukommen. Was hatte sie sich dabei nur gedacht?

Nun ja, die Antwort lag auf der Hand: Sie hatte gar nicht gedacht, sondern einfach gehandelt. Im Überschwang des ersten, wilden Glücksgefühls war sie ganz selbstverständlich davon ausgegangen, dass es Greta genauso gehen würde. Dass die kleine Buchhändlerin sich freuen würde, sie zu sehen. Dass irgendwie alles gut werden würde, sobald sie einander in die Augen sahen.

Das kam ihr mittlerweile geradezu lächerlich vor. Wie genau hatte sie sich das denn vorgestellt? Dass Greta sich ihr freudekreischend in die Arme stürzen und sie anschließend besinnungslos küssen würde? Wohl kaum. Schon gar nicht, wenn Ariane plötzlich in einem – theoretisch – fremden Haus auftauchte, von dem sie – offiziell – gar nichts wusste, und einen Termin torpedierte, der seit Jahren eine feste Instanz in Gretas Wochenplan war.

Wieso, fragte sich Ariane nun mit zunehmender Nervosität, hatte sie das getan? Warum in aller Welt hatte sie nicht warten können? Auf eine oder zwei Stunden mehr kam es jetzt doch wirklich nicht mehr an. Verdammt nochmal, schon wieder war sie dabei, Greta ihren Zeitplan, ihre Wünsche aufzudrängen. Warum war sie nur derart unfähig, auch einmal auf das Rücksicht zu nehmen, was Greta tat, was Greta selbst wollte?

Einen Moment lang kämpfte Ariane sogar mit dem Impuls, einfach eine Entschuldigung zu murmeln, auf dem Absatz kehrtzumachen und das Weite zu suchen. Aber dazu war es jetzt, da sie hinter Greta in Richtung Wintergarten stapfte, bereits zu spät.

»Wo ist denn Sophie?«, erkundigte sie sich stattdessen. Nicht, weil es sie wirklich interessierte, sondern weil ihr Mund plötzlich derart trocken war, dass sie befürchtete, bald gar keinen Ton mehr herauszubekommen.

»In der Uni«, entgegnete Greta gleichgültig. Sie fragte nicht, woher Ariane Sophie kannte, ja, sie wirkte nicht einmal überrascht, dass es so war. Erklärend fügte sie hinzu: »Sie schreibt heute irgendeine wichtige Klausur, glaube ich. Deshalb habe ich mir erlaubt, an ihrer Stelle zur Tür zu gehen.« Mit einem schwer zu deutenden Lächeln wandte sie sich zu Ariane um. »Ich hoffe, das stört dich nicht.«

»Nein«, murmelte Ariane. »Natürlich nicht.«

Inzwischen waren sie im Wintergarten angekommen. Auf dem Tisch stand Tee: ein kräftiger, schwarzer Ceylon für Frau von Weber, eine Kräutermischung für Greta. Ariane nahm die Aromen wahr, die sich zu einem angenehmen Duft nach Zimt und Süßholz vermischten. Neben den Kännchen stand eine Schale mit Zucker und eine mit frisch geschlagener Sahne. Außerdem entdeckte Ariane auf dem Tisch noch ein Buch. Es war aufgeschlagen beiseitegelegt worden.

Demnach waren Greta und ihre Gastgeberin gerade mitten in ihrer Lesestunde gewesen. Und Ariane hatte die alte Dame aus ihrem eigenen Wintergarten vertrieben. Na, herzlichen Glückwunsch.

»Tut mir leid«, sagte sie und merkte selbst, dass es eine lahme und zudem noch arg verspätete Entschuldigung war. »Ich … komme wohl reichlich unpassend.«

»Oh nein, du kommst gerade richtig«, meinte Greta mit einem ironischen Lächeln, ein deutliches Zeichen dafür, dass sie Arianes Entschuldigung absichtlich missverstand. »Genau an der spannendsten Stelle. Macht aber nichts. Ich kenne die Geschichte schon. Wie Frau von Weber das sieht, weiß ich allerdings nicht.« Sie nahm das Buch in die eine Hand und wies mit der anderen auf einen der Korbstühle. »Setz dich.«

Ariane folgte der Aufforderung und lauschte unbehaglich auf das charakteristische Knarren des Korbsessels, als dieser sich auf ihr Gewicht einstellte. Greta nahm ihr gegenüber Platz, mit deutlich weniger Knarren. Sie klappte das Buch zu und legte es behutsam auf ihren Schoß. Dann sah sie Ariane an. Offen. Ruhig.

Aber wortlos.

Ariane begriff, dass es nun an ihr war, zu sprechen.

»Also zuerst«, setzte sie an, »möchte ich dir sagen, dass ich es verstehen kann.«

Greta runzelte verwirrt die Stirn.

»Ich kann«, erklärte Ariane hastig, »absolut nachvollziehen, dass du sauer bist und –«

Hier fiel ihr Greta auch schon ins Wort. »Sauer? Ich bin nicht sauer. Bin ich auch nie gewesen. Ich bin höchstens ...«, ihr Finger umfassten das Buch fester, »... ein bisschen traurig. Obwohl – vergessen wir diese Untertreibung des Jahrhunderts. Ich bin *ziemlich* traurig. Und deshalb –«

»Greta, ich –« Ariane bewegte sich unwillkürlich auf Greta zu, doch diese hob die Hand.

»Und deshalb«, wiederholte sie, diesmal mit ein wenig mehr Nachdruck, »bin ich jetzt einfach nur etwas vorsichtig. Okay?«

»Okay«, murmelte Ariane.

Sie versuchte sich zu sammeln, ihre Gedanken zu sortieren. Verflixt nochmal, vorhin hatte ihr alles doch noch so deutlich vor Augen gestanden. Es war ihr absolut logisch vorgekommen, und sie war der festen Überzeugung gewesen, das müsse es auch für jeden anderen sein. Insbesondere für Greta, die sie doch von allen am besten verstand.

Doch jetzt war das, was vor wenigen Minuten noch so sonnenklar gewesen war, bloß noch ein einziger Gedankensalat.

Trotzdem versuchte sie es. Sie gab sich wirklich größte Mühe, in Worte zu fassen, was sie vorhin bei dem missglückten Vertragsabschluss und während der wilden Autofahrt danach empfunden hatte.

Dass sie sich gegen Madrid entschieden hatte. Dass sie bleiben wollte, einfach bleiben musste. Wegen Greta. Um das zu bewahren, was sie beide verband.

Aber auch um ihrer selbst willen. Weil sie jetzt, endlich, klar sah: dass sie so nicht weitermachen konnte, dass sie kein Rädchen in der Maschinerie des Geldverdienens sein konnte, nicht auf Dauer. Dass es wichtigere Dinge als die Karriere gab.

Dass sich das alles ziemlich konfus anhören musste, fügte sie sicherheitshalber mit ein, und dass ihr diese Tatsache auch durchaus bewusst war. Es hörte sich nach dem genauen Gegenteil dessen an, was sie bisher gelebt, was sie gedacht und was sie für richtig gehalten hatte. Wenn man es ganz genau nahm, dann hatte sie ja sogar noch bis vor knapp zwei Stunden so gedacht. So lange, bis sie den Stift in der Hand hielt und plötzlich unfähig war, ihm auch nur einzigen Tintenstrich zu entlocken. Bis der Kaffee auf dem Weg zum Munde ungenießbar geworden war. Bis sie, umrundet von einer Gruppe Anzugträger, erkannt hatte, dass das hier nicht der richtige Ort, nicht die richtige Gesellschaft, nicht der richtige Schritt für sie war.

Dass sie sich stattdessen nur nach einer Person gesehnt hatte: Greta. Und dass Gretas Reich der einzige Ort auf der Welt war, an dem sie wirklich sein wollte. Die kleine Buchhandlung, Gretas Wohnung, in der es nach Muskat und Gewürztee roch, Gretas Bett, Gretas gemütlicher Sessel.

Und nicht zu vergessen die kleine Arbeitsecke, die Greta für sie im Wohnzimmer freigeräumt hatte. Und die ihr plötzlich tausendmal attraktiver schien als jedes Luxusbüro in Madrid, New York oder sonstwo auf der Welt.

Ariane erzählte das alles, fand aber nicht die richtigen Worte, nicht die richtige Reihenfolge. Die ganze Zeit hatte sie den Eindruck, zusammenhangloses und nichtssagendes Zeug zu reden. Vielleicht hätte sie es sich vorher aufschreiben sollen. Und das Skript anschließend noch einmal von Sophie sichten lassen. Sophie hätte gewusst, was man sagen und, vor allem, wie man es sagen musste. Sophie war eine Frau der Worte.

Ariane dagegen war … nun ja. Eben einfach nur Ariane.

Sie hatte schon lange aufgehört, Greta in die Augen zu sehen.

Zu sehr hätte sie jede Bewegung verfolgt, zu sehr wartete sie auf eine Reaktion. Und fürchtete sich zugleich davor.

Auch als sie längst verstummt war, wartete sie noch. Und je länger sie wartete, desto mehr fürchtete sie sich. Gute Nachrichten brauchten meist nicht so lange, das hatte sie die Erfahrung gelehrt. Je mehr Zeit sich der andere mit der Antwort ließ, desto höher war die Wahrscheinlichkeit, dass diese Antwort negativ ausfiel. Weil es einfach länger dauerte, sich eine möglichst diplomatische Ablehnung zurechtzulegen, als freudige Zustimmung zu äußern.

»Dann«, hörte sie Greta sagen, »bleibst du also hier?«

Ariane blickte nicht auf. Sie seufzte nur leise. Hatte sie sich denn wirklich dermaßen verworren ausgedrückt? Wenn nicht einmal dieser Punkt klar genug geworden war, was war dann erst mit dem Rest?

Gewäsch, gab Ariane sich die Antwort selbst. Sinnloses Gewäsch war es, mehr nicht.

»Du bleibst wirklich hier«, murmelte Greta, und diesmal war deutlich zu hören, dass es keine Frage war. Sie holte Luft, schien noch mehr sagen zu wollen. Doch ihre Stimme erstarb in einem leisen Geräusch, das wie ein Keuchen klang.

Jetzt endlich hob Ariane den Kopf. Greta hatte sich abgewandt, das Gesicht zum Fenster gedreht und schaute auf den Garten hinaus. Auf ihren Wangen glitzerten Tränen. Da begriff Ariane, dass sie kein Keuchen gehört hatte, sondern ein Schluchzen. Greta weinte. Lautlos. Ihr Körper zuckte nicht, und jetzt schluchzte sie auch nicht mehr. Da waren nur die Tränen, die ihr unaufhörlich über die Wangen liefen und von ihrem Kinn auf ihren bunten Rock tropften.

Ariane schluckte heftig. Überwältigend war der Impuls, auf Greta zuzustürzen, sie zu umarmen und ganz fest an sich zu drücken. Sie wollte Gretas Tränen trocknen und wie eine Löwenmutter dafür sorgen, dass nichts und niemand auf der Welt ihre Greta jemals wieder zum Weinen brachte.

Doch sie blieb sitzen, zurückgehalten von einer Angst, die

mindestens ebenso groß war wie der Wunsch, Greta zu trösten: Was, wenn Gretas Tränen keine Ergriffenheit oder gar Freude ausdrückten, sondern Hilflosigkeit? Weil sie zwar verstand, was Ariane ihr mitteilen wollte, und das sogar unglaublich rührend fand – aber weil sie dennoch beschlossen hatte, das damit verbundene Angebot zurückzuweisen? Sie könne es nicht annehmen, würde sie sagen. Sie wolle nicht, dass Ariane um ihretwillen auf etwas verzichtete. Und jetzt solle Ariane sich wegscheren, zu Stamer und seinem Gefolge zurückfahren und erklären, dass ihr Verhalten ihr leid täte. Dass es eine plötzliche Panikattacke angesichts ihres Erfolges gewesen war, ein kleiner Höhenflug sozusagen. So etwas kam ja gelegentlich vor. Und danach solle sie sich einen funktionierenden Stift suchen und diesen verfluchten Vertrag unterschreiben, bevor es zu spät war.

»Das kannst du vergessen«, fuhr Ariane auf und sprang von ihrem Sitz hoch. »Ich geh nicht zu diesen Lackaffen zurück. Ich entschuldige mich für gar nichts. Ich hatte auch keine Panikattacke. Zum ersten Mal seit einer Ewigkeit habe ich endlich einmal klar gesehen. Zum ersten Mal weiß ich wirklich, wo mein Platz ist. Ich werde keinen Vertrag unterschreiben, ich werde auch nicht nach Madrid gehen. Ich will hier sein, bei dir! Und selbst wenn du mich jetzt nicht mehr willst, wenn das, was wir hatten, jetzt für dich vorbei ist, dann werde ich trotzdem nicht gehen. Ich bleibe hier, haben wir uns verstanden?« Ariane war ganz außer Puste. Schwer atmend sah sie auf Greta hinunter, die völlig perplex auf dem Sofa saß und zu ihr aufblickte.

»Oh Gott«, murmelte sie, ließ sich auf ihren Sessel zurückfallen und vergrub die Hände in ihrer Haarmähne. »Tut mir leid, Greta. Ich wollte dich nicht anschreien. Wirklich, ich ... stehe gerade einfach vollkommen neben mir.«

Erneut gab Greta diesen leisen Schluchzlaut von sich.

»Ich habe so gehofft, dass du bleiben würdest«, flüsterte sie. »Ich habe es so sehr gehofft.«

Arianes Kopf ruckte in die Höhe. »Ja, aber ... wieso hast du denn nichts gesagt? Wieso hast du damals in der Tapas-Bar nicht einen Ton davon gesagt?«

»Weil du«, Greta lächelte durch ihre Tränen hindurch, »von selbst darauf kommen musstest.«

»Wie bitte?« Ariane schüttelte verständnislos den Kopf, so dass ihre Locken ihr vors Gesicht flogen. Das ergab alles keinen Sinn. »Aber ich habe dir doch die ganze Zeit gesagt, dass ich bleiben würde«, erinnerte sie. »Schon in der Bar habe ich nie etwas anderes behauptet. Ich habe dir gesagt, nur ein Wort von dir, und ich schlage das Angebot aus!«

Greta nickte. »Schon. Aber dann wärst du nur um meinetwillen geblieben. Ich wollte aber, dass du um deinetwillen bleibst.«

Ariane strich sich die wirren Strähnen zurück. »Ist das denn nicht ein und dasselbe?«

»Nein.« Jetzt lachte Greta leise. »Hättest du dich nur für mich gegen Madrid entschieden, dann wäre immer ein Rest Zweifel geblieben. Du hättest dich immer wieder gefragt, was du womöglich verpasst hast. Was aus dir hätte werden können, wenn du doch gegangen wärst.«

»Und«, fragte Ariane ein wenig ratlos, »wie ist es jetzt?«

»Nun ja ...« Greta hob die Schultern. »Wenn das, was du mir gerade erzählt hast, auch nur ansatzweise der Realität entspricht, dann weißt du jetzt zumindest ganz sicher, was oder wer du *nicht* werden willst.«

Ariane atmete tief ein und aus. Sie war immer noch nicht sicher, ob sie verstand, was Greta ihr sagen wollte.

Aber das war ja im Grunde nichts Neues.

»Und«, fügte Greta jetzt leise hinzu, »ich bin froh darüber. Wahnsinnig froh.«

»Ähm ...« Ariane blinzelte. »Worüber genau?«

Greta sah sie nicht an. »Muss ich dir das wirklich erklären, Ariane?«

Nun hob Ariane ihrerseits die Schultern. Sie wollte Greta natürlich zu nichts zwingen, diese Lektion hatte sie inzwischen gelernt. Andererseits: »Wenn wir nun schon mal dabei sind, Unklarheiten aus dem Wege zu räumen ...?«

Greta nickte. »Okay. Ehrlich gesagt: Bis zu diesem Moment habe ich immer das Gefühl gehabt, wir beide leben nicht in derselben Welt.«

»Was?«, stieß Ariane hervor. »Aber ich bin doch hier!« Sie klopfte sich auf die Brust: »Genau hier. Wie du. Und wegen dir.«

Erneut nickte Greta. »Ich weiß. Ich sage ja auch nicht, dass wir aus verschiedenen Dimensionen kommen oder auf unterschiedlichen Kontinenten leben.«

»Und auch nicht in Spanien und Deutschland«, ergänzte Ariane. Nur zur Sicherheit.

»Ja«, sagte Greta. »Und trotzdem. Manchmal kam es mir so vor, als ... wäre ich Aschenputtel. Und du der Prinz.«

Ariane warf den Kopf zurück. »Prinz*essin*«, korrigierte sie. »Wenn überhaupt.«

»Ja, von mir aus«, winkte Greta ungeduldig ab. »Aber du verstehst, was ich meine, oder? Sehen wir doch mal den Tatsachen ins Auge: Du bist eine echte Karrierefrau, die es geschafft hat. Und ich bin eine Buchhändlerin, die zusehen muss, dass ihr Laden nicht pleitegeht. Du düst mit einem Maserati durch die Gegend. Und ich? Ich lese höchstens von Leuten, die einen Maserati fahren, normalerweise jedenfalls. Du isst in den besten Restaurants, und ich kriege noch nicht einmal einen richtigen Kartoffelbrei hin. Du jettest durch die Welt, und wenn ich mal auf Reisen gehen will, kann ich nur ein Buch aufschlagen. Und ...«

Während Greta sprach, war Ariane zutiefst erschrocken. Hatte sie Greta wirklich die ganze Zeit, allein durch ihre Person, eine Art Komplex vermittelt? Auf diese Idee wäre sie nie gekommen. Sie selbst hatte mit ihrer Tätigkeit und vor allem mit dem, was sie damit verdiente, immer nur Positives verbunden. Es gefiel ihr, das mit Greta teilen zu können. Ihr dadurch etwas bieten, ihr hier und da eine Freude machen zu können. War das so verwerflich? Ihre Exfreundinnen hatten es jedenfalls immer zu würdigen gewusst.

Doch dass Greta nicht wie die anderen war, das hatte Ariane

ja schon sehr früh herausgefunden. Sie hätte also wirklich wissen müssen, dass es ihr in keiner Weise gerecht wurde, ihr die materialistische, statusbeflissene Einstellung irgendwelcher Exfreundinnen zu unterstellen. Und war es ihr selbst noch vor wenigen Stunden nicht ganz genau so gegangen, wie Greta es gerade beschrieb? Hatte sie sich bei Stamer und seinen Kollegen, vor allem aber bei dem, was sie symbolisierten, nicht plötzlich absolut unwohl gefühlt? War ihr Ehrgeiz, ihr Verlangen nach Erfolg und Profit nicht sogar beinahe daran schuld gewesen, dass sie Greta aufgegeben hätte?

Ariane schluckte trocken. Ja. Da musste wohl etwas dran sein.

Wie gut, dass das jetzt vorbei war.

»... ich meine, fragst du dich wirklich noch, warum ich immer so zurückhaltend war?«, ereiferte Greta sich jetzt. »Ich hätte nie gedacht, dass eine wie du ... ich meine ... eine wie mich ...«

»Oh, Greta«, fiel ihr Ariane ins Wort. Denn in diesem Moment begriff sie es. Zum ersten Mal verstand sie wirklich, was Larissa seinerzeit gemeint hatte, als sie Arianes Sorgen mit der Genauigkeit eines Psychiaters analysiert hatte.

»Irgendetwas in dir glaubt, *du* wärst nicht gut genug für *sie.*«

Das waren die Worte ihrer Freundin gewesen. Und jetzt, endlich, erkannte Ariane, wie recht Larissa gehabt hatte. Mehr noch: Jetzt wusste sie, wie falsch sie selbst gelegen hatte. Die ganze Zeit schon.

»Du kleines, wundervolles, süßes, dummes Ding!«, rief Ariane aus. »Du warst doch immer die Stärkere von uns beiden. Ist dir das denn immer noch nicht klar?«

Greta blickte sie überrascht an. »Aber –«

Ariane ließ sie nicht weiterreden. »Du führst dein Leben so, wie du es führen willst«, sagte sie. »Du bist authentisch, egal, was die anderen sagen. Du machst dein Ding. Und es ist großartig.«

Gretas Mund zuckte verlegen. »Na ja ...«

»Jetzt mal ehrlich«, versetzte Ariane, »du liebst dein Leben, oder? Würdest du irgendetwas daran verändern wollen?«

Greta überlegte kurz. Dann zog sie eine Schnute. »Höchstens die letzten Quartalszahlen.«

»Na, siehst du«, gab Ariane zurück. »Du bist ... angekommen. Ich dagegen«, sie hob die Hände, »ich bin in den letzten Jahren einem Ideal nachgejagt, das ich nie erreichen werde. Und das mir plötzlich auch gar nicht mehr erstrebenswert vorkommt. Mehr Geld, mehr Karriere, mehr Arbeit ... Man könnte eigentlich sagen, dass in Wahrheit ich das Aschenputtel von uns beiden bin.«

Jetzt sah Greta völlig verblüfft aus. »Wie meinst du das denn?«

»Ganz einfach«, erklärte Ariane trocken. »Weißt du, als ich klein war, da hatten wir nicht wirklich viel Geld. Meine Mama hat geputzt, mein Papa war Gärtner.«

»Das hast du noch nie erwähnt.«

»Versteh mich nicht falsch«, lenkte Ariane ein, »ich hatte eine glückliche Kindheit. Uns ging es nicht schlecht im eigentlichen Sinne. Wir konnten uns nur nie was Besonderes außer der Reihe leisten.« Sie hob die Schultern. »Vielleicht war das alles für mich deshalb immer so wichtig: einen guten Job finden, Karriere machen, gutes Geld verdienen. Die Kontrolle haben. Ich denke, ich musste mir einfach beweisen, dass ich das schaffen kann, obwohl es mir nicht von klein auf mitgegeben wurde.«

»Aber dann hast du doch erreicht, was du wolltest«, meinte Greta. »Du lebst deinen Traum.«

»Vielleicht.« Ariane hob den Blick aus dem Fenster. »Und ich müsste lügen, wenn ich behaupten würde, ich hätte dafür irgendeinen anderen, wahren Traum aufgegeben. Ich wollte nie Archäologin werden oder Kunsthistorikerin oder was auch immer. Du weißt schon: einen von diesen Neigungsjobs machen, in denen man zwar aufgehen kann, aber eben auch nie reich wird. Das, was ich tue, das tue ich gern. Ich bin gut darin. Ich kann mir dadurch ein sehr angenehmes Leben leisten. Und –«

Sie zögerte einen winzigen Moment, bevor sie fortfuhr: »Die Frauen, mit denen ich früher zusammen war, die haben von diesem Lebensstandard gern profitiert.«

Greta nickte. Verstehend, nicht wertend. Und auch nicht fragend. Zum Thema Sandra & Co. war damit alles gesagt, was gesagt werden musste.

»Aber jetzt«, erklärte Ariane weiter, »bin ich einfach an einem Punkt, an dem das alles nicht mehr an erster Stelle steht. Viele Ziele habe ich erreicht, andere vielleicht nicht. Aber es ist genug, weißt du? Ich muss nicht noch höher auf der Karriereleiter hinaufsteigen. Ich muss an mein Jahresgehalt keine weitere Null dranhängen. Ich käme sogar mit weit weniger aus. Aber da ist eine Sache, auf die will und kann ich nicht mehr verzichten.«

Gretas Unterlippe bebte. »Und was ist das?«, fragte sie mit einer Stimme, so zart wie ein Lufthauch.

»Du«, sagte Ariane warm. »Ein Leben ohne meine verträumte kleine Bücherfee kommt mir nur noch leer und sinnlos vor. Durch dich ist mir klargeworden, was wirklich wichtig ist. Hör mal, ich liebe dich, Greta. Und –«

Weiter kam sie nicht. Greta hatte sich ihr mit einem Freudenschrei auf den Schoß geworfen. Sie umschlang Arianes Hals mit den Armen und ihre Taille mit den Beinen. Wäre Greta nicht so ein winziges Fliegengewicht gewesen, dann wäre der Stuhl wohl unter ihnen zusammengekracht.

»Du hast es gesagt«, jubelte Greta. »Du hast es tatsächlich gesagt! Oh mein Gott! Oh mein *Gott!*«

Ariane war vollkommen perplex, während Greta begeistert wie ein kleines Kind auf ihr herumhüpfte, ihr Gesicht mit Küssen bedeckte, sie zwischendurch erneut umarmte und dabei gleichzeitig lachte und weinte. »Ich hab dich doch auch lieb, Ariane. Ich hab dich so lieb, du kannst dir gar nicht vorstellen, wie sehr!«

»Na endlich«, ertönte da eine kratzige Stimme von der Tür her. »Ich dachte schon, ihr Mädels kommt nie auf den Punkt.«

Ariane und Greta fuhren herum. Dort stand Frau von Weber,

lässig auf ihren Stock gestützt. Auf ihrem Gesicht lag ein seltsames Leuchten.

Und für eine Sekunde bekam Ariane eine Ahnung davon, dass auch die alte Dame einmal ein junges Ding voller Wünsche und Träume gewesen war, mit einer Schwäche für Liebesgeschichten und Schwärmereien. Und dass sie sich einen Rest davon bis heute bewahrt hatte. Eine echte Romantikerin wurde für so etwas wahrscheinlich nie zu alt.

»Jetzt schaut mal nicht so entsetzt, ihr Süßen«, verkündete Frau von Weber, offenbar durchaus in der Lage zu erkennen, wie Ariane und Greta unisono rot anliefen. »Ich hab euch nicht belauscht, aber ihr habt euch auch keine besondere Mühe gegeben, diskret zu sein. Außerdem ist das hier mein Haus, und obendrein habt ihr mich um meine Vorlesestunde gebracht. Wobei ich sagen muss: Dafür bin ich soeben mehr als entschädigt worden.« Sie zwinkerte ihnen zu. »Aber für das *richtige* Happy End geht ihr jetzt mal besser nach Hause, oder was meint ihr? Ich mache mir nämlich ernsthafte Sorgen um meinen Stuhl.«

Ariane und Greta sahen einander an und begannen zu lachen.

»Ja«, stimmte Greta zu. »Ich glaube, das ist keine schlechte Idee.«

18

Nein«, keuchte Greta flehend.

»Doch«, sagte Ariane unerbittlich.

»Nein«, wiederholte Greta. »Nein, nein, nein ...!«

»Doch, doch, doch«, antwortete Ariane.

Sie waren dabei gewesen, sich in Gretas Wohnung für das kommende Ereignis zurechtzumachen: Greta trug ihren hübschesten, buntesten Rock und Ariane ein elegant-legeres Ensemble, bestehend aus einem grauen Rollkragenpullover und einer schwarzen Jeans. Ihre Business-Kostüme waren mittlerweile ganz hinten in den Schrank verbannt worden. Irgendwie, hatte Ariane eines Tages festgestellt, passten sie nicht mehr zu ihr, zu ihrem neuen Leben mit Greta.

»Du siehst zum Anbeißen aus«, hatte Ariane gesagt, als sie Greta dabei zusah, wie diese sich vor dem Schlafzimmerspiegel die Haare kämmte und mit einem Hauch Kajal die Konturen ihrer Augen betonte.

»Danke sehr.« Greta hatte ihr Lächeln im Spiegel erwidert, sich dann umgedreht und Ariane eingehend gemustert. »Du aber auch.«

Ariane hatte sich gegen den Türrahmen gelehnt, ohne den Blick von Greta abzuwenden. Liebevoll fragte sie: »Habe ich dir eigentlich schon einmal gesagt, dass du die wunderwunderschönsten Öhrchen der Welt hast?«

»Oh, nur so etwa eine Million Mal«, entgegnete Greta. »Und habe ich schon mal erwähnt, dass du die wunderschönsten Haare der Welt hast?«

»Oh, nur so etwa eine Million Mal.«

»Auch wenn du«, Greta hatte Ariane frech angegrinst, »damit aussiehst wie ein verhinderter Weihnachtsengel.«

»Was?«, hatte Ariane entrüstet erwidert und dann laut aufgelacht. »Na warte, ich zeig dir gleich, wer hier ein Engel ist.« Damit hatte sie sich auf Greta gestürzt, sie von ihrem Frisierspiegel weggezerrt und angefangen, sie mit spitzen Fingern zwischen den Rippen zu kitzeln. Greta hatte den Kajalstift fallen lassen und sich kreischend gewehrt, und schließlich waren die beiden rücklings aufs Bett gefallen. Nicht, dass Ariane sich daran gestört hatte. Das war zwar nicht unbedingt ihr Ziel gewesen, aber jetzt, wo sie Greta schon einmal im Bett hatte, sprach ja nichts dagegen, diesen Erfolg weiter auszubauen.

Nachdem sie eine Weile wild hin- und hergekugelt waren und jede von ihnen mindestens zweimal um ein Haar über die Kante gefallen wäre, hatte Ariane Greta niedergerungen und ihren Hals mit stürmischen Küssen bedeckt.

Greta stöhnte wohlig und wand sich gleich darauf verzweifelt. »Nein ...«

»Doch!«

»Nein ...«

»Von wegen Engel, hm?« Mit dem diabolischsten Lächeln, zu dem sie fähig war, beugte sich Ariane über Greta und ließ, während sie mit der Zunge deren Hals hinabfuhr und sich zum Schlüsselbein vorarbeitete, die Hand langsam unter Gretas Rock gleiten.

»Nein!« Greta wand sich noch energischer. »Ariane, hör auf damit, ich mein's ernst.«

»Ach, wirklich?« Ariane dachte gar nicht daran aufzuhören, egal womit. »Na, dann wehr dich doch.«

»Tu ich ja ...!«

»Davon merke ich aber nichts. Bei einem dermaßen kläglichen Widerstand vermisse ich wirklich die Ernsthaftigkeit dahinter.«

»Oh, Ariane ...« Greta stöhnte erneut. »Du bist wirklich unmöglich.«

Ariane lachte. »Und genau dafür liebst du mich. Richtig?«

»Richtig ...« Greta seufzte. Und ergab sich.

Hinterher lag sie erschöpft, verschwitzt, aber mit einem seligen Grinsen in Arianes Armen.

»Du bist wirklich eine kleine Teufelin«, murmelte sie.

»Ach«, kicherte Ariane, »das merkst du jetzt erst?«

»Aber eine nette Teufelin.«

»Tatsächlich? Ist das nicht ein Widerspruch in sich?«

»Verflixt«, rief Greta statt einer Antwort und wollte aufspringen. »Wir müssen los. Wir hätten schon längst – ich meine, *ich* hätte schon längst unten sein müssen.«

»Nur die Ruhe«, meinte Ariane besänftigend. »Sophie kommt auch noch eine Minute länger ohne uns aus.« Sie küsste Greta in den Nacken.

Doch Greta entzog sich ihr und krabbelte aus dem Bett. »Du hast gut reden«, murmelte sie, als sie sich wieder vor den Spiegel setzte. »Ist ja nicht deine Buchhandlung, die gleich Schauplatz einer wichtigen Lesung wird.«

Ariane ließ sich in die Kissen zurückfallen. »Entspann dich, meine Süße. Alles wird gut.«

»Seit wann bist *du* eigentlich so entspannt?«, nuschelte Greta, während sie fahrig ihren Kajal erneuerte. »Machst du heimlich Yoga oder sowas?«

»Wir haben ein aktives Sexleben«, konstatierte Ariane. »Das reicht doch.«

Greta schnitt eine Grimasse und zupfte an ihren Haaren herum. »Jetzt schau mal, was du gemacht hast«, beschwerte sie sich. »Du hast mich völlig zerzaust.«

»Macht nichts. So wie jetzt bist du besonders sexy.«

Ariane hätte nie gedacht, dass sie einmal ein solches Szenario erleben würde: Ihre Partnerin hibbelte wie ein nervöses Hühnchen einem wichtigen Termin entgegen, während sie selbst sich vollkommen gelassen, die Ruhe selbst, in den Laken räkelte, so als hätte sie alle Zeit der Welt.

Allerdings hätte sie bis vor kurzem auch nie gedacht, dass sie jemals eine Partnerin wie Greta haben würde. Jemanden, der so lieb, so verträumt, so bezaubernd und, nebenbei bemerkt, mit so wunderschönen Öhrchen gesegnet war.

An Gretas Seite wusste man einfach, dass alles gut werden würde.

Dabei war es für Ariane nach dem geplatzten Vertrag alles andere als optimal gelaufen, beruflich gesehen jedenfalls. Stamer hatte natürlich geschäumt, als Ariane sich ein weiteres Mal mit ihm traf und ihm ihren Standpunkt klarmachte.

Nein, sie würde nicht nach Madrid gehen.

Ja, er habe ganz richtig verstanden.

Und nein, sie würde sich das nicht nochmal überlegen. Ganz abgesehen davon: Wolle er diese wichtige Stelle wirklich mit jemandem besetzen, der sich als derart wankelmütig erwiesen habe? Hier sei wohl vielmehr er derjenige, der sich die Sache nicht richtig überlegt hätte.

Stamer war schließlich auf seinem Sitz zusammengesunken und hatte eine ganze Weile mit leerem Blick in die Luft gestarrt. Was denn Ariane zum Umdenken bewogen hätte, erkundigte er sich schließlich, nachdem er die Fassung wiedergewonnen hatte.

Ariane hatte nur gelächelt. »Das geht Sie, bei allem gebührenden Respekt, überhaupt nichts an.«

Es war nicht so, dass es ihr unangenehm gewesen wäre, Stamer die Wahrheit zu sagen. Es war ihr auch nicht peinlich, sogar ganz im Gegenteil. Sie hatte nur das sichere Gefühl, dass er es nicht verstehen würde. Also wozu dann die Mühe? Vielleicht kam irgendwann einmal der Tag, an dem auch ein Christian Stamer begreifen würde, dass es wichtigere Dinge gab als die große Karriere. Ariane wünschte es ihm, ganz ehrlich.

Dennoch: Die Entscheidung, Madrid auszuschlagen, brachte ihr nicht ausschließlich Vorteile. Stamer war zwar kein nachtragender Mensch und hegte auch keinen persönlichen Groll gegen Ariane, aber dennoch sprach sich ihre »Wankelmütigkeit« durchaus in der Branche herum. Die Textilfirma *Exit Moda* würde eine gewisse Frau Baudach jedenfalls nicht mehr beauftragen, so viel war sicher. Vermutlich würden sich auch einige ihrer ehemaligen Stammkunden von ihr abwenden. Immerhin hatte Ariane jedem einzelnen in einem formalen Schreiben mitgeteilt, dass sie von jetzt an nicht mehr zur Verfügung stehen würde, da sie sich anderen Herausforderungen zu widmen gedächte. Da konnte sie ja jetzt schlecht wieder zurückrudern und eine Rundmail schicken, die etwa so lautete: »Hallo, Leute, da bin ich wieder. Hat zufällig irgendjemand von euch einen Job für mich?«

Doch seltsamerweise war Ariane das alles völlig egal. Sie hatte ihre Entscheidung niemals bereut, nicht für eine einzige Sekunde.

Sie war bei Greta. Und nur das zählte.

Sie war übrigens ganz buchstäblich bei Greta, nicht nur in Herzensdingen, sondern auch räumlich gesehen. Denn wie ihr irgendwann siedend heiß eingefallen war, hatte sie ja ihr Apartment verkauft. Somit würde sie in spätestens drei Monaten obdachlos auf der Straße stehen.

Doch auch hier hatte sich schnell eine Lösung gefunden. Ariane hatte einfach einen Koffer mit dem Nötigsten gepackt und damit an Gretas Tür geklingelt.

»Wir haben jetzt genau zwei Optionen«, hatte sie der verblüfften Greta verkündet. »Entweder du lässt mich rein. Oder ich gehe zur Bahnhofsmission und lege mich ins erstbeste Bett, das ich finde.«

Greta hatte sie amüsiert gemustert. Dann hatte sie wortlos einen Schritt zur Seite gemacht, um Ariane in die Wohnung zu lassen. Ariane trat ein und schnupperte.

Es roch einladend. Nach Muskat und Kartoffelbrei. Nach Gemütlichkeit. Nach alten Büchern. Nach Greta. Und Watson kam den Flur entlanggewatschelt und begrüßte sie schwanzwedelnd.

Ariane hatte gehört, wie Greta ganz leise die Tür hinter ihr schloss.

»Willkommen zu Hause«, sagte die kleine Bücherfee lächelnd.

Vermutlich würde dieses Zuhause für zwei Personen und Hund auf Dauer ein bisschen eng werden. Doch für den Anfang klappte es ganz gut. Greta war ja tagsüber sowieso die meiste Zeit in der Buchhandlung. Ariane breitete sich derweil in ihrer Schreibtischecke aus und fühlte sich dort pudelwohl. Und Watson war sowieso selig: Wenn sein Frauchen Nummer eins einmal keine Zeit hatte, dann versuchte er sein Glück eben bei Frauchen Nummer zwei. Eine von beiden erbarmte sich meistens und kraulte ihm den fetten Wanst oder steckte ihm ein Leckerli zu.

Um die Zukunft machte Ariane sich keine Sorgen. Sie hatte, nicht zuletzt durch den Verkauf ihrer Wohnung, noch einen stattlichen Betrag auf dem Konto, mit dem sie eine Weile über die Runden kommen würde. Der Rest würde sich schon ergeben. Sie hatte schließlich schon einmal eine erfolgreiche Unternehmensberatung aus dem Nichts aufgebaut. Wer sagte denn, dass sie das nicht ein zweites Mal schaffen würde?

»Außerdem«, hatte Greta mit einem breiten Grinsen gemeint, »bin ich ja auch noch da. Es macht mir nichts aus, eine Weile die Alleinverdienerin zu sein. Ehrlich nicht.«

Greta verdiente inzwischen übrigens in der Tat weitaus besser. Ihre Quartalszahlen hatten sich erholt. Und nicht nur das, sie waren sogar erheblich höher ausgefallen als in den letzten Jahren. Greta war nicht gleich mit der Sprache herausgerückt, woran das lag. Doch als Ariane nachbohrte, gestand sie: »Na ja, ein paar von deinen Vorschlägen habe ich dann doch umgesetzt. Zum Beispiel habe ich eine ganz neue Rubrik eröffnet: Esoterik und Lifestyle. Du weißt schon. Für die hippen Kunden.«

»Und?«, hatte Ariane gefragt. »Wie läuft es bisher?«

»Och, kann nicht klagen«, hatte Greta die Sache mit einem Lächeln abgetan. »Übrigens würde ich dich heute gern zum Essen einladen. Als kleine Anerkennung für deine Mühen.«

»Mal schauen«, hatte Ariane gemeint und einen demonstrativen Blick in ihren leeren Terminkalender geworfen. »Ja. Heute kann ich. Einladung angenommen.«

Da war Greta plötzlich ernst geworden. »Und trotzdem«, hatte sie erklärt und den Zeigefinger gehoben, »wirst du dich nie, nie, niemals und unter gar keinen Umständen noch einmal ungefragt in mein Geschäft einmischen. Haben wir uns da verstanden?«

»Alles klar«, hatte Ariane gemeint. »Du bist der Boss.«

Einen Punkt auf Arianes Liste von Vorschlägen hatte sich Greta übrigens ganz besonders zu Herzen genommen: die Sache mit den Lesungen. Ein großformatiger Schriftsteller, der mit fünf Werken zugleich auf der Bestsellerliste vertreten war, würde sich zwar kaum in die kleine Buchhandlung locken lassen – aber auch hier, hatte Greta mit einem geheimnisvollen Lächeln gesagt, wisse sie schon eine Alternative.

Ariane hörte sich ihren Einfall gespannt an. Und war spontan begeistert.

Greta war mit dem Nachschminken fertig und schnitt ihrem Spiegelbild ein Gesicht. »So. Das muss reichen. Komm jetzt, du Teufelin, wir sind schon viel zu spät dran!«

Gemeinsam eilten sie die Treppe zur Buchhandlung hinunter. Noch bevor sie die Tür öffneten, hörten sie bereits, dass sie ein volles Haus beziehungsweise einen vollen Laden vorfinden würden.

Sophie kam ihnen atemlos entgegengelaufen. »Da sind überall Leute«, wisperte sie ihnen verstört zu. »Alles voll. Was wollen die denn nur hier?«

»Na, dich sehen«, antwortete Greta. »Und hören, wie du deinen ersten öffentlichen Auftritt hast.«

»Oh mein Gott!« Sophie trat von einem Bein auf das andere. »Worauf hab ich mich da nur eingelassen? Ich glaub, ich kann das nicht.«

»Und ob du das kannst«, entgegnete Greta.

»Ja, aber ... was ist, wenn ich stottere? Wenn ich einen Blackout habe? Oder wenn die Leute meine Sachen nicht gut finden? Ich meine, es sind doch nur ein paar kleine Textchen, und –«

Greta streckte die Hand aus und richtete eine verirrte Haarsträhne in Sophies Frisur. »Du wirst super sein.«

Ariane beobachtete die Szene mit einem Lächeln – und ohne die leiseste Regung von Eifersucht. Jetzt registrierte sie nur, wie Sophie unter Gretas Berührung aufatmete. Wie sie sich allmählich zu entspannen begann.

Greta hatte einfach diese besondere Gabe, Leuten die Nervosität zu nehmen. Sie zu erden und ihnen das Wesentliche ins Gedächtnis zu rufen. Die ganze Welt freundlicher, ruhiger wirken zu lassen.

Ihre Greta.

Ihre Fee.

Das Beste, was ihr jemals im Leben passiert war.

Jetzt lächelte auch Sophie wieder, wenngleich noch immer ein wenig gequält. »Okay«, sagte sie. »Dann wollen wir mal.«

Ariane lächelte ihr zu. »Hals- und Beinbruch!«

Sophie streckte ihr die Zunge heraus. »Ja, das hättest du wohl gern, was?«

Während Sophie sich neben der kleinen Bühne in Stellung brachte, nahm Ariane schon mal ihren Platz unter den Besuchern ein, vorn in der ersten Reihe. Direkt neben Frau von Weber, die dort schon saß und erwartungsvoll dreinsah. Und da war auch Larissa, sie hatte gerade noch einen Platz in der letzten Reihe ergattert. Jetzt grinste sie und hob die Hand zum Victory-Zeichen. Vermutlich war sie wieder einmal die Zuversichtlichste von ihnen allen.

Ariane hingegen brauchte eine Weile, ehe sie auf dem Stuhl eine bequeme Position gefunden hatte. Sie rutschte ein paarmal hin und her und hielt den Blick dabei auf die Bühne gerichtet, wo Greta nun vor das Publikum trat. Es war alles noch so neu für sie. Sie hatte sich noch nicht daran gewöhnt, sich zurückzuhalten und anderen Leuten das Ruder zu überlassen. Wahrscheinlich würde sie das auch nie. Es war schwer genug gewesen, die Vorbereitungen für diesen Abend aus der Distanz zu beobachten und sich all die praktischen Tipps und guten Ratschläge zu verkneifen, die ihr dabei durch den Kopf gingen.

Doch jetzt, als sie Greta da vorn sah, wusste sie, dass es die richtige Entscheidung gewesen war. Denn dort stand sie, die kleine Bücherfee, nur knapp einen Meter fünfzig groß und doch so präsent, dass das Gemurmel, das eben noch durch die Buchhandlung gehallt war, verstummte. Nicht abrupt, nicht so, als hätte jemand mit scharfer Stimme um Ruhe gebeten; das hatte Greta auch gar nicht nötig. Vielmehr ebbten die Hintergrundgeräusche nach und nach wie von selbst ab, bis es schließlich vollkommen still war. Dann warf Greta ein Lächeln in den Raum, ganz dezent und doch so umwerfend, dass es praktisch unmöglich war, es nicht zu erwidern. Ariane jedenfalls spürte, wie es in ihren Mundwinkeln zu zucken begann.

»Hallo, liebe Gäste«, begrüßte Greta die Anwesenden. »Schön, dass Sie alle gekommen sind. Heute erleben wir bei *Sei-*

tenweise eine echte, kleine Premiere ...«

Während Greta sprach, Sophie kurz vorstellte und mit wenigen Sätzen auf deren Texte einging, wurde aus dem Zucken in Arianes Gesicht ein echtes, breites Lächeln. Greta traf es genau auf den Punkt. Sie fand nicht zu viele Worte und auch nicht zu wenige – genau die richtigen eben. Jetzt war Ariane heilfroh, dass sie sich aus dem organisatorischen Teil herausgehalten hatte. Denn sie hätte es nicht besser machen können. Greta wusste einfach, was sie tat.

Sie war eine Königin in ihrem eigenen Reich. Eine sehr kleine, sehr spezielle und vor allem sehr, sehr gütige Königin. Und nun lud sie all ihre Gäste ein, sie in diese ganz besondere Welt zu begleiten.

Folgt der Bücherfee, dachte Ariane. Herzlich willkommen im Wunderland!

»... aber nun will ich Sie nicht weiter auf die Folter spannen«, beendete Greta in diesem Moment ihre kleine Ansprache, »sondern vielmehr die Autorin zu Wort kommen lassen.« Eine letzte, aufmunternde Berührung an Sophies Schulter, ein letztes Lächeln, das diesmal nur der jungen Brünette galt.

Dann war Sophie allein auf der Bühne. Sie strich sich eine Haarsträhne hinter das Ohr zurück, atmete tief durch, ließ sich an dem kleinen Tisch nieder und ordnete umständlich ihr Manuskript.

»Viel Glück, Sophie«, dachte Ariane. »Jetzt kommt es auf dich an.«

Sie hörte leise, tappende Schritte und das sachte Scharren von Stuhlbeinen, als Greta sich neben sie setzte. Die Bücherfee wandte ihr kurz das Gesicht zu und drückte ihre Hand. Ariane konnte ihren Puls spüren, der gleichmäßig und ruhig ging. Greta schien ihre anfängliche Nervosität oben in der Wohnung gelassen zu haben, hatte sie sozusagen an der Garderobe abgegeben, sobald sie ihr kleines Reich betrat.

Meine Bücherfee, dachte Ariane. Ein echtes Phänomen.

Sie sah kurz zur Bühne, wo Sophie immer noch mit ihren Papieren hantierte, und dann wieder zu Greta. »Sophie macht das schon«, raunte sie ihr zu.

»Klar«, meinte Greta mit einem Lächeln. »Ganz bestimmt. Sie ist ja ein großes Mädchen.«

»Ein tolles Mädchen«, ergänzte Ariane. Vollkommen ehrlich. Absolut neidlos. Und dennoch war damit noch nicht alles in Bezug auf Sophie gesagt.

Vielleicht war es die ganze Situation, die in Ariane den plötzlichen Wunsch weckte, alles, aber auch wirklich alles zu bereinigen. Wie es aussah, hatten sie ja noch ein bisschen Zeit. Sie neigte sich zu Greta hinüber.

»Habe ich dir«, flüsterte sie ihr ins Ohr, »eigentlich je die Geschichte erzählt, wie ich Sophie kennengelernt habe? Woher ich weiß, wo sie wohnt? Und woher ich wusste, wo ich dich an jenem schicksalsträchtigen Mittwochnachmittag suchen musste?«

»Musst du gar nicht«, meinte Greta gelassen und winkte ab. »Ich weiß Bescheid.«

Ariane war nicht wirklich überrascht. Im Grunde hatte sie es schon die ganze Zeit geahnt. Doch um sich Gewissheit zu verschaffen, hakte sie noch einmal nach: »Du wusstest also, dass ich dir damals nachspioniert habe?«

»Natürlich.«

»Und du hast nichts gesagt?«

»Wieso sollte ich?«

»Aber du bist auch nicht sauer?«

Gretas Mundwinkel zuckten amüsiert. »Wieso sollte ich?«, wiederholte sie. »Irgendwie war es ja auch schmeichelhaft. Immerhin hat es mir gezeigt, wie ernst du es mit mir meinst. Und dass du anfängst, meine Vorliebe für Detektivgeschichten zu teilen.«

Ariane mahlte mit den Kinnbacken. »Okay«, meinte sie und fügte hinzu, frei nach Inspektor Columbo: »Aber eine Frage habe ich noch.«

»Ja?«

»Wie hast du's erfahren?« Ariane warf einen Blick auf die

Bühne, wo Sophie sich gerade aufrecht hinsetzte und einen Schluck aus ihrem Wasserglas trank. »Hat Sophie etwa doch geplaudert?«

»Nein.«

»Frau von Weber?«

»Nein«, kam es an dieser Stelle knurrend von der alten Dame selbst.

Ariane gab auf. »Woher denn dann?«

Greta blickte lächelnd geradeaus. »Lass es mich einfach so ausdrücken: Wenn du das nächste Mal jemanden observierst, solltest du dir für diese Operation vielleicht ein *etwas* weniger auffälliges Gefährt als deinen Maserati aussuchen, hm?«

»Oh«, sagte Ariane. Und dann gleich noch einmal: »Oh.«

»Schsch«, zischte Frau von Weber ihnen in diesem Moment zu. »Es geht los! Jetzt reißt euch mal zusammen, Mädels. Ihr könnt nachher noch genug miteinander turteln.«

Ariane und Greta sahen sich an und mussten beide ein Kichern unterdrücken. Doch dann begann Sophie zu lesen, und sie hörten mucksmäuschenstill und andächtig zu.

Es war in der Tat ein ziemlich guter Text, spannend und flüssig geschrieben. Die Geschichte fesselte das Publikum vom ersten Moment an. Alles lauschte gebannt.

Aber die besten Geschichten, dachte Ariane, während sie Gretas Hand suchte und sich ihre Finger ineinander verflochten, die besten Geschichten schrieb immer noch das Leben.

ENDE

Weitere Titel bei édition el!es

Toni Lucas: Auszeit

Roman

Als die Punkerin Lucinde in Isabellas bürgerliche Welt platzt, stellt sie mit ihrer Vorliebe für Kunstaustellungen, Joints, Sex und Spaß das Leben und die langjährige Beziehung der Speditionskauffrau auf den Kopf. Isabella stürzt sich in eine Affäre, die sie mehr als nur den Job kosten wird – und am Ende stellt sich die Frage, ob Lucinde für eine dauerhafte Beziehung geeignet ist, oder ob sich die wahre Liebe nicht doch woanders verbirgt . . .

Claudia Lütje: Ich warte auf dich

Handyroman

Eigentlich repariert Andie nur Sandras Auto, doch völlig ungeplant landet Sandra an ihrem eigenen Hochzeitstag mit Andie im Bett. Andie gesteht Sandra ihre Liebe, Sandra jedoch will an ihrer Ehe mit Petra festhalten. Aber Andie gibt nicht auf, und Sandras altes Auto braucht irgendwann wieder eine Mechanikerin . . .

Ruth Gogoll: L wie Liebe (Staffel 5)

Roman

Nachdem in Staffel 4 Anita mit Tonia glücklich geworden ist, wird es Zeit, dass auch die anderen glücklich werden. Doch das ist manchmal gar nicht so einfach, wenn Frauen sich selbst im Wege stehen. Glück lässt sich nicht erzwingen, auch wenn die große Liebe vielleicht schon lange an der Ecke wartet. Frau muss sie immer noch einfangen (und darf nicht vor ihr weglaufen).
Doch obwohl noch das eine oder andere Missverständnis geklärt werden muss, die eine oder andere ein wenig in Richtung Glück geschubst werden und Paare zu sich selbst finden müssen: Hier kommt das Happy End, das bei el!es garantiert ist.

Terry Waiden: Ravens Schicksal

Handyroman

Obwohl Adriana ihrer Magie beraubt im Kerker des Schlosses eingesperrt ist, sammeln die bösen Mächte des Nordens Ihre Kräfte und formieren sich zu einer Armee des Schreckens, die unaufhaltsam herannaht, um Adriana zu befreien. Nur Raven könnte sie aufhalten, doch ihre Ausbildung hat erst begonnen. Ihre Mutter ist eine ausgebildete Do-Lla, aber nach der langen Gefangenschaft, aus der Raven sie befreit hat, sehr schwach. Wird es ihnen gelingen, das unaufhaltsam herannahende Böse zu besiegen?

Claudia Lütje: Unter dem Marulabaum

Roman

In einem Reservat in Südafrika leitet Lisa Adler eine kleine Farm mit Gästelodge. Ihre Welt aus Tieren und Natur wird von leidenschaftlichen Gefühlen durcheinandergewirbelt, als Angela Wagner für ein paar Tage ihr Gast ist. Sie kommen sich näher, doch richtig funkt es, als Angela gepflegt werden muss, weil sie bei einem Reitausflug vom Pferd abgeworfen wurde.
Die Entscheidung, bei Lisa in Südafrika zu bleiben, hat Angela schnell gefällt, doch kann sie ihr Leben in Deutschland einfach aufgeben? Und ist das Leben auf der Farm im Alltag wirklich so romantisch, wie es im Urlaub scheint?

Mirjam Hoff: Einhundert Absagen

Handyroman

Die übermächtige Angst, sich eine Absage zu holen, hält Franzi stets davon ab, auf Frauensuche zu gehen. Eines Tages können ihre Freundinnen das nicht mehr mitansehen und entwerfen einen Plan: Als Therapie soll sich Franz einhundert Absagen holen, um ihre Angst zu besiegen. Doch in der Praxis muss die Richtige gar nicht erst gefragt werden . . .

Jenny Green: Über den Dächern der Stadt

Roman

Nach jahrelanger Beziehung von ihrer Freundin verlassen, steht Emma vor einem Scherbenhaufen. Ein beruflicher Wechsel bringt sie mit der Geschichtslehrerin Lisa zusammen, die den Trennungsschmerz lindert. Doch Emma ist nicht bereit für eine neue Beziehung, und so einigen sie sich auf eine Freundschaft mit Extras. Die wieder aufkreuzende Ex und tragische Geschehnisse aus der Vergangenheit scheinen jedoch die Freundschaft dauerhaft zu sabotieren . . .

Ruth Gogoll: Wachgeküsst

Roman

Es war einmal . . . Hadockville, Maine: Avalon Hadock ist die ungekrönte Königin der Stadt. Die neue Polizeichefin Ryleigh Grant lässt sich jedoch nichts befehlen, vor allem nicht, wenn es um die Aufklärung eines fünfzehn Jahre zurückliegenden Mordes geht, in den die Familie Hadock anscheinend verwickelt war. Während der Ermittlungen fühlen Ryleigh und Avalon sich trotz aller Differenzen recht schnell voneinander angezogen – zunächst körperlich, doch Ryleigh verliebt sich, während die Liebe in Avalon erst wachgeküsst werden muss . . .

Nadine C. Felix: Gefühle kommen ohne Voranmeldung

Roman

Nach Jahren treffen sie sich wieder: Mona und Lisa kommen sich dabei näher, als ihnen beiden lieb ist. Lisa scheint nur an Sex interessiert, während bei Mona tiefere Gefühle im Spiel sind. Kaum, dass Lisa merkt, dass sie ein Paar sind, ist sie auch schon weg. Aber Mona gibt nicht auf, um Lisa zu zu kämpfen, doch Lisa plagen bald auch noch ganz andere Sorgen – und es scheint, als gäbe es keine gemeinsame Zukunft für sie . . .

Terry Waiden: Diesmal für immer

Roman

Josi wähnt sich glücklich in ihrem Leben allein, da holt ihre Vergangenheit sie plötzlich ein: Ihr Pflegevater liegt im Sterben. Sie kehrt in die alte Heimat zurück und stellt entsetzt fest, dass Sonja, die Tochter ihres Pflegevaters, sie immer noch liebt. Aber Josi will nicht erneut enttäuscht werden und weist Sonja zurück, doch die lässt diesmal nicht mehr los . . .

Julia Schöning: Mit Herz und Skalpell

Roman

Die neue Assistenzärztin Linda verliebt sich im Krankenhaus in die unnahbare Oberärztin Alexandra. Obwohl Alexandra keine Beziehung eingehen will, kommen sie sich näher. Der Kampf um die Stelle als Leitende Oberärztin und Alexandras Ex stehen jedoch wie eine Mauer zwischen ihr und Linda – aber Linda gibt nicht auf, um Alexandras Liebe zu kämpfen . . .

Anne Wall: Immer diese Sehnsucht

Roman

Kerstin und Andrea scheinen ein glückliches Paar zu sein, doch die Beziehung kriselt: Andrea lebt nur für ihre Arbeit, und Kerstin vermisst die Zweisamkeit. Da tritt die braungebrannte Abenteurerin Pat in Kerstins Leben und schenkt ihr die Aufmerksamkeit, die sie von Andrea vermisst. Nach einem schrecklichen Streit von Andrea tief verletzt folgt Kerstin Pat nach Südafrika, wo sie ein neues Leben beginnt; Andrea bleibt ahnungslos zurück. Doch unter der heißen Sonne Afrikas wächst in Kerstin die Sehnsucht nach Andreas Liebe . . .

Laura Beck: Der letzte Liebesdienst

Roman

Lara und Maja sind ein ebenso glückliches Paar wie Anke und Fiona. Doch das Schicksal entreißt Lara und Fiona ihre geliebten Frauen und lässt sie trauernd zurück. Sowohl Fiona als auch Lara glauben, nie wieder lieben zu können.
Nach ihrem Hinscheiden gerät Maja in eine Zwischenwelt, in der sie Anke trifft. Sie stecken dort fest, denn sie haben noch eine Aufgabe zu erfüllen: Ihre Frauen sollen wieder glücklich werden, und zwar miteinander. Und so versuchen die beiden (noch nicht ganz) Verblichenen ihre zurückgebliebenen Frauen miteinander zu verkuppeln, was sich als schwieriger erweist, als es zunächst den Anschein hat . . .

Claudia Lütje: Über den Wolken fand ich dich

Roman

Petra und Anja, Stewardess und Pilotin bei derselben Fluggesellschaft, lernen sich im Dienst auf einem Flug nach Miami kennen und verbringen im Hotel intensive Stunden miteinander. Es könnte der Anfang einer wunderbaren Beziehung werden, wenn Anjas Ex-Freundin Beate nicht wäre: Denn die heckt einen gemeinen Plan aus, um die beiden Liebenden auseinanderzubringen, indem sie ihnen Schmuggelware unterjubelt. Doch die Anstrengungen, Anjas Karriere zu retten, schweißen Petra und Anja nur noch mehr zusammen – auch wenn Beate weiterhin nichts unversucht lässt, Anja zurückzugewinnen . . .

Ina Sembt: Im Garten der Gefühle

Roman

Für eine brisante Reportage erhält Alexandra den Auftrag, undercover intime Details über die Mode-Magnatin Susanne von Saalfeld herauszufinden. Alexandra gibt sich als Gartenarchitektin aus und kommt Susanne näher als geplant. Doch noch bevor Alexandra ihren wahren Beruf beichten kann, prangen bereits skandalträchtige Schlagzeilen in der Boulevardpresse – Susanne zieht sich wütend zurück. Alexandra versucht verzweifelt alles Menschenmögliche, um Susanne von ihrer Liebe zu überzeugen . . .

Mirjam Hoff: Gefährliche Geheimnisse

Roman

Zuerst knackt Helen Lils Türschloss, dann ihr Herz. Es könnte eine wunderbare Beziehung werden, wenn Helens Geheimnisse nicht immer wieder für unangenehme Überraschungen sorgen würden. Lil weiß im Grunde nichts über die wilde und leidenschaftliche Helen, erfährt nur immer wieder durch Zufall Details aus Helens Leben. Das stellt die Beziehung auf eine harte Probe, denn eines Tages wird Lil nicht mehr verzeihen können . . .

Claudia Westphal: Die Schwester der Braut

Roman

Als Alicia heiratet, lernt deren Schwester Alex auf dem Junggesellinnenabschied die ältere Dana kennen und fühlt sich von Anfang an zu ihr hingezogen. Nur ist Dana die beste Freundin von Alex' Mutter, und die Mutter weiß nichts von der Vorliebe ihrer Tochter für Frauen. Und auch sonst spricht so einiges gegen eine Beziehung zwischen Dana und Alex. Doch die Gefühle sind stärker als die Vernunft, und so nehmen die Geschehnisse bis zum Happy End ihren Verlauf . . .

Terry Waiden: Neptuns Tochter

Roman

Mika zieht den Zorn einer schönen Fremden auf sich, als sie in der Firma die Sprinkleranlage in Gang setzt – für einen guten Zweck. Die Überraschung ist groß, als Mika der Fremden wiederbegegnet, denn sie ist die Tochter von Mikas neuer Arbeitgeberin. Doch ›Neptuns Tochter‹, wie sie von Mika insgeheim getauft wird, schreitet auf dem Kriegspfad, so scheint es; fatal, denn Mika hat sich unsterblich verliebt . . .

Lucy van Tessel: Traum von Amsterdam

Roman

Der Durchbruch als Künstlerin lässt auf sich warten, die Langzeitbeziehung gescheitert – in Lenkas Leben läuft einiges schief. Und auch ein vielversprechender Flirt mit Studentin Naomi endet im Rauswurf am nächsten Morgen. Doch Lenka kriegt Naomi nicht aus dem Kopf, während die Studentin den mit ihrer Ex geträumten Traum von Amsterdam nicht aufgeben will. Eine gemeinsame Zukunft kann es jedoch nur geben, wenn sich Naomi fürs Bleiben entscheidet . . .

Manuela Kühn: Verborgene Liebe

Roman

Nach der Trennung von ihrer großen Liebe fällt Leonie in ein tiefes Loch der Trauer. Die Qual scheint endlos, bis ihr bester Freund Tobias einen Unfall hat. Denn im Krankenhaus entflammen leidenschaftliche Gefühle für die große, starke Krankenschwester Irene. Aber im Verborgenen wächst in Leonie eine Liebe für eine ganz andere Frau heran . . .

Maren Frank: Liebe an Bord

Roman

Krankenschwester auf einem Kreuzfahrtschiff: Das klingt zu gut, um wahr zu sein. Diana wagt das Abenteuer und verliebt sich prompt in die große, dunkelhaarige Kapitänin Valerie. Viel Zeit, um herauszufinden, ob die Gefühle erwidert werden könnten, bleibt allerdings nicht: Das Schiff wird vom Ersten Offizier mit Hilfe fremder Seeleute gekapert, Diana und Valerie in einem Ruderboot auf See ausgesetzt – der gemeinsame Überlebenskampf beginnt . . .

Ruth Gogoll: Widerstand ist zwecklos

Drei galaktische Geschichten in einem Band

Ein Handyroman, eine Fanfiction und ein utopisches Experiment – in diesem *el!es-Spezial* sind drei Geschichten von Ruth Gogoll zusammengefasst, die sich bereits als eBooks großer Beliebtheit erfreuen.
Widerstand ist zwecklos stellt eine Professorin fest, als sie sich erfolglos gegen die erotische Anziehung ihrer Assistentin wehrt;
Galaktische Gefühle hegt Captain Alyson McGuire für eine zur perfekten Frau umgewandelten Cyborg;
Neue Welt ist ein Planet voller Frauen, auf dem die von der Erde gesandte Corey ganz neue Erfahrungen macht . . .

Claudia Westphal: Zeig, mir was Liebe ist

Roman

Äußerlich die Vorzeige-Lipsticklesbe, innerlich die größte Butch: Jefferson Fynn passt in keine Schublade. Im Beruf erfolgreich, das Privatleben in einen Schrank gesperrt. Doch eines Tages werden die Sehnsucht nach Liebe und der Wunsch nach Familie groß genug, so dass Jefferson ihre Karriere an den Nagel hängt und in ihre Heimat zurückkehrt. Wo neben neuen familiären Herausforderungen auch tatsächlich die große Liebe auf sie wartet . . .

Anne Wall: Nur ein Blick von dir

Roman

Silke, frisch getrennt, lernt die Sozialpädagogin Marina kennen. Obwohl Silke immer wieder betont, dass Marina nicht ihr Typ ist, lässt sie sich nach einer Weile doch auf eine Beziehung ein, ohne Verpflichtungen, ganz locker, jederzeit kündbar. Aber die Idylle wird jäh unterbrochen, als Marina plötzlich verschwindet und Silke sich ihrer wahren Gefühle endlich bewusst wird.

Toni Lucas: Gefährliche Sehnsucht

Roman

Aufstiegschance Katze! In einer Welt, die von der Furcht vor Seuchen beherrscht wird, ist Anais Munroe froh, einen gutbezahlten Job als Katze in einem reichen Haushalt erhalten zu haben. Sumati Devari, eine einflussreiche Managerin eines Pharmakonzerns, bringt ihr jedoch zunächst nur wenig Sympathie entgegen. Erst, als Anais schwer verletzt wird, entspinnt sich zwischen ihnen ein Liebesverhältnis. Bald jedoch müssen beide feststellen, dass nicht nur ihre Beziehung, sondern auch das Leben vieler Menschen bedroht ist. Nur gemeinsam kann es ihnen gelingen, eine Katastrophe zu verhindern.

Jenny Green: Die Nacht, die es niemals gab

Liebesroman

Bevor Lena mit der Journalistin Meike nach Schweden zu einer Geschäftsreise aufbricht, kommt es zwischen ihr und ihrer besten Freundin Jacky zu einem Kuss – der Anfang einer schier endlosen Reihe von Verwicklungen. Während Lena sich auf der Reise auf Meike einlässt und jegliche Gedanken an Jacky zu verdrängen versucht, verzehrt sich Jacky wegen neu entfachter Gefühle nach ihr. Doch als Lena merkt, welches falsche Spiel Meike spielt, ist es fast schon zu spät. Im Gewirr von Missverständnissen scheint es unmöglich, dass Lena und Jacky endlich glücklich werden.

Julia Schöning: Klassentreffen

Liebesroman

Ein Klassentreffen führt Meike und Franziska, die sich in der Schule einmal geküsst hatten, wieder zusammen. Während Franziska seither offen lesbisch lebt, hat Meike einen Studienkollegen geheiratet. Romantische Gefühle flammen auf, bringen beide jedoch in Schwierigkeiten: Meike kann sich nicht eingestehen, lesbisch zu sein, und Franziska meint, ihre seit zwei Jahren tote Lebensgefährtin zu betrügen. Ein Hin und Her mit ungewissem Ausgang beginnt.

Toni Lucas: Geliebte Fremde

Liebesroman

Paula verschwindet aus Susannes Leben genauso plötzlich, wie sie erschienen war. Wütend, verletzt aber auch voller Sehnsucht macht sich Susanne auf die Suche nach ihr. Doch je länger diese Reise ins Ungewisse dauert, desto fremder und faszinierender erscheint ihr diese Frau, mit der sie einmal den Rest ihres Lebens verbringen wollte. Als sich die Spur zu verlieren droht, ändert ein unerwarteter Anruf alles . . .

Christine Volkmer: Entgleisungen

Liebesroman

Als Zugbegleiterin sieht Doreen täglich viele Menschen – und so trifft sie bei einer Fahrscheinkontrolle auf die Theaterschauspielerin Melina, deren graublaue Augen sie nicht mehr loslassen. Mit Doreens Partnerin Carmen liegt schon länger einiges im argen, so dass Doreen sich immer mehr zu Melina hingezogen fühlt, während sie sämtliche Aufführungen im Theater besucht . . .

Kay Rivers: Küsse unter Palmen

Liebesroman

Dale Richards, ehemalige Offizierin der US-Army, rettet Kelly Bennett auf einem Supermarktparkplatz vor Rowdys, die sie überfallen wollen – und verschwindet sogleich in der Dunkelheit. Es scheint, als würden sich beide nicht mehr wiedersehen. Kelly, die gerade erst nach Miami gezogen und noch immer auf Jobsuche ist, macht sich keine großen Hoffnungen. Da erhält sie plötzlich eine Einladung für ein Vorstellungsgespräch . . .

Ruth Gogoll: Nachts, wenn du schläfst

Liebesroman

Braungebrannt auf einem Segelschiff – Jachtunternehmerin Val scheint die Personifizierung ihres Berufes zu sein. Als Kira die große, dunkle Frau in einer Bar kennenlernt, fühlt sie sich sofort von ihr angezogen. Kiras Liebe ist jedoch für eine andere Frau reserviert.
Als Kira bei Val einzieht, stellt sie fest, dass Val nachts oft abwesend ist. Warum, bleibt ihr Geheimnis. Schließlich sind sie beide ja kein Liebespaar . . .
Statt dessen gehen sie getrennte Wege – Kira versucht ihre Jugendliebe Melanie zurückzuerobern, Val scheint hundert Geliebte zu haben.
Aber sind es wirklich nur andere Frauen, die Val nachts so oft von Kira fernhalten? Und ist Liebe zwischen Kira und Val tatsächlich kein Thema?

Jenny Green: Milchkaffee in New York

Liebesroman

Von Liebeskummer geplagt erhält Sophia die Chance, ein Praktikum in New York zu absolvieren. Begeistert stürzt sie sich ins Abenteuer: als Co-Trainerin einer aufstrebenden Frauenfußballmannschaft. Doch das Chaos läßt nicht lange auf sich warten. Fußballerin Nina verliebt sich in Sophia, während Sophia Gefühle für Flo entwickelt . . . Wird Nina tatenlos zusehen, wie die Beziehung zwischen Sophia und Flo immer leidenschaftlicher wird?

Heike Fremmer: Herz verschenkt

Liebesroman

Verliebt in eine verheiratete Frau – aber Sarahs Hoffnung, Isabel würde Doris für sie verlassen, erfüllt sich nicht. Ein paar Liebesnächte, dann beendet Isabel die Affäre. Mit gebrochenem Herzen bleibt Sarah am Boden zerstört zurück. Doch eines Tages erreicht sie ein Anruf aus dem Krankenhaus, Isabel ist etwas Furchtbares zugestoßen. Sarah ist sofort zur Stelle, um Isabel zu pflegen und zu hoffen, daß ihre Gefühle diesmal erwidert werden – aber wird Isabel jemals *Ich liebe dich* zu Sarah sagen?

Verena Schall: Scherben bringen Liebesglück

Liebesroman

Nelly wird jäh aus ihrem idyllischen Leben gerissen, als ein Schuß sie nur knapp verfehlt. Ihre Retterin Sascha bietet sich als Leibwächterin an, denn Nellys treusorgender Vater hat krumme Geschäfte gemacht und damit ihr Leben in Gefahr gebracht. Die Nähe zu Sascha entfacht in Nelly ganz neue Gefühle. Immer stärker fühlt sie sich von Sascha angezogen, und als sie sich endlich ihren Gefühlen stellt, kommt Sascha in Schwierigkeiten: Das Rätsel um den Mordanschlag auf Nelly ist noch immer ungeklärt, und wie ist Sascha eigentlich in die ganze Sache verwickelt?

Juliette Bensch: Last Minute Liebe

Liebesroman

Die Trennung von Anne hat Teresa noch nicht so recht überwunden, da gelangt sie durch einen Zufall an ein Flugticket nach London. Teresa ergreift die Chance und stürzt sich in die Londoner Frauenszene. Bei der Schauspielstudentin Raphaela funkt es, leidenschaftliche Nächte folgen . . . aber zurück in Deutschland macht sich Ernüchterung breit. War das nur ein Urlaubsflirt? Das erneute Auftauchen Annes und deren Versuche, Teresa zurückzugewinnen, festigen nur die Gewißheit: Teresa kann nur mit Raphaela glücklich werden.

Corina Ehnert: Eine WG zum Verlieben (Band 3: »Danie«)

Liebesroman

Daniela Breuer zieht in die Lesben-WG, um ihr Liebesleben endlich in Gang zu bringen. Mit tatkräftiger Unterstützung der alterfahrenen Mädels bahnt sich recht schnell eine Beziehung zu Mitstudentin Rebecca an. Doch damit gehen die Probleme erst richtig los: Danies Mutter kommt zu Besuch und soll eine heile Heterowelt vorgespielt bekommen, während sich die WG um den Preis »Verrückteste Wohngemeinschaft« bewirbt, Franzi und Paula Gefühle füreinander entwickeln und Sanny eifersüchtig wird . . .

Catherine Fox: Zu wissen, es ist für immer

Liebesroman

Das Liebesleben von Staranwältin Evelyn verläuft genauso nach Plan wie ihre Karriere. Doch eines Tages stürzt sie bei einem Ausritt vom Pferd und wird von einer jungen Frau gerettet. Andie ist das Gegenteil von Evelyn, respektlos, planlos, bar jeder Manieren. Trotzdem nimmt Evelyn Andie bei sich auf, denn sie hat sich in sie verliebt. Doch die Unfälle häufen sich – und immer ist Andie in der Nähe. War die Rettung gar kein Zufall? Hatte Andie den Unfall geplant? Evelyn will das nicht glauben, doch Zweifel beginnen an ihr zu nagen . . . Sie muß das Geheimnis um Andie auf jeden Fall lüften.

Ruth Gogoll: In der Hitze der Nacht

Erotischer Liebesroman

Ein heißes Abenteuer im Rhein in einer schwülen Sommernacht . . . mehr sollte es gar nicht sein. Doch als Tina eine Anwältin braucht, fällt ihr niemand außer Mar ein. Dabei kommen unerwartet auch noch andere Gefühle ins Spiel als nur die für die Suche nach den richtigen Paragraphen.
Tina will davon jedoch nichts wissen, denn noch immer steht *»Es war nur Sex, keine Liebe«* wie eine Wand zwischen ihnen. Können sie diese Mauer irgendwann niederreißen?

Julia Schöning: Diagnose: Liebe

Erotischer Liebesroman

Recherchen führen die Journalistin Sophie in die Krankenhaus-Notaufnahme zur Internistin Dr. Hannah Rehfeld. Es funkt zwar zwischen den beiden, aber Sophie will ihrer Fernbeziehung Alina nicht untreu werden, obwohl es schon länger kriselt. Ein unerwartetes Wiedersehen endet dann doch im Bett, da steht plötzlich Alina vor der Tür – Hannah flieht, und Sophie muß sich entscheiden . . .

Ruth Gogoll: Ein paar Tage Zärtlichkeit

Erotischer Liebesroman

Gina und Teri sind kein Liebespaar. Sagt Gina zumindest. Nur der Zufall hat sie zusammengeführt, über den Wolken, als sie nebeneinander im Flugzeug saßen. Obwohl Teri nicht auf kurzzeitige Affären aus ist, gibt es einen besonderen Grund, warum sie an Weihnachten nicht allein sein will. Deshalb läßt sie sich auf die Affäre mit Gina ein.
Sie verleben eine berauschende Weihnachtszeit miteinander, danach gehen sie wieder getrennte Wege. Doch Teri hat sich verliebt, während Gina mühelos in die üblichen Affären zurückzugleiten scheint.
Waren »ein paar Tage Zärtlichkeit« wirklich alles, was Teri erwarten konnte?

Maren Frank: Irischer Liebessommer

Erotischer Liebesroman

Als Zeugin eines Verbrechens wird Stefanie Gardner ins Zeugenschutzprogramm aufgenommen. Zusammen mit ihrer Leibwächterin Gundula, genannt Gun, wird Steffi für einige Zeit in Irland versteckt. Die Leichtigkeit des irischen Sommers läßt Gefühle entstehen, gegen die sich beide nicht lange wehren können . . . die Tage vergehen voller erotischer Abenteuer. Da trifft die Nachricht ein, daß die Täter gefaßt seien und Steffi wieder gefahrlos nach Deutschland zurückkehren könne. Wird sie ihre Leibwächterin nun tatsächlich nicht mehr brauchen?

Catherine Fox: Der Liebe auf der Spur

Erotischer Liebesroman

Während eines Praktikums im Morddezernat lernt die Studentin Karen die Kommissarin Diane kennen. Beide verstehen sich auf Anhieb. Die Aufklärung des Mordanschlages auf einen Stadtratsabgeordneten bringt sie auch privat näher. Doch Karens manchmal äußerst merkwürdiges Verhalten bringt Diane immer wieder durcheinander, bis Karen eines Tages spurlos verschwindet. Die Kommissarin beginnt fieberhaft zu ermitteln . . .

Sal Mathews: Stan und Lea

Erotischer Liebesroman

Die Malerin Stan verliebt sich Hals über Kopf in die attraktive Goldschmiedin Lea und bittet sie, ihr für ein Bild Modell zu sitzen. Dabei kommen die beiden sich näher, aber Lea ist immer noch hetero. Oder wird sich das auf ihrer gemeinsamen Reise nach Schottland ändern? Denn Lea spürt zwar die Anziehungskraft, die Stans Liebe auf sie ausübt, aber sie war noch nie mit einer Frau zusammen und will Stan keine Versprechungen machen, die sie vielleicht nicht halten kann . . .

Alison Barnard: Spaziergang im Regen

Erotischer Liebesroman

Es ist eine eine einmalige Chance für ihre Karriere: Schauspielerin Shara Quinn soll in einem Film die faszinierende, offen lesbisch lebende Dirigentin Jessa Hanson verkörpern. Während der Vorbereitungen auf die Rolle kommen sich Shara und Jessa unerwartet nah, aber eine Liebesbeziehung zwischen ihnen würde allem widersprechen, was die Welt von ihnen erwartet. Zudem ist Shara doch zweifellos hetero . . . oder vielleicht doch nicht?

Julia Schöning: Lass es Liebe sein

Erotischer Liebesroman

Um ihrem Leben nach einer Trennung eine neue Richtung zu geben, beschließt die Versicherungskauffrau Sarah sich von ihren langen Haaren zu trennen, nicht ahnend, dass der Friseurbesuch ihr Leben gehörig durcheinanderbringen wird. Denn die rationale und konservative Sarah verliebt sich in ihre völlig gegensätzliche Friseurin, die unkonventionelle, impulsive und freiheitsliebende Katja. Einige Zufälle führen dazu, dass die beiden eine leidenschaftliche Nacht miteinander verbringen, doch danach wird deutlich, dass Katja nicht an einer Beziehung interessiert ist. Sarah ist verzweifelt, denn sie wünscht sich, dass es auch bei Katja Liebe sein möge . . .

Toni Lucas: Zeit der Versuchung

Erotischer Liebesroman

Der Australienexpertin Sarah Jansen werden zwar die Fördergelder für ihr neuestes Projekt nicht bewilligt, doch sie erhält unerwartet die Chance, sich gemeinsam mit der attraktiven, aber seltsam distanzierten Fotografin Florentine auf eine Reise quer durch den australischen Kontinent zu begeben. Beide kommen sich näher und scheinen durchaus füreinander geschaffen, wenn da nicht noch Carmen, Sarahs langjährige Partnerin, und Marisol, Florentines tote Geliebte, wären. Es beginnt eine Zeit der Versuchung, in der sich jede der Frauen darüber klarwerden muss, was wirklich für sie wichtig ist.

Annette Schniter: Mach mal halblang, Babe

Erotischer Liebesroman

Celines Vorgesetzte ist ungemein attraktiv, aber offensichtlich hetero. Dennoch spielen Celines Hormone bei jeder Begegnung verrückt. Gleichzeitig ist da noch eine Chatbekanntschaft, die Celine auf eine andere Art in ihren Bann zieht. Als die Zeit gekommen ist, endlich die virtuelle Welt zu verlassen, wissen beide, daß nun ganz neue Schwierigkeiten auf sie zukommen werden. Mit den tatsächlich eintretenden Problemen hat jedoch keine gerechnet . . .

Victoria Pearl: Aller Anfang geht daneben

Erotischer Liebesroman

Als Simone sich in die umwerfend attraktive Autorin Bettina verliebt, ahnt sie nicht, was noch auf sie zukommen wird. Sie und Bettina verleben eine wundervolle, berauschende Zeit, die jedoch durch das plötzliche Auftauchen von Bettinas Exfreundin Linda jäh gestört wird. Linda lässt sich bei Bettina häuslich nieder. Braucht sie nach einer schweren Zeit wirklich nur etwas freundschaftliche Unterstützung von ihrer Exfreundin, oder verfolgt sie andere Ziele?

Corina Ehnert: Eine WG zum Verlieben (Band 2: »Katrin«)

Liebesroman

Die Polizistin Katrin Brant ist nach einer gescheiterten Beziehung mit Paula wieder Single und fest integriert in den Freundeskreis rund um die WG aus der Pfeiffstraße. Sie ist glücklich mit ihrem Leben und hält sich für eine gestandene Frau. Als Alex (mit der sie im ersten Band eine Affäre hatte) mit ihrer Freundin Nico in eine gemeinsame Wohnung zieht, sucht die WG eine neue Mitbewohnerin. Eine der Bewerberinnen ist die Journalistin Hanna Reuters, von der Katrin sofort fasziniert ist. Aber schnell stellt sich heraus, daß es nicht so einfach ist, diese Faszination zu leben . . .

Toni Lucas: Paar für ein Jahr

Die Pierrots tanzen weiter

Leas Glück scheint perfekt. Lilia hat sich tatsächlich für sie entschieden und ist bei ihr eingezogen. Doch wie kann sie mit einer Frau zusammenleben, die gerade erst dabei ist, sich selbst zu finden und die so ganz eigene Vorstellungen von einer Beziehung hat?
Ihr bleibt nur ein Jahr, um das herauszufinden . . .

Maren Frank: Liebe in Schottland

Liebesroman

Wie ein Blitz trifft es die junge Archäologiestudentin Nathalie, als sie auf einer Party die schöne Eileen kennenlernt. Zwar ist die Begegnung kurz, doch geht die attraktive Frau mit den smaragdgrünen Augen Nathalie nicht mehr aus dem Kopf. Und nicht nur die Liebe bereitet Nathalie Sorgen. Nachdem sie ihren Job verloren hat, braucht sie schleunigst einen neuen. Tatsächlich ergibt sich schon bald etwas, doch Nathalie ahnt nicht was dabei alles auf sie zukommt . . .

Erotische Adventsgeschichten

Mit Geschichten von Catherine Fox, Maren Frank, Heike Fremmer, Ruth Gogoll, Julia Schöning u.a.

Erzählungen um alte Freundinnen, die sich wiedersehen, und neue Freundinnen, die sich finden, um die Suche nach der Liebe unterm Weihnachtsbaum, die trotz aller Schwierigkeiten immer gut endet, und um die Hoffnung, daß eines der Geschenke die Frau sein möge, nach der man sich schon so lange sehnt . . .